Mayte Esteban

La chica de las fotos

Editado por Harlequin Ibérica.
Una división de HarperCollins Ibérica, S.A.
Núñez de Balboa, 56
28001 Madrid

© 2015 Mayte Esteban
© 2016 Harlequin Ibérica, una división de HarperCollins Ibérica, S.A.
La chica de las fotos, n.º 98 - 1.2.16

Todos los derechos están reservados incluidos los de reproducción, total o parcial. Esta edición ha sido publicada con autorización de Harlequin Books S.A.
Esta es una obra de ficción. Nombres, caracteres, lugares, y situaciones son producto de la imaginación del autor o son utilizados ficticiamente, y cualquier parecido con personas, vivas o muertas, establecimientos de negocios (comerciales), hechos o situaciones son pura coincidencia.
® Harlequin, HQN y logotipo Harlequin son marcas registradas por Harlequin Enterprises Limited.
® y ™ son marcas registradas por Harlequin Enterprises Limited y sus filiales, utilizadas con licencia. Las marcas que lleven ® están registradas en la Oficina Española de Patentes y Marcas y en otros países.
Imagen de cubierta utilizada con permiso de Fotolia.

I.S.B.N.: 978-84-687-7797-9
Depósito legal: M-36289-2015

La verdad no importa porque suele ser menos interesante que una mentira bien adornada.

PARTE I
Grimiel

TOMA 1

Cocina del hotel. Lunes por la tarde.

Rocío irrumpió en la cocina del hotel empujando la puerta con energía y se dejó caer rendida en la silla más cercana al acceso del restaurante. Las bisagras batientes tardaron un poco en encontrar de nuevo el punto de reposo.

—¡Catorce habitaciones terminadas! ¡Odio los lunes con todas mis fuerzas! —dijo mientras se servía agua de una jarra.

—No te quejes tanto, sabemos que te encanta venir a vernos cuando acabas de borrar el rastro de los clientes del fin de semana.

Daniel, el cocinero, acercó a Rocío un café recién hecho y el último trozo de la tarta de chocolate que había preparado para celebrar su entrada en la treintena.

—¡Felicidades! —dijo ella, levantándose para darle un sonoro beso. Apretó los labios contra su mejilla, dejando un bonito estampado de carmín digno de protagonizar una camiseta.

—Ya pensaba que se te olvidaba, por eso he decidido guardarte una pista —aclaró Daniel—. Estos buitres no han dejado nada más.

Desde el otro extremo de la cocina se escuchó un gruñido, un murmullo ininteligible al que ninguno de los dos prestó la más mínima atención. Luisa, ayudante de cocina y camarera ocasional, limpiaba la plancha con energía. Para ella la jornada laboral se terminaba en el instante en el que decidía que se podía ir a casa. No le preocupaba si había llegado la hora, solo si le parecía que el trabajo estaba terminado.

—¿Qué hora es? —preguntó Rocío. Se había vuelto a olvidar del reloj en el cuarto donde se cambiaban.

—Las cinco y media. Hoy has acabado antes que otros días. ¿No te habrás dejado alguna habitación a medias?

—¿Dudas de mi profesionalidad, Daniel? —Sonrió Rocío—. ¡Esta tarta está deliciosa! Me tienes que dar la receta —dijo, saboreando los restos de chocolate prisioneros en la comisura de sus labios.

—¿Y se puede saber para qué quieres mi receta de la tarta de chocolate? Reconócelo, no tienes ni idea de repostería, te acabarás cargando esta obra de arte.

—Tendré que empezar a aprender ahora. Mi madre dejará de cocinar para mí dentro de poco más de un mes —apuntó Rocío—. Por cierto, ¿de verdad crees que tengo tan mala memoria como para olvidarme por completo de tu cumpleaños, Daniel?

Se levantó, salió al comedor a través de la puerta de la cocina y volvió con una enorme caja que llevaba todo el día esperando escondida debajo de una de las mesas.

—¡Vamos, Dani! ¡Cógela! ¡Cuidado, pesa mucho!

El cocinero, estupefacto por recibir un regalo y por el tamaño del colorido paquete que cargaba la camarera, tardó un poco en reaccionar. Rocío se lo puso en las manos cuando todavía no había logrado cerrar la boca.

—¿Lo abro?

—No, si quieres te puedes quedar mirándolo eternamente... ¡Pues claro, hombre! ¡Ábrelo!

La paciencia no era una virtud de Daniel, así que en pocos instantes el envoltorio acabó hecho trizas, desperdigado por la cocina del hotel.

—No quiero ver un solo papel en el suelo —gruñó Luisa.

Incluso de espaldas era capaz de adivinar el desorden montado por Daniel. Sin embargo, este, más pendiente de descubrir lo que contenía el paquete que de su huraña ayudante, no le hizo el más mínimo caso. Debajo de los papeles había una caja blanca. Cuando Daniel quitó la tapa y descubrió su contenido, los ojos se le abrieron como platos.

—¡La madre que...!

—Como puedes comprobar, sí sé hacer tartas, colega —dijo Rocío sonriente, remarcando la afirmación—. Las mías tienen un aspecto tan apetecible como las tuyas aunque... te aconsejaría que no intentes hincarle el diente, puede que después necesites visitar al dentista y de eso no me haré cargo, te lo advierto.

—¡Pero es espectacular, Ro! Parece... real.

—Tócala, es real... pero no creo que te la quieras comer.

La tarta, de tres pisos, simulaba estar recubierta de una capa de fondant blanca y una cascada de flores rosas con sépalos y hojas verdes la recorría formando una espiral. El delicado diseño de las flores se repetía en el plato sobre el cual se apoyaba. Cuando Daniel la sacó, comprobó que pesaba bastante más que las suyas.

—Desventajas de usar arcilla en lugar de huevos, azúcar y harina —dijo Rocío intuyendo su pensamiento por la expresión de su rostro.

—Eres una artista, deberías dedicarte a esto profesionalmente, te lo digo en serio.

—Me moriría de hambre, Dani. Mejor seguir limpiando habitaciones que es muchísimo más rentable: el arte no llena la bolsa, al contrario, acabaría gastando todo en más material. Felicidades, ya me contarás cómo es eso de inaugurar la tercera década.

La ayudante dejó de frotar para interrumpir la conversación con una lacónica pregunta.

—¿Ya tienes todo preparado para la boda?

Rocío sonrió. A veces parecía que Luisa vivía en su mundo, pero no era cierto, siempre se enteraba de todo. En lo concerniente a su boda era normal: ella no hablaba de otra cosa desde hacía unos meses, del gran día que la uniría para siempre a Óscar, su novio de toda la vida. Los preparativos le estaban robando mucho tiempo, pero le encantaba tenerlo todo bajo control.

—No, quedan muchos detalles, pero aún tengo tiempo.

—Yo no me voy a casar nunca —dijo Daniel—. Cada vez que lo pienso... Fotos, invitaciones, flores, trajes, restaurante, iglesia... y eso sin contar con colocar a la gente en las mesas del superbanquete. ¡Qué locura! Si algún día a mi cabeza le da por hacer saltos mortales sin red y decido casarme lo haré en secreto.

—Se te ha olvidado la despedida de soltera en esa lista interminable —sonrió Rocío.

—No se me ha olvidado, bonita, suponía que de esa se iban a encargar tus amigas.

—Ni loca dejo que se ocupen de ella, ¡qué dices...! A saber qué se les ocurriría.

—Ese día está pensado para hacer una última locura hasta que te encierren en esa cárcel sin rejas que se llama matrimonio. Si la preparas tú, seguro que locuras haréis pocas —apuntó Daniel.

—Yo volví a los dos días a casa —dijo Luisa—, y no me acordaba de nada.

Daniel y Rocío se quedaron mirándola un instante. Luisa rondaba los sesenta años y hasta donde sabían estaba soltera, por lo que el comentario los pilló desprevenidos. No entendían a qué despedida se refería. De todos modos era muy complicado seguir los pensamientos de Luisa y siempre era mejor no preguntarle si no se querían llevar una respuesta brusca, así que siguieron hablando como si ella no estuviera.

—La verdad, estoy atacada —continuó Rocío—. No

me imaginaba que preparar una boda estresara tanto, pero estoy contenta, es lo que quiero.

—El merluzo de tu novio te estará ayudando, ¿no? —preguntó el cocinero.

—¡No le llames merluzo!

—Es pescadero y un poco merluzo, si me lo permites.

—¡Dani!

—¿Te está ayudando Óscar o no?

—Lo que puede, ya sabes que se levanta pronto para ir al mercado y luego le espera la tienda... Yo me ocupo de casi todo lo relacionado con la boda.

Daniel se dio la vuelta. No quería hacer otro comentario desagradable. Le tenía demasiado cariño a Rocío como para dañarla, pero por otro lado sentía que alguien debería hacer algo antes de que cometiera el error de su vida. Le parecía una flor demasiado preciosa para marchitarse al lado de un tipo como Óscar. Acabaría trabajando con él en la pescadería y terminaría desdibujándose entre la rutina que esperaba agazapada en cuanto se apagasen las luces de esa boda. Con él, el recorrido era corto: de casa a la pescadería y de la pescadería a casa.

—Rocío, te estaba buscando, ¡menos mal que no te has ido!

Marcos, el dueño del hotel, entró precipitadamente en la cocina, llevándose por delante los cubos de agua que Luisa había dejado preparados para fregar el suelo cuando terminase con la plancha. La mirada reprobadora a su jefe provocó que este se arrugase al instante.

—Perdón, Luisa. Lo siento, de verdad, no los he visto. Ya lo recojo, no te preocupes.

Rocío y Daniel contuvieron la risa ante la cara de apuro del que se suponía que era el jefe de todos, aunque, por su manera de actuar, siempre parecía estar tres pasos por debajo de Luisa en el escalafón de mando.

—Rocío, una emergencia —logró decir Marcos mientras escurría la fregona en el cubo rojo.

—¿Emergencia? —preguntó ella mientras apuraba la tarta.

—Sí, te necesito un rato más.

—Pero...

—Te prometo que te pagaré el doble por este tiempo, pero tienes que preparar la suite.

Rocío lo miró extrañada. La suite se había ocupado el día anterior y la había dejado lista, como el resto de las habitaciones.

—La suite está perfecta, Marcos. ¿Me he olvidado de algo?

—No, no, tú has hecho bien tu trabajo, de eso estoy seguro. Luisa, ¿así está bien? —preguntó Marcos, dirigiéndose a la ayudante de cocina, que contestó con un gruñido cuando comprobó que el suelo estaba casi más mojado que al principio.

—Pues no lo entiendo —dijo Rocío—. Si está bien, ¿para qué tengo que prepararla otra vez?

—Me acaban de llamar porque Alberto Enríquez y Lucía Vega llegarán dentro de un par de horas para quedarse hasta el jueves. ¡En mi hotel! ¿No es genial?

—¿Los actores? —preguntó Daniel.

—Los mismos. Se ve que van a estrenar una película y han decidido tomarse unos días de vacaciones antes de que empiece todo el lío ese de la promoción.

Rocío no era demasiado asidua de la prensa rosa ni de los programas del corazón, pero no había que serlo para conocer a Alberto Enríquez y Lucía Vega. Además de ser dos de los actores españoles con más proyección internacional, acababan de protagonizar una película cuyo estreno era inminente. No se hablaba de otra cosa en esos programas televisivos que su madre devoraba cada tarde.

La elección del hotel para aislarse durante unos días parecía justificada. El establecimiento era un pequeño alojamiento rural con encanto situado muy cerca de la montaña y relativamente alejado de la capital. Era el lugar ideal para que se pudieran sentir cómodos. En un pueblo diminuto seguro que su presencia generaría cierto revuelo: los vecinos sentirían curiosidad por los ilustres visitantes y especularían sobre las razones de su visita, pero enseguida volverían la vista hacia sus asuntos y les dejarían pasar unos días tranquilos. La curiosidad de la gente de la zona por los extraños se limitaba al principio. Cuando algo alteraba su calma, la rutina suave que presidía su forma de vida, se paraban a mirar. No duraba mucho. De todos modos, era tan poca la gente en el pueblo durante el invierno que el alboroto no provocaría un vendaval sino, como mucho, una suave brisa.

—Pero, Marcos, ¿qué tengo que hacer...? —Rocío se quería marchar, aunque la curiosidad impulsó sus labios.

—Nada, nada, manías de famosos. Quieren sábanas de hilo, toallas rosa palo, un jabón especial que solo tienen en la farmacia de Lorsa y... ¡No me acuerdo! ¡Algo más que se me olvida!

—Tranquilo, Marcos —dijo Daniel—. Siéntate y te preparo una tila.

Rocío se levantó de la silla para cedérsela a su jefe.

—¡Ya sé! Una cesta de fruta, un benjamín de cava, bombones...

—Una caja de condones... —añadió Daniel.

—¡Dani! ¿No ves que se está poniendo muy nervioso? —Se enfadó Rocío—. Deja de decir chorradas.

—Era otra cosa, algo más de la habitación... Era... Era...

—Marcos, ya te acordarás, no te preocupes. Hay que buscar sábanas de hilo y toallas rosa palo. Lo que no sé es de dónde las vamos a sacar. En el hotel no hay nada de eso y en Lorsa lo veo complicado —dijo Rocío. El pueblo de al lado era más grande que Grimiel, pero no tanto como para que les fuera fácil localizar unas toallas de ese color sin encargarlas.

—¡Ay, Dios! La oportunidad del siglo para elevar la

categoría de este sitio definitivamente, y vamos a fallar por unas malditas sábanas rosa palo y unas toallas de hilo.
—Al revés —corrigió la chica.
—¿Qué?
—Sábanas de hilo y toallas rosa palo, o eso has dicho antes.
—Ya no sé ni lo que digo... No lo lograremos.
—Creo... —Ella había tenido una idea.
—¿No me digas que sabes dónde encontrarlas?
La radiante sonrisa de Rocío dibujó la posible solución al contratiempo.
—Vuelvo en un momento.

Garaje de los padres de Rocío. Lunes por la tarde.

Mientras caminaba hasta la casa unifamiliar con jardín de sus padres, situada apenas a doscientos metros del hotel, repasaba mentalmente la caja grande que ocupaba el trastero del garaje. Estaba segura de que allí había sábanas como las que buscaban y unas horrendas toallas rosa. La madre de Óscar había llegado a la conclusión de que, en lugar de casarse, iban a poner un puesto en un mercadillo, y les había confeccionado un completísimo ajuar compuesto por sábanas, mantas, toallas, paños de cocina, cortinas, sartenes, cacerolas y demás objetos elegidos con un gusto bastante dudoso, que consideró imprescindibles para su nueva vida en común. Rocío, incapaz de poner objeción a nada que viniera de la familia de su novio, no tuvo el valor de reconocer que nada de lo que allí había le gustaba lo más mínimo. Por eso los había ido guardando ordenados, como repuestos imposibles, con la esperanza de que la caja se perdiera en el traslado hacia la casa que ambos compartirían en adelante. Era difícil por su tamaño, aunque cosas más raras ocurren.

Entró en la casa de sus padres por el garaje y apartó la bicicleta buscando tener espacio suficiente para adentrarse en la caja. Celia, su madre, alertada por el ruido, irrumpió en la habitación armada con la fregona.

—¡Ah! Eres tú, hija. Me has asustado. Como no es hora de que llegue tu padre, pensé...

—Perdón, mamá. Debí entrar por la puerta principal y no por aquí, pero tengo algo de prisa.

—¿Ya has terminado de trabajar por hoy?

—No, todavía me queda una habitación. Mamá, ¿tú recuerdas si aquí había unas toallas rosa?

—Rosa... creo que sí. ¿Para qué las quieres? Dijiste que no te gustaban...

—Pues para deshacerme de ellas con una excusa perfecta. —Sonrió Rocío—. ¿Sabes si también hay sábanas de hilo?

—Hija, ¿qué pasa? —Celia se preocupó.

—Nada, mami, no te preocupes. Van a venir al hotel unos clientes un poco especiales y necesitamos sábanas de hilo y toallas rosa palo. No es más que eso.

—Me habías asustado. Creía que te estabas volviendo atrás con la boda... ¿Te has vuelto atrás?

—¡Mamá, cómo me voy a volver atrás a estas alturas! ¡Estás loca!

—Nada, hija, no he dicho nada. ¿Te ayudo?

—Anda, sí, entre las dos terminaremos antes.

La caja, de dimensiones considerables, ocupó el centro del pequeño garaje. El coche del padre, Cosme, no estaba, porque aún no había vuelto de su trabajo en el Centro de Recursos Cinegéticos de Lorsa, y eso les permitió ir dejando desparramados los enseres en montones. Tras bucear un rato entre telas y menaje de cocina, aparecieron las sábanas y las toallas que podrían sacar del apuro al hotel.

—¿Me haces un favor, mamá? Recoge todo, tengo que volver al trabajo —le pidió Rocío.

—¿Me puedo quedar con esto? —dijo Celia, mostrándole un cazo decorado con motivos florales que, por el diseño, podría datarse en la década de los sesenta.

—Te puedes quedar con lo que quieras, mamá. Por lo único que no he tirado todas estas cosas es por Óscar. La intención de su madre habrá sido la mejor del mundo, pero... es que no me gusta nada de lo que ha elegido.

—No me extraña.

Celia lo dijo bajito, asegurándose de que Rocío no escuchase su comentario. La camarera, por su parte, corrió hacia el hotel. No sabía cuánto tiempo tenía todavía antes de que los famosos aparecieran.

Cocina del hotel. Lunes por la tarde.

Luisa seguía gruñéndole al aire. No tenía previsto trabajar aquella noche, aunque, si había clientes, la cocina tendría que abrirse, le apeteciera a ella o no. La ayudante de cocina no tenía a nadie esperando en casa, pero los lunes por la noche ponían en la televisión una serie que no se perdía nunca. Una de crímenes. Nada de melodramas de los que conseguían sacarla de sus casillas. Esa noche no apuntaba a que pudiera sentarse tranquilamente a verla.

—¿Dónde está Marcos? —preguntó Rocío, entrando jadeante por la puerta trasera de la cocina. Había hecho el recorrido desde su casa al hotel en una carrera.

—No ha vuelto de Lorsa.

—¿Y Dani?

—Se ha ido con él para comprar ingredientes para la cena. Hoy no había cena. Hoy tocaba serie de televisión —gruñó.

—Luisa, por favor, ¿me puedes ayudar? Tardaremos menos si lo hacemos juntas. —Rocío la miró suplicante con sus grandes ojos castaños, enseñándole las sábanas.

—Está bien —resopló la mujer—. Pero que conste: te pediré que me devuelvas el favor cuando tengamos el restaurante a reventar.

—¡Eres un sol! —dijo Rocío plantándole a la mujer un sonoro beso.

—¡Quita! No hace falta que me hagas la pelota.

Suite del hotel. Lunes por la tarde.

Ambas subieron a la suite distribuida en dos alturas. El salón ocupaba la planta principal y un sofá blanco era la estrella del espacio. Unas escaleras al fondo daban acceso al dormitorio en la buhardilla y al baño equipado con un espacioso jacuzzi. La altura del edificio, en comparación con los que tenía a los lados, había permitido a los decoradores un pequeño capricho: el jacuzzi se situaba en un lateral, donde el tejado empezaba su inclinación y un enorme ventanal dejaba pasar la luz y permitía unas vistas espectaculares de la cara más inaccesible de la montaña. Era imposible que los ocupantes de la bañera de burbujas pudieran ser observados desde ninguna parte.

Los tonos de la suite, en ambas plantas, mantenían el equilibrio entre el blanco y el negro, permitiéndose algunos tonos de gris en detalles como la barandilla, los cuadros o un *plaid* a los pies de la cama. Rocío empezó a desarmarla para poner las sábanas, sin dejar de pensar que unas toallas rosa no eran tan solo una pequeña discordancia: suponían una aberración que esperaba que el decorador del hotel no llegara a ver jamás, porque, con lo quisquilloso que era, la impresión le costaría un ingreso hospitalario. Aunque fuera una petición de los clientes, Marcos podría haberse fingido sordo.

—¿Vas a ponerlas sin planchar? —preguntó Luisa.
—Pues... —Dudó.

—Yo no lo haría.

Tenía razón. No era una idea brillante poner las sábanas nuevas, con los dobleces de fábrica. Corrió escaleras abajo, al sótano donde tenían la lavandería, mientras Luisa desvestía la suite entre murmullos que dejaban oír su descontento con las horas extra.

La tarea de planchar no le resultó demasiado sencilla a Rocío. Las dichosas sábanas de hilo no eran precisamente fáciles. Cuando finalmente logró dejarlas medio aceptables planchó las toallas, pensando por enésima vez que eran horrendas y dando gracias porque alguien tuviera el gusto estropeado y le brindase una excusa perfecta para perderlas de vista. Subió los escalones de dos en dos hasta la suite y, sin aliento, empezó a extender la sábana bajera en la cama.

—Queda media hora —dijo Luisa con su laconismo habitual.

—Por eso tenemos que darnos prisa...

—No creo que tardemos media hora en hacer una cama.

Mientras estiraban las sábanas Rocío pensaba en el destino que tenían. Eran para ella, para que las compartiera con Óscar, un regalo para la nueva vida que pronto empezarían juntos. Sin embargo, ahí estaba, preparando la cama para otro hombre, teniendo cuidado de que no quedase ni una sola arruga para que un extraño las ocupara. Imaginó al actor tumbado en ellas, tan guapo como aparecía en las portadas de las revistas, en las películas y en la pequeña pantalla. Alberto Enríquez emanaba un atractivo irresistible. Nada que ver con su novio. Pensó que, seguramente, sería un idiota engreído, pagado de sí mismo. Una estrella que, quién sabía por qué, se iba a dejar caer del firmamento y aterrizaría precisamente en sus sábanas de hilo.

—¡Niña! —le gritó Luisa.

—Perdona, Luisa, estaba distraída —respondió ella, abandonando sus pensamientos.

—¿Distraída? —Dejó la pregunta en el aire, para contestarse ella misma instantes después—. Distraída..., eso es lo que estás. Abre los ojos.
—¡Vale, no me regañes más! Ya me centro.
—Tú no te vas a centrar hasta que no te den con algo en la cabeza.

Rocío miró a Luisa sin comprender, pero poco importaba. A Luisa casi nunca la entendía.

Diez minutos más tarde, Daniel colocaba los últimos detalles en la habitación más lujosa del hotel: una enorme bandeja con frutas, cava y bombones junto al sofá, y dos flores naturales para el jarrón de la entrada. Añadió una de las cursis tarjetas que Marcos se empeñaba en poner a los clientes, esas que desean una feliz estancia con letras góticas y dibujos de flores.

—¡Ya me he acordado! —Marcos entró gritando en la habitación.
—¿Puedes no dar esos sustos? He estado a punto de tirar la bandeja —le dijo el cocinero.
—Dani, no era cava... ¡Menos mal que llegamos a tiempo! ¡Agua! ¡Agua mineral! Si es que no se puede estar tan nervioso, ¿cuánto queda?

Daniel se miró el reloj de pulsera.
—Suficiente tiempo para que te dé un infarto. Sal de aquí, ahora me llevo el cava y pongo unas botellas de agua.

Cocina del hotel. Lunes por la tarde.

Luisa entretenía el tiempo en la cocina repasando por enésima vez la plancha. Aunque estuvo a punto, no se había marchado a ver la serie porque la llegada de dos actores tan famosos despertaba su interés y le apetecía saber si eran tan guapos como se los veía en televisión o si, por el contrario, eran personas normales y corrientes a quienes una buena capa de maquillaje convertía en divos.

Los minutos pasaban y la impaciencia de Marcos se fue contagiando. Incluso Luisa, a pesar de su natural parsimonia, comenzó a ponerse algo nerviosa. Rocío pensó en los preparativos de su boda, las tareas que había dejado aplazadas por atender la emergencia en el hotel y también comenzó a inquietarse. Llegó a la conclusión de que, definitivamente, ese día lo había perdido.

Recepción del hotel. Lunes por la tarde.

En el pequeño bar de recepción, durante las tardes de invierno apenas se congregaban un par de clientes del pueblo y el personal solía sentarse con ellos para charlar y tomar algo cerca de la chimenea. Al calor del fuego, la inicial impaciencia fue dando paso a conversaciones triviales con las que combatir el aburrimiento.

—Dicen que viene frío —dijo Luisa sin apartar los ojos del fuego. Parecía hipnotizada.

—Varios días —respondió Clemente, el panadero, con su eterna cerveza de la tarde entre las manos, mirando hacia el mismo lugar.

—Pues a abrigarse —dijo Daniel—. Oye, Ro, ¿has mirado en internet qué tiempo hará el día de tu boda?

—Queda más de un mes, Dani —le contestó Rocío, pensando que se había vuelto loco. Lo que le faltaba, tener que preocuparse además por el tiempo. Ponerse todavía más nerviosa por ese detalle.

—En internet lo saben todo. Fíjate, estás tú tan tranquila en tu sofá, mirando una pantallita y te están pasando cosas que te trastocan. Es raro.

Luisa continuaba absorta en el fuego, inconsciente de que sus pensamientos habían encontrado el camino para salir de su cerebro sin permiso. Nadie le hizo demasiado caso. Luisa muchas veces hablaba sola.

La puerta del pequeño bar se abrió y un viento gélido sorprendió a la comitiva reunida en el local. Con un gorro de lana, un maquillaje perfecto y vestida como para hacer un anuncio de ropa de alta montaña, la silueta de Lucía Vega se dibujó en la entrada, eclipsándolo todo. Su casi metro ochenta, acompañado por su melena rubia y unos increíbles ojos azules, se convirtieron en una seductora visión para los tres hombres que se arremolinaban en torno a la chisporroteante chimenea del establecimiento. Nadie, excepto Rocío, se fijó en Alberto, quien, dos pasos por detrás, le había cedido el honor a Lucía de hacer una entrada triunfal, de esas a las que ella jamás renunciaba, ya estuvieran en Cannes o en un pueblo perdido de la montaña.

—Muy buenas tardes —dijo Marcos, acercándose a ellos con los brazos abiertos—, les estábamos esperando. Soy Marcos Peña, director del hotel. Pasen, pasen, acérquense al fuego. Hace una tarde terrible. Seguro que vienen helados.

—Gracias, muy amable, pero lo que en realidad nos apetece es ir a nuestra habitación enseguida. El viaje ha sido agotador —dijo Lucía sin perder la sonrisa.

—No se preocupe, señorita —respondió Marcos algo desencantado—. Está todo preparado para ustedes. Si quieren, excepcionalmente, yo mismo subo sus maletas.

—Gracias —dijo Alberto—, puedo subirlas yo, no se moleste. Díganos dónde está y la encontraremos.

—No, por Dios, no. Faltaría más. Síganme, es por aquí.

Lucía se giró, saludó con un «buenas noches» y un pestañeo simultáneo, y sonrió a todos los presentes, desconcertando a Luisa, que ya había decidido antes de que llegasen que aquella mujer no le agradaba y se había propuesto hacérselo saber a la mínima oportunidad.

A Luisa le gustaba su papel en la vida. No era guapa.

No había tenido suerte en el amor. No sabía coser. No tenía la mano de Daniel para la cocina. Nada de eso. Ella lo que sabía hacer mejor que nadie era ser una antipática. Borde como ninguna persona que uno se pudiera cruzar. Cuando vio la negativa de Lucía a compartir unos momentos con el escaso personal que ocupaba la recepción, le pareció que su sitio se podía tambalear, pero, visto el giro y la sonrisa, dio un suspiro de alivio. Esa chica no le quitaría el puesto. No, señor.

—Nos gustaría cenar pronto en la habitación, ¿puede ser? —Oyeron desde abajo que Alberto preguntaba a Marcos mientras subían la escalera.

—Claro, ningún problema. La camarera les subirá la cena que pidan.

—¿Qué camarera? —preguntó Rocío a Daniel, abriendo los ojos excesivamente.

—Yo no pienso subir, desde luego —dijo Luisa.

—Pero... yo me tengo que marchar de una vez... ¡Encima mañana me tocará venir, porque habrá que hacer la habitación! ¡Dios, con la de cosas que tengo pendientes!

—No te quejes, este dinerillo extra te va a venir fenomenal para cubrir imprevistos de la boda, de esos que siempre aparecen a última hora. Piénsalo —le dijo Daniel mientras le guiñaba un ojo.

El móvil de Rocío empezó a entonar una melodía. Sonaba siempre como un teléfono retro, salvo cuando su novio, Óscar, era quien esperaba al otro lado de la línea.

—¿Diga?

Se apartó de los demás para conseguir algo de intimidad.

Clemente, el panadero, empezó una conversación con Daniel sobre la pareja que había llegado al hotel. Le sonaban sus caras, pero no lograba saber de qué. Dani le explicó que se trataba de dos estrellas de cine que se estaban tomando unos días de vacaciones lejos del bullicio del mundo del espectáculo. A Clemente no le impresionó la explicación. No le agradaba mucho el cine, de hecho estaba seguro de que la última vez que estuvo en una sala fue a finales de los setenta, y la película le gustó tan poco que ni siquiera se acordaba del título, porque se durmió. La consecuencia de la mala postura le acarreó un dolor de cuello que, eso sí, aún recordaba.

Rocío colgó y volvió a incorporarse al corrillo, casi a la vez que Marcos, que bajaba de la habitación emocionado por haber conocido a dos famosos y dispuesto a repartir órdenes. Quería que todo estuviera perfecto para que aquella pareja se llevara tan buen recuerdo que acabara hablando de su hotel en cada una de las entrevistas que les hicieran a partir de ese momento. Marcos era muy de imaginar.

—Ella quiere una ensalada mediterránea y un yogur desnatado y él me ha pedido un bocadillo de tortilla de patata y un zumo —dijo haciendo un esfuerzo para que no se le olvidara nada.

—¿Me estás diciendo que nos hemos quedado para esto? ¿He ido a comprar a Lorsa el día de mi cumpleaños, dejando de lado cenar con mi familia como tenía previsto, para preparar una ensalada y un bocadillo de tortilla? —preguntó Dani desconcertado.

—¡Qué quieres que le haga! Es lo que quieren y el cliente, ya sabes...

—Está bien, voy a la cocina. ¡Ellos se lo pierden! —gruñó mientras pensaba en el exquisito menú que tenía en mente y que quedaría en una idea fugaz.

—¿Yo me puedo ir? —preguntó Rocío.

—No, espera un poco, les he dicho que la camarera subiría la cena.

—Entonces yo me voy. —Luisa no esperó a que Marcos le mandase nada. Agarró su abrigo y se marchó sin más.

—Había quedado, Marcos. Ya me puedes pagar bien. Yo soy camarera, pero de pisos —protestó Rocío.

—No te preocupes, te pagaré estas horas al doble de lo normal, y las sábanas y las toallas. Quédate un poco más, por favor.

Cocina del hotel. Lunes por la noche.

Daniel entró en la cocina, seguido muy de cerca por Rocío, y en poco tiempo tenía la petición de los clientes lista en una bandeja.
—Odio subir las escaleras de este hotel. Marcos podría hacer una excepción y dejarme usar el ascensor.
—Lo siento, Ro, sabes que no transige con eso. El ascensor es únicamente para clientes —dijo Daniel.
—Ya lo sé, pero son tres pisos y me quiero ir —se quejó ella—. Hoy es también una excepción.
—Ahí lo tienes todo, ánimo, en cinco minutos estarás en casa.

Suite del hotel. Lunes por la noche.

Rocío, resignada, subió los pisos cargada con una bandeja que pesaba bastante más de lo que había calculado. Respiró hondo antes de llamar con suavidad a la puerta. No quería molestar.
—¿Sí? —Se oyó una voz masculina al otro lado.
—Servicio de habitaciones. Traigo su cena.
La puerta se abrió al cabo de unos instantes, alentada por la frase mágica. La banda sonora de la habitación la formaban el murmullo de un televisor y el agua corriendo en el baño. Nada que se saliera de lo habitual durante cualquier noche con la suite ocupada. El atractivo del jacuzzi era irresistible, y encender el televisor, un acto re-

flejo de los clientes para eliminar el silencio y la impersonalidad de una habitación que no pertenecía a su espacio vital cotidiano.

Rocío se quedó clavada frente a la puerta, sujetando la bandeja en la que llevaba la cena. Lo que menos esperaba, cuando sus nudillos golpearon la madera, era encontrarse con Alberto Enríquez con la camisa completamente desabrochada y unos vaqueros ajustados que le sentaban maravillosamente bien, recibiéndola sonriente. La tranquilidad con la que había subido las escaleras se transformó en confusión al escuchar la sensual voz masculina del actor dedicándole un «buenas noches» en exclusiva. A pesar de que trató de disimular su turbación mirando hacia el suelo y echando un vistazo poco profesional al interior de la habitación, alcanzó a ver que en su torso destacaban los marcados oblicuos, como si un escultor del Renacimiento hubiera pasado semanas trabajando en ellos. Rocío experimentó una oleada de calor que no tenía que ver con la temperatura inusualmente alta de la calefacción en la habitación.

—Que tengan una buena noche —soltó en cuanto él agarró la bandeja.

Ni siquiera esperó a que Alberto le diera las gracias. Se dio la vuelta y comenzó a bajar los escalones de dos en dos. Por fin se iba a acabar ese día que estaba resultando más largo de lo previsto.

Alberto Enríquez se quedó plantado en la puerta con la bandeja en la mano mirando a la camarera que desaparecía escaleras abajo. Estaba acostumbrado a que las mujeres se lo quedaran mirando embobadas, no solo porque tenía un físico imponente, sino porque su popularidad lo convertía en objeto de deseo para el otro sexo. La camarera, sin embargo, no parecía haber sucumbido a sus encantos. Ni siquiera le había pedido un autógrafo o que se hicieran una foto con el móvil. Nada. Tras unos instantes de duda cerró la puerta y se miró al espejo para comprobar si tenía mal aspecto, pero la imagen que le devolvió era la misma de siempre. Cuerpo perfecto, ni rastro de ojeras. Sorprendido y, en cierto modo, herido en su vanidad, dejó la bandeja encima de la mesa baja y arrugó el semblante. A lo mejor estaba perdiendo atractivo y no era capaz de apreciarlo.

Se propuso averiguar en los días que estuvieran en el hotel si su encanto seguía siendo el mismo. Mentalmente anotó poner a prueba a la camarera.

—Ya han traído la cena —dijo alzando la voz.

—Déjala ahí, voy a darme un baño —respondió Lucía desde la buhardilla.

—Yo voy a empezar, me muero de hambre.

—Haz lo que quieras, yo no puedo esperar para probar este jacuzzi. ¡Necesito relajarme! Ese coche tuyo tiene unos asientos de lo más incómodos, a ver si te compras otro.

—En eso estaba pensando justo ahora —dijo Alberto a media voz.

—¿Decías? —preguntó Lucía, asomando la cabeza por la puerta del baño en un intento por escuchar mejor.

—Nada, que lo disfrutes.

Escalera del hotel. Lunes por la noche.

Un piso más abajo, Rocío, clavada entre el cuarto y el quinto escalón, trataba de serenarse. Había llegado bien, un poco sofocada por el esfuerzo de subir tres pisos con la bandeja, pero se había tomado su tiempo antes de llamar con cuidado. La voz de Alberto al otro lado había ejercido un efecto extraño en su organismo, descompasando su ritmo cardíaco. Había respirado profundamente antes de que la puerta se abriera y, cuando la calma parecía haberse hecho dueña de la situación, se encontró mirándolo de frente, inundada por completo por el perfume que emanaba su cuerpo. Fue un segundo en el que el universo pareció detenerse, y disimuló su turbación echando un vistazo poco profesional al interior de la suite. Prefería que la tomasen por una cotilla que por una de esas fans que ante la presencia de su ídolo pierden la compostura, gritan, se arrancan la ropa y sufren lipotimias. Más que nada porque hasta ese día, hasta que lo había visto entrar por la puerta del hotel, Alberto Enríquez era un actor más para Rocío. Sin embargo, había sentido ganas de gritar como esas fans locas, sobre todo debido al terror que le provocaban las sensaciones que se habían despertado en su interior, sensaciones que ni siquiera tenía idea que ella pudiera experimentar.

—Rocío, espabila, ¿qué te pasa? —murmuró para sí misma mientras volvía a iniciar la marcha hacia la recepción. Se tomó su tiempo, sin embargo. No quería que nadie supiera que se había puesto colorada.

Suite del hotel. Lunes por la noche.

El teléfono de Alberto comenzó a vibrar en su bolsillo. Lo tomó en sus manos y el número en el visor le reveló quién estaba al otro lado: Gustavo, su representante.
—¿Sí?
—¿Habéis llegado bien? —preguntó impaciente Gustavo.
—Muy bien, no te preocupes —respondió Alberto.
—¿Había prensa?
—Nadie, esto es muy tranquilo. Yo creo que ni siquiera hay más clientes en el hotel. No he visto a nadie ni se oye ruido alguno.
—Perfecto, todo está saliendo como esperábamos. Mañana mandaré a Cristian Perales. Le diré que sea discreto,

no quiero que nadie en el pueblo acabe con nuestros planes.
—Como quieras —respondió lacónico Alberto.
—¿Te pasa algo? Te noto raro.
—Eh, no, supongo que estoy cansado de conducir. Nada más.
—¿Y Lucía? —preguntó Gus.
—Se está relajando en el jacuzzi —dijo mientras se acercaba a la escalera, desde donde podía oír el agua del baño con claridad.
—Dale recuerdos de mi parte.
—Lo haré, tranquilo.
—Que paséis una buena noche.

Gustavo colgó antes de que Alberto tuviera tiempo de reaccionar. Este dejó el móvil en su bolsillo de nuevo y agarró el mando del televisor. Se acomodó en el sofá de la habitación, con la bandeja entre las piernas y fue cambiando de canal. Nadie hablaba de ellos, eso estaba bien. La noticia de su relación no podía saltar a la luz por lo menos hasta la semana siguiente, cuando una importante revista rosa airease el robado que Cristian estaba preparando. La idea era publicarlo primero en papel, para vender posteriormente las imágenes a la televisión, justo después del estreno de la película. Iba a ser todo un bombazo. Lucía Vega —ganadora del premio de la crítica de Cannes el año anterior, nominada dos veces al Óscar— y Alberto Enríquez —tres Goyas al mejor actor principal, un Globo de Oro por su papel secundario en la última película de Tom Hanks—, enamorados. Y todo ello descubierto justo al mismo tiempo que el estreno de la película que acababan de protagonizar juntos. La publicidad estaba garantizada, sin invertir millones en que hablasen de ellos. Aquella historia haría todavía más rentable la película y los ecos del mundo rosa atravesarían el Atlántico, abriéndole a él caminos nuevos.

Lucía, en el jacuzzi, empezó a entonar una melodía bastante desafinada. Era una excelente actriz, pero como cantante no tenía, definitivamente, ningún futuro. Alberto, aburrido con la programación televisiva, con el estómago lleno después de comerse su bocadillo, decidió acostarse. Estaba cansado por la paliza de conducir durante horas y el aspecto tristón del día invitaba a descansar.

—Lucía, me voy a dormir.

—De acuerdo —contestó ella, interrumpiendo su canción—. ¿Te importa dejar el televisor encendido un rato más?

—Vale.

No estaba muy de acuerdo, necesitaba relajarse y con el murmullo de fondo del televisor le resultaba difícil, pero accedió.

Costaba discutirle algo a Lucía.

TOMA 2

Recepción del hotel. Martes por la mañana.

El día amaneció desapacible en el pueblo. El invierno se había hecho con el mando definitivamente, y los únicos argumentos para combatirlo eran unos guantes abrigados, un chaquetón grueso, un gorro y una bufanda. Rocío se los enfundó antes de salir de casa, dispuesta a enfrentar su jornada laboral inesperada. La presencia de los dos únicos clientes del hotel le proporcionaba la excusa perfecta para trabajar algunas horas extra y eso, a poco más de un mes de la boda, era muy bien recibido. Necesitaba dinero y sus exiguos ingresos procedían del hotel. En el pueblo las opciones de trabajo eran tan escasas que la mayoría de sus amigas habían huido a la ciudad en busca de un futuro mejor. Las que optaban por no emigrar se tenían que conformar con quedarse en casa o trabajar alguna hora suelta cuidando a personas mayores, la mayoría de la población grimieleña. Eso, con suerte.

—¿Me pones un café? —le preguntó a Luisa nada más entrar en el bar. La mujer trajinaba detrás de la barra, bayeta en mano.

—Si no hay más remedio...

A pesar del amago de protesta, antes de que Rocío se quitase el abrigo, Luisa ya le había servido el café. Daniel entró en el hotel, dejando que con él penetrase un viento gélido que arrastró varios papeles del mostrador de recepción.

—Déjalo —dijo Rocío cuando lo vio mirarse las manos enguantadas—. Ya los recojo yo.

—Gracias. ¡Qué mal día hace! Si para un poco el viento, yo creo que empezará a nevar.

—Espero que te equivoques —dijo Rocío—, tengo que ir a la ciudad. El fotógrafo quiere hacerme hoy unas pruebas para las fotos del álbum.

—Pues me parece que tendrás que posponerlo. Yo que tú, no me marchaba —apuntó Daniel—. Es posible que si te vas no seas capaz de volver.

—¿Tú crees?

—¿Qué tal se te da conducir con nieve?

—Mal, la verdad.

Luisa colocó otro humeante café delante del jefe de cocina sin que este se lo pidiera.

—Gracias, Luisa.

—Mañana ven más pronto. Te toca poner el café a ti. —La voz de Luisa sonó como un gruñido.

Los papeles permanecían en las manos de Rocío. Al principio pensó que serían facturas del hotel o quizá comandas del restaurante, pero al fijarse mejor reparó en que eran notas tomadas con la letra de Marcos. Parecía que los famosos eran exactamente como los pintaban en la televisión: caprichosos. Se habían pasado la noche utilizando el servicio de habitaciones. Dejó de nuevo los papeles en su sitio, debajo de un bote de lápices y bolígrafos, para evitar que el viento volviera a hacerlos volar.

—Me pregunto por qué me ha hecho Marcos venir tan pronto —reflexionó en voz alta Rocío.

—No tenemos camarero entre semana —dijo escueta Luisa.

—¿Y?

La respuesta a la pregunta de Rocío fue una sonrisa por parte de Daniel. Conocía a Marcos lo suficiente para saber que no iba a reconocer ante los dos actores, sus únicos clientes, que él era, además del dueño y el recepcionista, el camarero, el chico de los recados, el encargado de mantenimiento y, cómo no, el responsable de la lavandería del sótano.

—¡Ah, no! ¡Yo me largo!

—¿Cómo que te largas, Ro? —dijo Marcos. En ese momento bajaba de la habitación que ocupaba en la primera planta cuando había clientes y el hotel no cerraba del todo.

—Sabes que no tengo ni idea de servir mesas, Marcos. Se me da fatal.

—Por favor —suplicó su jefe—. No me puedes hacer esto, Rocío. ¿Qué te cuesta?

—Marcos, no sé ni preparar un café en condiciones.

—Ya es hora de que vayas aprendiendo —dijo Luisa mientras recibía una mirada reprobatoria de Rocío.

—¿Para eso me has hecho venir tan temprano?

—Pues claro, no tengo ni idea de a qué hora se van a levantar. Te he dejado un uniforme en la lavandería. Era de mi hermana, quizá te esté un poco grande.

—Un poco, dice el niño. —Luisa no se aguantó las ganas de hablar.

Daniel trató de contener la risa, pero se quedó solo en eso, en un intento. Laura, la hermana de Marcos, tenía por lo menos tres tallas más que Rocío.

Esta dejó la discusión para otro momento. No le hacía ninguna gracia interpretar un papel y mucho menos delante de actores profesionales. No hacía falta ser muy listo para ver que no tenía ni la más remota idea de servir mesas. Antes de arrepentirse y regresar a su casa, agarró su bolso, se tragó las ganas de ahogar a Marcos y bajó las escaleras que conducían a la lavandería. Allí, colgado en una percha, estaba el viejo uniforme de Laura. La chica había abandonado a su hermano hacía año y medio, buscando ese futuro mejor que la capital ofrecía. Marcos, desesperado, no pudo encontrarle sustituta. A duras penas podía con el sueldo del cocinero y su ayudante cuando los clientes escaseaban, así que contratar una camarera o un camarero era impensable más allá de los extras para cubrir los fines de semana. A partir de ese momento él se ocupó de las mesas de lunes a viernes, haciendo malabares con el tiempo. Laura limpiaba también las habitaciones, y fue ese hueco el que ocupó Rocío. No debería resultarle extraño que también le tocase alguna vez ser sustituta de sala.

El uniforme le quedaba aún peor que en la imaginación de Daniel. Rebuscó por su bolso unos imperdibles que se había guardado tras la prueba del traje de novia y con ellos trató de acomodarse la falda. Lo de la camisa fue misión imposible. Parecía un saco cubriendo su menudo cuerpo. El chaleco, igual de desproporcionado, no ayudaba mucho a mejorar su aspecto. Silenciosamente dio las gracias por no tener un espejo a mano que le recordase que parecía un adefesio y subió de nuevo. Pasar desapercibida con los tres miembros del personal del hotel ocupando la recepción fue imposible.

—No quiero risas —dijo, anticipándose a la reacción de Dani.

—Lo siento, guapa. Es que... —Peleaba por no soltar una carcajada.

—Estás preciosa —terció Marcos, mintiendo para que Rocío no saliera corriendo y lo dejase colgado.

—Ya. Parezco una princesa...

La puerta del ascensor que comunicaba la recepción con las plantas superiores se abrió en ese momento, descubriendo tras ella a Lucía y Alberto. Ella se había maquillado, como era su costumbre, presentando el aspecto espectacular que adornaba siempre sus apariciones públicas. Para Lucía todo era espectáculo, incluso en aquel lugar perdido. Siempre había periodistas acechando para preguntarle cualquier cosa y se obligaba a estar perfecta ante cualquier imprevisto. Alberto, sin embargo, se había puesto un chándal y su actitud era la menos parecida a la de una estrella cinematográfica.

—¿Podemos desayunar ya? —preguntó Lucía con una sonrisa.

—Sí, sí, por supuesto —contestó Marcos con su nerviosismo habitual—. Pueden pasar al restaurante, esperen, daré la luz.

Restaurante del hotel. Martes por la mañana.

Lucía esperó en la puerta del salón para, acto seguido, entrar en él como si fuera un plató de televisión, con una sonrisa luminosa y un caminar pausado estudiado al milímetro.

—No hay nadie —le recordó Alberto al oído. Se sentía bastante incómodo cuando ella se comportaba así.

—Nunca se sabe —respondió Lucía—. Podría haber alguien asomado a las ventanas.

—¡Lucía! ¿Quién? ¿Un jubilado?

—Pueden sentarse en la mesa que les apetezca. El hotel hoy es todo suyo.

Dicho esto, Marcos desapareció por la puerta de la cocina, donde Daniel y Luisa ya habían empezado a organizar la mañana.

—Rápido, chicos. Todo tiene que estar perfecto.

—¿Perdemos algún tren? —preguntó Luisa—. ¿Han pedido ya algo?

—Pues, no... ¿Dónde está Rocío?

—Detrás de ti, Marcos —contestó esta de mala gana. Seguía peleándose con el vestuario.

—Sal y pregunta.

La chica empujó la puerta de la cocina, entrando en el comedor con evidente desgana. Respiró hondo y se dirigió con la mejor sonrisa que logró esbozar a la mesa ocupada por los actores. A medio camino recordó que no llevaba la carta en las manos y se vio obligada a retroceder hasta la alacena. Allí, al lado de la puerta de la cocina, esperaban las elegantes carpetas. Tomó en sus manos dos cartas y volvió a dirigir sus pasos hacia la mesa. Cuando se situó a la altura de los clientes trató de ignorar el maldito uniforme y las ganas que tenía de asesinar a Marcos por haberle sugerido que se lo pusiera. Se sentía como si fuera carnaval y hubiera elegido el disfraz más feo de la tienda.

—Buenos días —dijo con toda la convicción que logró reunir para que aquellas palabras no dejasen ver su verdadero estado de ánimo.

—Buenos días —contestó Lucía—. ¿Qué nos recomiendas?

—Pues... —No sabía qué tenían de desayuno, había olvidado preguntarlo antes de salir—. Café, tostadas y zumo.

No era la mejor respuesta y Marcos se puso nervioso desde el lugar en el que espiaba los pasos de Rocío. ¿Café, tostadas y zumo? Eso lo tenía cualquiera. No era un desayuno para estrellas de cine.

—Eso estará bien —contestó Alberto sin dejar de mirarla.

—A mí me apetece un huevo duro y una infusión de hierbaluisa con un poquito de menta y sacarina. ¡Ah!, y también cinco nueces. Mejor si están peladas.

—Ahora lo traigo. —Recogió las cartas y estaba a punto de marcharse cuando se dio cuenta de que no había preguntado a Alberto el sabor del zumo. Se dio la vuelta y, antes de que le diera tiempo a articular palabra, él habló, clavando la mirada en sus ojos.

—De naranja —dijo, dejándola desconcertada.

Rocío volvió a la cocina de la forma más calmada que pudo, aunque tenía ganas de salir corriendo. No le gustaba ni un poquito el papel de camarera y encima ese chico tenía la virtud de hacer que se pusiera muy nerviosa. Se entretuvo dejando las cartas en la alacena, intentando tranquilizarse, justo a tiempo de escuchar un comentario de la actriz.

—¡Pobrecilla, qué mal le queda el uniforme!

Entró en la cocina empujando bruscamente la puerta y con ella a Marcos, que espiaba detrás, seguida por unos pensamientos que la estaban poniendo muy furiosa.

—No vuelvo a salir ahí, Marcos, que lo sepas —le dijo sin gritar, pero tan cabreada como para que él lo entendiera de una vez.

—¿Por qué? Lo has hecho fenomenal. —Estaba claro que mentía, pero no era el momento de reconocer pequeñeces como aquella. Necesitaba hacerle un poco la pelota y no quedarse sin camarera en mitad del servicio.

—¡Qué dices! Ni siquiera me acuerdo de lo que me han pedido. Zumo de naranja él. Nada más.

—Seguro que lo recuerdas —la animó Marcos.

—¿Sabes lo que recuerdo? —respondió, empezando a quitarse el chaleco—. El comentario que le ha hecho ella de mi aspecto. «¡Pobrecilla!» —Imitó la voz de Lucía—. Sal tú, Marcos, yo me voy a mi casa.

—Él te ha pedido zumo de naranja, tostadas y café. Ya está preparado —dijo Luisa—. Ella quiere un huevo duro, que tardará un poco todavía, y una infusión que no tenemos, hierbaluisa. Yo creo que se la ha inventado. Ya le pondré lo que me dé la gana, que para eso me llamo Luisa y soy la que controla las hierbas. Y cinco nueces. Hay que ser pija para desayunar eso.

—¿Cómo te has enterado? —preguntó Rocío. No le parecía que hubiesen hablado tan alto como para que Luisa lo oyese desde el otro extremo de la cocina.

—Este idiota —dijo señalando a Marcos—, que ha ido repitiendo lo que pedían palabra por palabra.

—Ponte el chaleco y saca esto. —Daniel le entregó una bandeja con uvas, plátanos y manzanas—. Cortesía de la casa mientras se hace el huevo y encontramos las nueces. No te alteres, Marcos —dijo Daniel, atajando la cara de pánico de su jefe—, hay nueces. Ahora no sé dónde, pero aparecerán.

Rocío se volvió a colocar el chaleco y salió con la bandeja de fruta. No se manejaba demasiado bien con ella, prefería la fregona en todo caso, pero trató de que no se le cayese encima de Lucía. Ganas de estampársela encima por el comentario no le faltaban, pero no era demasiado sensato poner en peligro su único trabajo.

—Tardaremos un poco en tener el desayuno —les dijo mientras colocaba el plato con frutas encima de la mesa—. Esto es corte...

La pérdida de peso de la bandeja fue algo que no calculó debido a la falta de costumbre y le resultó imposible mantenerla en equilibrio sobre su mano izquierda. Hubiera sido una suerte que aterrizase en el suelo, aunque hubiera causado el mayor de los estrépitos. Pero no. La bandeja, empujada por su intento de sostenerla en la mano hizo un giro extraño y aterrizó en la cabeza de Alberto. Exactamente en su ojo derecho.

—¡Ay!
—¡Lo siento, lo siento!

Mientras Rocío luchaba por sobreponerse al estropicio que acababa de armar, Lucía estallaba en una carcajada que se convirtió pronto en una risa incontrolable.

—¿Por qué te ríes? —preguntó Alberto, dándole más importancia a la reacción de su compañera que al mismo hecho de que Rocío le hubiera empotrado la bandeja en el ojo.

—Lo siento yo también —dijo la actriz muerta de risa—. Es que has puesto una cara...

—Pido disculpas, no sé qué ha pasado —se excusó Rocío avergonzada.

—¡Qué dolor! —dijo Alberto sin apartar la mano de su ojo.

Marcos salió de la cocina veloz. Traía hielo en una bolsa para que Alberto se lo pusiera enseguida en el ojo y evitase la hinchazón.

—Mil disculpas, por favor. No sé cómo ha podido pasar esto. Tome, hielo, le vendrá bien.

—Gracias, pero no ha sido nada, no se preocupe.

—¡Cómo que nada! Permítanme que compense esto de algún modo...

—Insisto —dijo Alberto—, no ha sido nada.

—Rocío —dijo Marcos muy seco—, vuelve a la cocina.

—Rocío —se apresuró a decir Alberto—, no ha pasado nada. Llevar una bandeja tiene su técnica y es normal que algunas veces se caiga. No es importante, de verdad.

—Perdón —repitió ella.

Volvió a la cocina seguida de Marcos, azorada por el episodio que acababa de protagonizar y convulsionada por algo que en apariencia pudiera parecer intrascendente, pero que había descolocado sus esquemas: Alberto Enríquez la había llamado por su nombre.

—¡Pero Rocío...! —empezó a gritar Marcos.

—Te dije que no era buena idea —contestó ella enfurecida.

—A cualquiera le podría pasar, Marcos, déjalo —dijo Daniel.

—¿Y si nos demandan? Mirad, que el hotel no está para tirar cohetes... ¡Ay, Dios! Esto será un desastre. A tomar por el culo las recomendaciones que esperaba...

—Pues si tanto te importaba quedar bien, Marcos, podías haber salido tú. Mira, ahora sí que me largo.

Hizo un nuevo intento de volver a quitarse el chaleco, pero esta vez fue Luisa quien la retuvo. La agarró de los hombros y mirándola a los ojos le dijo muy seria:

—Ya está preparado el desayuno. Lo vas a servir y en cuanto vuelvas te quitas esa risión de uniforme, te pones el tuyo y haces la habitación. De la mesa ni te preocupes, ya la recogerá este —dijo señalando a Marcos con una severa mirada de autoridad.

—A veces se te olvida quién es aquí el jefe —puntualizó Marcos, mirando a Luisa enfadado.

—No, es a ti al que a veces se le olvida quiénes somos los demás. Ella, que yo sepa, es quien se ocupa de las habitaciones, no de las mesas.

Rocío sacó la bandeja de nuevo con el desayuno que habían pedido los clientes. Para asegurarse de que no se le volvía a caer la agarró con las dos manos, en una postura que no era nada profesional y cuando llegó a la mesa buscó un hueco libre para descargarla de manera segura.

Lucía y Alberto no hablaban. Observaban sus torpes movimientos mientras comían uvas. Los escasos dos minutos que necesitó para colocar las viandas en sus lugares correspondientes se hicieron eternos para Rocío. Lucía había concentrado su atención en un mensaje que había sonado en su teléfono móvil, pero Rocío notaba la mirada de Alberto clavada en ella, a pesar de que evitó cualquier contacto visual con él.

Suite del hotel. Martes por la mañana.

Marcos, disgustado por el incidente, se deshacía aún más en atenciones con los clientes, preguntándoles qué les apetecía del menú para ese día, si necesitaban una almohada extra o que rellenasen el minibar con alguna bebida en especial. Los actores sonreían, pero se notaba de lejos que estaba consiguiendo lo contrario, que se sintieran incómodos con su constante revoloteo intentando agradar. Rocío, por su parte, volvió a su trabajo y arregló la habitación, poniendo un cuidado extremo en no olvidar ni un solo detalle, como si con aquello pudiera compensar su torpeza matinal. Estaba a punto de dar por terminada la tarea cuando oyó unos pasos a su espalda. Alguien había atravesado la puerta abierta. Se dio la vuelta a tiempo de ver a Alberto parado delante del sofá de la suite.

—Hola —saludó él.

—Hola. —No tenía más que sacar el carro de allí y marcharse, eso era todo, pero sintió que tenía que volver a pedir perdón—. Me gustaría disculparme, yo...

—No eres camarera, ¿verdad? —Parado frente a ella, ajeno a los oídos del dueño del hotel, Alberto dejó de lado los formalismos al dirigirse a Rocío.

—Pues no.

—Hasta Lucía, que jamás ha trabajado en otra cosa que no sea el cine, lo ha captado.

—¡Vaya! Intenté hacerlo lo mejor posible, pero es que creo que no he nacido para ello.

—No conozco a nadie que haya nacido para ser camarero —dijo Alberto soltando una carcajada. No era un oficio que saliera en los primeros puestos del ranking de los más deseados en la infancia—. Más bien sucede lo contrario —continuó—, acabas trabajando como camarero porque no encuentras otra cosa. Yo lo he hecho durante años y tengo que decirte que necesitas unas clases para manejar la bandeja.

La confesión la pilló descolocada. El actor de moda, ganador de mil premios, resultaba que había sido camarero. En Los Ángeles era muy común que la gente empezase por ahí, sirviendo mesas antes de encontrar una oportunidad. Algunos, de hecho, jamás tropezaban con la que les desprendiera definitivamente del uniforme. No sabía que los esquemas se repetían en todas partes por igual. Lo de Lucía lo imaginaba. Desde pequeña había sido una actriz muy conocida, por lo que no le resultaba extraño que jamás se hubiera visto obligada a servir una copa.

—¿Es tan obvio que no sé?

—Sí, y no solo porque llevas la bandeja de pena, sino

por los imperdibles. —Hizo una pausa al ver que los ojos de ella dibujaban una interrogación—. No me mires así, se veían en tu falda. Mejor dicho, en esa falda que apuesto a que no es tuya.

—¿Me has mirado el culo? —preguntó ella sorprendida.

—Bueno... Sí —respondió él soltando una sincera carcajada.

—Pues no lo vuelvas a hacer.

—Vale, tú no me vuelvas a empotrar una bandeja en el ojo. —El tono de él seguía siendo distendido a pesar de que ella se estaba enfadando.

—No volveré a hacerlo, tranquilo. Te vuelvo a pedir perdón si hace falta —respondió Rocío, seca. Intentaba controlarse, pero cada vez le resultaba más difícil que la voz no delatase su nerviosismo.

—No, no hace falta.

—Insisto —dijo, haciendo amago de abandonar la habitación, pero Alberto bloqueaba la salida con su cuerpo.

—No, no pasa nada...

—¿Puedo salir entonces? —preguntó Rocío, empujando el carrito de limpieza hasta pillarle un pie.

—¡Ay!

—Lo siento. —La disculpa, casi inaudible, sonó un poco falsa.

—Lo has hecho a propósito.

—¡No es cierto! —gritó esta vez, ofendida por el hecho de que no la creyera.

—Sí que lo es —dijo él, sin perder la sonrisa. No le había hecho daño, simplemente se estaba divirtiendo un poco.

—No, has sido tú quien se ha puesto en medio —contestó Rocío, dándose cuenta de que había cometido un error que Marcos no le perdonaría si llegaba a enterarse. Más grave que darle con una bandeja en el ojo o pillarle con el carro de la limpieza. Tuteaba a Alberto, como él había empezado a hacer con ella, dotando a las palabras de una intimidad que Marcos consideraba imperdonable en la relación con los clientes.

—No me ha dado tiempo a apartarme —protestó él.

—Mentiroso...

—Está bien, te perdono si me haces un favor —dijo él acercándose a Rocío.

—¿Qué favor?

—Me han dicho que este pueblo es muy bonito —continuó Alberto, aproximándose cada vez más a la camarera—, ¿me harías de guía?

—¿Pretendes que te enseñe cuatro calles mal asfaltadas, casas en ruinas, una iglesia que es un batiburrillo de estilos y un arroyo? Eso lo puedes ver tú solito —protestó mientras hacía amago de marcharse.

—No sería igual hacerlo solo —contestó él, hablándole al oído.

—Pues ve con tu novia —dijo ella, desconcertada por la situación, incapaz de encontrar un resquicio por donde escaparse de la encerrona de la que estaba siendo víctima.

La distancia entre los dos se había reducido tanto que al brazo de Alberto no le costó nada encontrar la manera de rodear la cintura de Rocío y a su boca se le hizo fácil hablarle al oído:

—Te repito, no sería igual, princesa.

—Pero qué...

La llegada oportuna de Lucía paró en seco la conversación. Venía con los ojos fijos en su teléfono, leyendo algún mensaje y no le dio tiempo a ver como se separaban con brusquedad ni logró captar lo que se estaban diciendo. Sin embargo, a pesar de que no prestaba atención, nada más mirarlos pudo percatarse de que su conversación no era un agradable diálogo sobre el tiempo. Era imposible no captar la tensión que fluía entre los dos.

—¿Qué pasa? —preguntó preocupada.

—No te preocupes, cariño. No es nada. Se olvidó de poner jabón en el baño y se lo estaba recordando.
—Sí, me lo ha recordado. Ahora, si me dejan sitio, tengo que salir con el carro de la habitación y no quiero atropellar a nadie —dijo Rocío.
Alberto apartó con suavidad a Lucía agarrándola por la cintura y se quedó en la puerta hasta que Rocío desapareció por el pasillo, empujando su carrito y arrastrando tras de ella toneladas de malhumor.
—Cariño, tu ojo no tiene buen aspecto —le dijo Lucía mientras se sentaba en el sofá de la suite.
—¿No? —preguntó él preocupado. Le dolía, pero pensaba que se le pasaría a lo largo del día.
—Será mejor que lo veas tú mismo.
Cuando Alberto se asomó al espejo del baño empezó a ponerse nervioso. El ojo no se había hinchado demasiado, pero el globo ocular estaba completamente rojo y el párpado estaba cambiando de color. Se lo palpó y la sensación que le devolvieron sus sentidos no le gustó en absoluto. Dolía.
—Me temo que tendremos un problema si eso no mejora en unos días. No vas a poder ir a la presentación de la película con un ojo hinchado, a menos que inventemos una buena historia para justificarlo. Nadie se va a creer que una camarera te ha dejado así después de atizarte inocentemente con la bandeja del desayuno.
—Es lo que ha pasado.
—Vamos, no eres nuevo en esto. Eso no vende. Inventarán lo primero que se les pase por la cabeza. Pide más hielo, anda, ayudará a que no empeore mucho.
—No, no creo que haga falta.
—Sí hace falta, además te voy a dar una crema que he traído. Hará que tenga mejor aspecto.
Lucía, después de rebuscar el antiinflamatorio en su neceser y ponerle una generosa dosis al párpado de Alberto, encendió la televisión para ver uno de los programas de

cotilleos. Quería comprobar si daban alguna noticia sobre el estreno inminente de la película. Él los odiaba, pero no le apetecía discutir con otra mujer esa mañana.

Se asomó por la ventana, valorando la posibilidad de dar un paseo, pero abandonó la idea. Habían empezado a caer los primeros copos nieve y se estaba mejor en la habitación. Cinco minutos después de soportar la insustancial charla televisiva y, sin otro entretenimiento a mano, volvió a cambiar de idea.

—Voy abajo a tomar un café. ¿Te vienes? —le preguntó a Lucía.

—No, baja tú. Gracias, no me apetece moverme de este sofá tan cómodo.

—Tú misma. —Se encogió de hombros mientras agarraba la chaqueta y abandonaba la suite.

Escaleras del hotel. Martes a media mañana.

Bajó las escaleras despacio. En realidad lo de tomar un café no era más que una excusa, ni siquiera le apetecía. Quería escaparse de allí como fuera, no tener que seguir escuchando las memeces de presentadores estrella y tertulianos de tres al cuarto que se dedicaban a destripar las vidas de cuantos se pusieran a tiro.

Cuando estaba a punto de encarar el tramo de escalera que comunicaba la segunda planta con la primera, oyó las voces del dueño del hotel y de la camarera, y se quedó clavado en un escalón. No tenía intención de cotillear, solo trataba de no inmiscuirse en lo que estuviera hablando con su jefe. Hizo amago de volver a la habitación, pero la curiosidad por saber algo más de la chica le pudo y se quedó escuchando.

—Quiero que busques a otra, Marcos, yo no puedo venir estos días.

—Rocío, será solo esta semana. Lo vas a hacer bien —decía Marcos.

—¿Bien? Has visto cómo le he dejado el ojo, ¿no? Seguro que si sigo sirviéndoles la mesa liaré alguna más gorda —protestaba ella.

—No tiene por qué ser así, Ro. Ha sido un accidente.

—¿Y si la próxima vez le estropeo a ella un traje de seis mil euros? —preguntó Rocío, imaginándose por un momento en esa bochornosa situación.

—¡Por Dios, Rocío! ¿Cómo se va a poner un traje de seis mil euros para comer en un hotel en el que no hay nadie más?

—Era un ejemplo. Malo, seguro, pero solo un ejemplo, Marcos.

—No tengas miedo. Céntrate en tu boda. Piensa que todo esto te ayudará a que tu viaje de novios sea un poquito más... placentero. Tendrás un dinero con el que no contabas.

—Eso también me preocupa. Óscar ha dejado todo en mis manos y mira, hoy mismo debería estar probándome un peinado, un maquillaje y haciéndome unas cuantas fotos de primeros planos. Tendría que haberme ido hace rato. Tengo cosas importantes a las que dedicar mi tiempo, mucho más que estar perdiéndolo aquí por dos clientes —gruñó. Estaba enfadada de verdad.

—No te vuelvas loca, la nevada te lo habría impedido de todos modos. O peor, te habrías ido y luego a saber cómo volverías.

El sonido de un teléfono móvil les hizo interrumpir la conversación. Alberto trató de disimular, bajando con una naturalidad fingida, pero era evidente que había escuchado al menos parte de la conversación desde la escalera. Saludó a los empleados con la cabeza mientras contestaba a su interlocutor.

—¡Qué tal! Cuánto tiempo sin hablar contigo.

La voz al otro lado del auricular empezó una larga ex-

plicación, mientras Alberto asentía tontamente con la cabeza. En algún punto entre la primera planta y la recepción se paró en seco.
—¿Hoy? Está nevando. Esta noche, aunque pare, será imposible. —Hizo una pausa, escuchando con atención—. Está bien, lo que tú digas, pero quiero que sepas que no estoy de acuerdo. Es la última vez que dejo que me líes.

Recepción del hotel. Martes a media mañana.

Volvió a emprender la marcha hacia el bar de la recepción y se sentó en una banqueta, esperando que alguien ocupase el otro lado de la barra y le sirviera un café. O algo más fuerte que lograse anestesiar el dolor de cabeza que revoloteaba a su alrededor sin decidir si se quedaba con él o le dejaba pasar la mañana tranquilo. Empezaba a impacientarse cuando Luisa salió a la barra, procedente de la cocina.
—Aquí, cuando alguien quiere algo pega una voz. Vete acostumbrando, mozo.
Perplejo por la brusquedad de la mujer, no fue capaz de pensar una respuesta airosa, así que optó por pedir un café, abrir el periódico local y concentrarse en un artículo sobre las actividades de los clubes de lectura de la zona. El periódico le sirvió de escudo para observar a Rocío que, procedente de las habitaciones, entró en la recepción. Al verlo aceleró rumbo a la cocina.
No iba a darle ninguna opción para que tratase de volver a hablar con ella.

TOMA 3

Recepción del hotel. Martes a media mañana.

La primera aparición televisiva de Lucía Vega fue precoz. Con quince días de vida fue contratada para una serie familiar de la televisión, que arrancaba con el nacimiento de la más pequeña de la familia. Su madre, ayudante de dirección por aquel entonces, se puso de parto a poco de iniciar el rodaje, antes de que hubieran encontrado al bebé que buscaban, y vio el modo de rentabilizar una maternidad no planeada. La serie fue un éxito rotundo y los espectadores de todo el país pudieron ver a Lucía, temporada tras temporada, hasta que cumplió siete años y la productora suspendió el programa.

Durante los siguientes ocho años poco se supo de la niña en el mundo artístico. Su papel formaba parte de la memoria colectiva y todos la asociaban a la rebelde y simpática Cristina, la niña que había acabado acaparando el protagonismo del serial, por lo que los productores de televisión la rechazaban por sistema en cada casting. Al principio fue duro. Siempre que volvía con un no debajo del brazo, Lucía se encerraba en su cuarto a llorar. Su madre, temerosa de que acabase sufriendo una depresión, iba bajando el listón cada vez más, aceptando presentarla a pruebas de directores desconocidos, pero ni aun así lograron pasar de alguna que otra aparición esporádica en algún capítulo de una serie cualquiera. Nunca más le dieron un papel relevante.

Poco a poco, Lucía se fue acostumbrando y casi se sorprendió cuando, con quince años, le ofrecieron un pequeño papel en una película. La televisión, que la había visto nacer, también la había dejado de lado y ella, orgullosa, se juró que lo haría lo suficientemente bien como para no tener que mendigar más veces oportunidades en series de tercera. Y lo hizo. La película en sí misma no convenció demasiado a crítica y público, y si algo la salvó de caer en el pozo del olvido fue Lucía Vega en el convincente papel de una prostituta adolescente.

Desde entonces, su carrera se disparó, su caché empezó a subir y los trabajos que antes no llegaban se empezaron a acumular en la mesa del despacho de su agente. Su madre, preocupada por el ritmo que estaban tomando las cosas, decidió enseguida que había que parar. Lucía alternaba el instituto con el plató y las clases de danza con las entrevistas en televisión, por lo que sus notas acabaron cayendo en picado. Llegados a ese punto, incapaz de convencer a la adolescente que era y con la excusa de aprender inglés para conquistar el mercado americano, se la llevó a Los Ángeles. Esperaba que la decepción hiciera el trabajo sucio de convencerla de que no era eso lo que quería para su vida.

El fracaso de los planes de su madre fue precisamente el éxito de Lucía. Esa niña, definitivamente, había caído de pie. Su popularidad, casi desde su primera aparición en una cinta norteamericana, se hizo mundial, y no había rincón del planeta en el que su nombre sonase desconocido. La última película, rodada en su país con Alberto Enríquez, constituía su regreso triunfal, su manera de restregarle por las narices a todos los que habían desconfiado de su talento en el pasado.

—Estás aquí todavía, ¿no querías dar un paseo? —preguntó Lucía a Alberto, dándole un buen susto. Seguía en la barra de la cafetería, pegado al periódico y no la oyó llegar.

—Sí, pero me he puesto a leer y se me ha pasado el tiempo volando. ¿Tú qué hacías?

—Cosas de chicas que no te voy a contar —le respondió mostrando una perfecta sonrisa.

Esa era una de las cosas que más le gustaban de Lucía. Siempre mantenía a todo el mundo a distancia, como si una barrera mágica la envolviera. Sin embargo, cuando decidía que alguien no suponía ningún peligro, la pompa de jabón explotaba y permitía a la otra persona que viera su alma. La de verdad, no la de la estrella de cine, aquel lugar habitado todavía por la niña que, en cierta medida, se había perdido parte de su infancia. Entonces era ella misma, las sonrisas no eran un posado. Los focos se sustituían por un sol radiante que invitaba a cualquier travesura. Lucía, la mujer, no era más que una niña. Lucía, la estrella, sin embargo, era la mujer por excelencia. Tenía el cuerpo que ellos sueñan y que ellas anhelan.

—¿Qué te parece —dijo Alberto, retirándole un mechón de pelo de la cara—, si te invito a comer?

—Mmm, deja que lo piense. He recibido un montón de ofertas hoy...

—El sitio que me han recomendado es muy bonito. Tiene una enorme chimenea en la entrada, que siempre está encendida en los días que hace tanto frío como hoy...

—¿De verdad? —preguntó ella.

—Palabra. Además, creo que el mal tiempo y el hecho de que hoy sea martes han dejado al restaurante sin clientes. Lo tendremos para nosotros solos. —Sonrió dejando a la vista su blanquísima dentadura.

—Me va gustando el plan...

—Incluso —dijo Alberto sin abandonar su pose seductora—, puedo proponer personalmente un menú que sé que te va a encantar. Lo cocinarán solo para nosotros dos.

—Eres tonto. —Sonrió Lucía—. ¡Me estás hablando de este lugar!

—Claro, ¿dónde quieres que vayamos con el tiempo que hace?

La agarró por la cintura y ella se acercó a él. La complicidad entre ambos sobrepasaba las barreras de la pantalla de cine, eso era evidente.

—¡Niña! —gruñó Luisa, que llevaba varios minutos detrás de la barra, esperando que Lucía le pidiera su consumición o le permitiera marcharse de nuevo a la cocina.

—¿Qué? —titubeó la actriz, sorprendida por el tono.

—Que si quieres que te ponga algo o vas a seguir mucho rato haciendo el tonto con este muchacho.

La manera de hablar de Luisa enfadó a Lucía, poco acostumbrada a que la gente se comportara con ella así. Sin embargo, Alberto tuvo que girar la cabeza hacia la ventana para que ninguna de las dos fuera consciente de que se estaba riendo. A la mujer parecía darle lo mismo quien tuviera delante, hablaba igual a todo el mundo. Antes de que Lucía bajase de la suite, habían entrado las dos chicas que trabajaban en la gestoría de al lado y había sucedido exactamente lo mismo. El mismo tono grosero del que Lucía todavía no se había recuperado.

—Tomaré una infusión de melisa, gracias —le dijo secamente.

—Te pongo una manzanilla, aquí no gastamos de esas cosas.

Antes de que le diera tiempo a contestar, Luisa había desaparecido por la puerta de acceso a la cocina para buscar la manzanilla, llevándose colgado del pelo su mal humor.

—¿Has oído a esa mujer? —preguntó Lucía medio enfadada, no tanto por la airada respuesta y por su decisión de servirle lo que le diera la gana, sino por la sonrisa en el rostro del actor que amenazaba ya con convertirse en una sonora carcajada.

—Creo que no tiene nada que ver contigo, me parece que esta mujer es así.
—Bueno, vamos a dejarlo, no quiero enfadarme hoy. He estado hablando con mi agente y me ha comentado la agenda para la semana que viene. Antes del preestreno de la película, el jueves por la noche, hablaremos diez minutos con cada medio de comunicación que ha pedido entrevista.
—Espero que no sean muchos, no me gusta nada esa parte del negocio —dijo Alberto, seguro de que esa era una de las cosas que menos le apetecían de los estrenos.
—Pues siento decirte que creo que tendremos que estar al menos dos horas antes allí para cumplir con los compromisos.
Luisa salió de la cocina con la infusión y se la colocó delante a Lucía con un gruñido, al que esta contestó con un gesto severo que de poco le sirvió. Antes de que se diera cuenta, Luisa la miraba con una expresión de hastío y volvía a desaparecer, tragada por la puerta de la cocina.
—¿Qué sabes de las revistas? —preguntó Alberto retomando la conversación.
—De momento no han publicado nada sobre nosotros, tampoco he visto ninguna noticia en televisión, en esos programas que te ponen tan nervioso...
—Mi representante también ha llamado —dijo Alberto.
—¿Qué dice?
—Algo que no te va a gustar. Pretende forzar un poco la máquina.
—No te entiendo —dijo Lucía mientras se llevaba la manzanilla a los labios. Estaba demasiado caliente y tuvo que volver a dejarla en la barra para que se fuera templando.
—Quiere que se empiece a hablar ya de nuestro romance. Mañana mismo.
—¡No! Si hace eso, cuando lleguemos a la promoción la mitad de la entrevista será para preguntarnos sobre el

tema y necesitamos que se hable de la película en ese momento. ¡Tienes que convencerlo para que desista! Nuestra historia tiene que descubrirse al día siguiente, nunca antes.

—Lo intenté, pero sabes que cuando se empeña en algo no hay forma de sacarlo de ahí —respondió Alberto.

—Como alguien se entere de que estamos aquí se acabó la semana. Adiós al descanso idílico en este lugar perdido —suspiró Lucía.

—Pues me parece que los buitres ya han llegado. Y hoy mismo, esta noche, quieren empezar el festín. Perales ya está aquí.

—¿Cristian Perales?

—El mismo. Pretenden que simulemos un robado y venderlo como la bomba de la semana. Mi representante es quien le ha dado la información.

—¿Y quién es él para decidir por mí? —preguntó Lucía—. No me parece justo. A mí nadie me ha preguntado.

—Mi representante no es nadie, pero creo que ya ha hablado con Sebastián, el tuyo, y están los dos de acuerdo. En toda esta historia, tú y yo somos los que menos contamos.

—Bueno, eso es relativo —dijo Lucía, enfadándose—. Puedo despedirlo en cuanto quiera, se lo voy a recordar cuando hable con él. Y, además —sonrió pícaramente—, se lo podemos poner difícil, ¿no crees?

—Me ha pedido que salga contigo a dar un paseo después de la cena —dijo Alberto sin mucho ánimo.

—¿Con el tiempo que hace?

—Insiste en que es lo mejor para la promoción y no he sabido decirle que no. Por lo menos de manera tajante.

—Mmm, creo que vamos a inventar un poco. Una indisposición mía nos servirá. —Lucía empezó a trazar un plan en su cabeza—. Vale, esto es lo que haremos. Vas a salir solo, te darás una vuelta, dejarás que Cristian te vea y se entretenga haciendo alguna foto, y después volverás al hotel. Seguro que mañana te vas a llevar una bronca, pero tendremos paz un día más. Necesito esta calma antes de que empecemos a movernos por todas partes con la película, por favor. Nos van a volver locos con esta historia y estoy preparada para ello, pero necesito unos días de tranquilidad.

»No te lo he terminado de explicar. Para la próxima semana tenemos compromisos con programas de televisión, tres fiestas más y dos revistas nos quieren entrevistar. Eso sin contar con todo lo que nos espera en internet, ya sabes: los blogs, las webs de cine, encuentros virtuales en las redes sociales...

—¿Por qué la gente no se queda con lo que hacemos solamente? —La pregunta de Alberto no buscaba una respuesta.

—¿Con lo que hacemos?

—Sí, con la película. Me pregunto por qué no es más sencillo. Debería consistir en eso. Yo actúo, interpreto un papel para el público y ellos, en la sala, se emocionan, ríen, lloran, o lo que sea que la película transmita. El espectador, cuando acaba la proyección se va y continúa con su vida. El conductor de autobús que todos los días hace una ruta, cuando la termina apaga el contacto, cierra las puertas de su vehículo y puede volver a casa tan tranquilo. A disfrutar de su familia, a ver la televisión, a leer un libro o, simplemente, a dejar pasar las horas sin hacer nada hasta que llegue el día siguiente de trabajo. Nosotros no. Después de nuestro trabajo, cuando los focos se apagan, cuando el equipo se marcha a descansar, tenemos que seguir actuando. A veces durante meses. Es como si no tuviéramos derecho a tener una vida propia, como si siempre tuviéramos que estar dando explicaciones de todos y cada uno de los pasos que damos a todo el mundo, conocidos y desconocidos.

—¿No te gusta este trabajo? —preguntó Lucía extrañada.

—No me gustan determinadas cosas que nos venden como convenientes, las que tenemos que hacer para que se hable de nosotros. La parte que me gusta es la que menos dura. Preparar una película, rodarla, ¿qué nos lleva a los actores? Un par de meses. Luego viene ese deambular constante, de un lado a otro, las miles de preguntas repetidas que tienes que contestar con tu mejor sonrisa.

—Por eso nos pagan lo que nos pagan, Alberto. Nadie dijo que esto no fuera duro, pero a mí me gusta. De todos modos, no sé hacer otra cosa.

—Admiro tu capacidad para mantenerte siempre perfecta. No se nota que te esfuerces. Yo, sin embargo, tengo que emplear toda mi energía para no salir corriendo. Por eso me gusta estar aquí, con esta señora tratándonos como a personas normales detrás de la barra. Salvo por el dueño que es un poco cargante, desde que llegamos aquí me siento cómodo. Es verdad que las chicas que han entrado antes me han preguntado si yo era yo, pero ni han sacado el móvil para pedirme una foto. Se han puesto a hablar conmigo como si me conocieran de toda la vida, sin mencionar para nada mi trabajo. Siento que nos están tratando muy bien.

—Desde luego. Sobre todo a ti. ¿Qué tal llevas el ojo? —preguntó ella acariciando suavemente la zona del párpado de Alberto, recordando el incidente con la bandeja.

—No me duele mucho, pero he visto que no tiene muy buen aspecto.

—No parece tan malo como al principio, se pasará.

Rocío entró en el bar, procedente del sótano, de donde venía de cambiar su uniforme de camarera de pisos por un pantalón negro y una camisa blanca que encontró en su propio armario. No se parecía a lo que vestían los otros camareros que durante los fines de semana trabajaban en el hotel, pero los pantalones de su talla y la blusa ajustada le daban mucho mejor aspecto del que tenía unas horas antes.

Se quedó parada cuando se encontró en el bar, que compartía espacio con la recepción, con los dos actores que continuaban tomando algo. Ocupando una habitación como la suite, no se le ocurrió que sintieran la necesidad de pasar mucho rato allí. En cualquier momento podría entrar alguien del pueblo e importunarlos con las cuestiones más variopintas, que no siempre tendrían el cine como telón de fondo. La gente de Grimiel era así, incapaz de no someter a un interrogatorio a cuantos clientes llegasen al hotel; el ser famosos no les iba a salvar. Más bien podría llegar a ejercer el efecto contrario, despertaría aún más la curiosidad de los lugareños y podría multiplicar las preguntas.

Como si sus pensamientos quisieran confirmarse, la puerta de la calle se abrió y entraron Carlos y Ángel, el dependiente y el dueño de la pequeña tienda del pueblo, a la que todo el mundo llamaba el «súper», pero que lo único que tenía de súper era la ironía: era superpequeña. Sin embargo, Ángel, al que le quedaba ya poco para jubilarse, había sabido siempre tenerla bien surtida, de modo que muy pocas eran las veces que algún grimieleño necesitaba algo y no lo encontraba en ella.

—¡Luisa! —gritó Ángel mientras se frotaba las manos y las soplaba, intentando que entrasen en calor. Debería haberse puesto guantes, pero ya era tarde para hacerlo.

Rocío saludó con la cabeza y un leve «hola» mientras enfilaba a la cocina y los dos hombres le devolvieron el saludo con la misma parquedad. En ese momento, Carlos, que nada más llegar se había pegado a la chimenea, se volvió para calentarse y vio a los dos actores, a los que en principio solo reconoció como dos forasteros que ocupaban alguna de las habitaciones del hotel.

—Buenas —dijo mirando fijamente a Lucía.

—Buenos días —contestó esta, casi a la vez que Alberto, sin separar sus ojos de los del chico.

—¡Eh! —El gruñido de Luisa devolvió a Carlos y Lucía a la realidad.

—Sí, Luisa. A mí ponme un café con leche —contestó él sin prestar atención, como en realidad nadie hacía, al tono de la mujer—. ¿Tú qué quieres, Ángel?

—Otro.

—Han tocado a muerto. ¿Quién ha caído? —les preguntó la ayudante de cocina mientras manipulaba la cafetera.

—La Justa —contestó Ángel—. Noventa años me han dicho que tenía.

—Ha vivido mucho. ¿A qué hora es el entierro?

—No lo sé, supongo que mañana por la mañana —contestó Ángel.

—Si quieres le digo a mi madre que te llame, seguro que se ha enterado —le dijo Carlos.

—No, si no pienso ir. Era por saberlo.

—Anda malo el día, Luisa —dijo Ángel cambiando radicalmente de conversación y desconcertando a Alberto, que se había quedado escuchando con atención, pensando que la información sobre el fallecimiento les causaría un impacto más allá del tono anecdótico que habían usado.

—Es invierno —contestó la mujer mientras colocaba las cucharillas y el azúcar en los platos.

Pues no, de la tal Justa ya se habían olvidado.

—Dice el Jacinto que no va a parar en los próximos tres días. ¿Han venido ustedes para mucho tiempo? —preguntó Ángel a Alberto, incluyéndole sin previo aviso en su charla.

—Unos días —contestó este, un poco desconcertado tanto por los giros de la conversación que era inevitable escuchar, como por la brusquedad de su entrada en ella, sin presentaciones previas.

—No se podrán ir de aquí antes del jueves. La montaña ha gemido esta mañana, eso es que viene temporal. Dos días como poco. El Jacinto no se equivoca nunca.

—Porque tú lo digas —contestó Luisa, poniendo los vasos encima de los platos de café sin el más mínimo cuidado. Después calentó la leche y se la sirvió.

—¡Joder, Luisa! —protestó Carlos cuando se quemó los labios al tratar de tomar el primer sorbo—. Yo no he hecho nada.

—Si te parece que está caliente, saca el vaso a la calle, ya verás que pronto se enfría —dijo mientras volvía a sus dominios, desapareciendo de la barra antes de que le pidieran algo más.

—¿Le habéis hecho algo? —preguntó Ángel a los dos actores.

—Yo... le he pedido infusiones que no conoce, como no sea eso... —contestó Lucía.

Alberto miró perplejo a la muchacha. Aunque no solía ser antipática con nadie, tampoco se mostraba abierta así como así. El que contestase a aquel hombre le dejó desconcertado. Cierto era que Ángel tenía aspecto de buena persona y edad más que suficiente para ser su padre, pero le chocó la naturalidad con la que había aceptado que, de alguna manera, ya no eran desconocidos del todo.

—Luisa es así, no hay que darle más vueltas —respondió Carlos—. Con no hacer caso a lo que te dice es suficiente. Por cierto, este es Ángel y yo soy Carlos.

Le tendió la mano a Alberto y este se la estrechó, aunque se arrepintió al momento. El apretón había sido real, no como los tibios saludos que solía intercambiar con la gente con la que se relacionaba habitualmente. Le resultó violento hacer algún comentario o un gesto, porque pensó que quizá la gente de allí saludaba así, pero al notar el suave apretón de Ángel pensó que, definitivamente, la gente joven de Grimiel tenía algo contra su integridad física.

—Yo soy Lucía. —El silencio de Alberto lo rellenó ella—. Y él es Alberto.

No se había presentado con su apellido y eso también

sorprendió al actor, que notaba que Lucía estaba especialmente comunicativa esa mañana. Su desconcierto creció cuando saludó con un par de besos a los dos desconocidos y acaparó a Carlos, preguntándole por el pueblo, por su trabajo, por la mujer recién fallecida y hasta por el tal Jacinto, cuya mención parecía haber cabreado a Luisa. Media hora después la conversación entre Carlos y Lucía había derivado a lugares anecdóticos y Ángel hablaba con Alberto de su próxima jubilación.

—En cuanto cumpla la edad, ahí se queda la tienda. Si el chico la quiere, para él.

—¿Es su hijo? —preguntó Alberto.

—No, ya me gustaría. Quedé soltero. Este es un buen muchacho que siempre ha trabajado para mí, desde que era un crío. No es mi hijo, pero como si lo fuera. Ahora mismo me están entrando ganas de darle una colleja.

—¿Por qué? —preguntó Alberto mientras se llevaba a los labios la cerveza a la que Ángel le había invitado.

—Porque no me parece bien cómo se está comportando.

Alberto trató de encontrar algo reprobable en el comportamiento de Carlos, pero fue incapaz de ver nada más allá de que mantenía una conversación trivial con Lucía.

—No debería acaparar a la señorita, ¿o es señora?

—Si se refiere a si estamos casados, no, no se preocupe.

—Ya, hijo, pero contigo aquí, y él tonteando...

Alberto no era capaz de ver el tonteo por ninguna parte. Carlos se limitaba a hablar y la distancia física entre la chica y él era considerable. No se había atrevido ni siquiera a ponerle la mano en la espalda cuando le había dado los dos besos de cortesía, y eso que Lucía, ahora que lo pensaba, le había puesto la mano en el hombro. A lo mejor Ángel llevaba razón, y lo que a él le parecía una inocente conversación entre dos personas que se acababan de conocer, en Grimiel se consideraba un tonteo en toda regla.

—Carlos, nos tenemos que ir a comer, que la tienda esta tarde no se abre sola.

—Sí, claro —respondió este—. Nos vamos, hasta mañana.

—Hasta mañana. Encantada de haberos conocido —se despidió Lucía cuando salían por la puerta.

—Sí parecías encantada, sí —dijo Alberto cuando fue consciente de que ya no le podían oír.

—Me han parecido gente agradable —respondió Lucía tranquila.

—La comida ya está lista —interrumpió Rocío, que había entrado en la barra sin que se percataran de su presencia—. Pueden pasar al comedor cuando quieran.

Respiró, intentando serenarse para no volver a tirar nada.

Lo consiguió a pesar de las miradas de Alberto, clavadas en ella durante el tiempo que estuvo sirviéndoles los platos. Incluso, no estaba segura, pero le pareció que una vez el actor le había guiñado un ojo.

Inmediaciones del hotel. Martes por la tarde.

La nevada fue cubriendo de frío las calles de Grimiel. Cuatro horas después de que los primeros copos se posaran tímidamente en el suelo, deshaciéndose casi al instante, el aspecto del pueblo era muy diferente. Las aceras habían desaparecido y para aventurarse a salir de casa había que estar muy seguro de por dónde se andaba.

Alberto Enríquez, siguiendo las instrucciones de su agente, salió a la calle a media tarde. Lucía, siguiendo su propio criterio e ignorando a su representante, se quedó tan tranquila en la suite, disfrutando del jacuzzi, mientras, al otro lado del cristal, la nieve que caía hacía que se sintiera una privilegiada por no estar pasando frío.

Plaza. Martes por la tarde.

Rocío, después de servir la comida a los actores y compartir un pequeño tentempié con sus compañeros, salió rumbo a casa de sus padres. Había quedado con Óscar para que fuera a buscarla, pero alegó que estaba cansado, que se tendría que levantar mucho antes si quería ir a comprar pescado con aquella nevada, y lo dejaron para el día siguiente.

La chica pisaba con cautela, calculando por la situación de las casas dónde estaban los bordillos. No era fácil porque hacía viento y la nieve trazaba remolinos que se metían en los ojos, haciendo que le llorasen. No vio a Alberto hasta que lo tenía casi encima. Él también miraba al suelo y a punto estuvieron de chocar.

—Buenas tardes —dijo él, contento de ver a alguien conocido con quien pararse a hablar. No le estaba resultando demasiado agradable el paseo.

—¿Buenas...?

—Ya sé que no son muy buenas, era una manera de hablar —atajó él.

—No, no son nada buenas. Si me permites, quiero llegar a casa antes de que pille una pulmonía y tengo que tirar esto todavía. —Se mordió la lengua tarde, cuando se dio cuenta de que había vuelto a olvidar emplear un tratamiento más distante. Otra vez le estaba tuteando.

El contenedor que estaba siempre al lado del hotel había desaparecido y Rocío cargaba con una bolsa de basura hasta el siguiente. Los niños del pueblo tenían muy pocas cosas con las que entretenerse y desde hacía tiempo, periódicamente, se llevaban el contenedor para probar el aguante de Luisa. Ese día, sin embargo, la víctima de la gamberrada era ella, que tenía que cargar con la bolsa en medio de aquella ventisca.

—Siento que por nuestra culpa tengas que hacer horas extra.

Rocío le miró interrogante, no sabía cómo se había podido enterar de aquello.

—Pero...

—Os he oído hablar esta mañana.

—No es asunto tuyo. —Rocío hizo amago de continuar, pero el brazo de Alberto la retuvo.

—¿Podemos volver a empezar? —le preguntó. A bocajarro.

—¿Empezar? —preguntó sorprendida—. ¿Empezar qué?

—Me parece que entre nosotros todo está siendo un pelín accidentado.

—No hay un «nosotros» —dijo Rocío—. Yo soy simplemente una empleada del hotel donde te alojas, no tienes ni por qué ser amable conmigo.

—Deja que sea yo quien decida eso, ¿no? ¿Te puedo hacer una pregunta?

—Prueba.

—¿Por qué te caigo mal?

—No me caes mal. Ni bien —contestó ella sorprendida de que le preocupase aquello.

—¿Estás incómoda conmigo por esto? —dijo señalándose el ojo.

Rocío sintió como una oleada de culpa recorría su cuerpo. Tocó el ojo de Alberto, una suave caricia nada más. Le hubiera gustado tener poderes mágicos para borrarle el morado que le había causado. No sabía por qué había hecho aquello, como tampoco quería reconocer ante sí misma que parte del nerviosismo que sentía cuando Alberto estaba cerca tenía que ver con algo grande que se empezaba a remover en su cerebro. Era solo una idea, un pensamiento escondido detrás de lo que era conveniente, de lo que le resultaba tranquilizador. Alberto, sin ser consciente de ello, había prendido una llamita que amenazaba con incendiar sus pensamientos. No podía dejar que eso ocurriera. Si se permitía que la puerta que mantenía encerrados sus miedos se abriera y dejara paso al aire nuevo que representaba Alberto, el incendio sería imparable y las consecuencias para su vida imposibles de adivinar.

—Lo siento, Marcos no debería obligarme a servir mesas. Ya se lo advertí. —Trató de dar un paso adelante, pero se había despistado, resbaló y acabó de culo en el suelo.

—¿Te has hecho daño? —preguntó él sin poder disimular una carcajada.

—¿A ti qué te parece? ¿Me ayudas a levantarme? —Rocío también se estaba riendo por la situación.

—¿Y si no quiero? —sonrió Alberto—. Te recuerdo que esta mañana me has dado con una bandeja —dijo señalando su ojo—, y después me has pillado el pie con un carrito.

—Vale, no me ayudes —dijo, tratando de levantarse, pero resbaló de nuevo—. Mañana, a lo mejor, te lleno la sopa de picante.

—Dame la mano.

Al tirar de ella, los dos rodaron por el suelo. El viento estaba congelando la nieve y resultaba complicado no caerse.

—¿Estás bien? —preguntó Alberto de nuevo, mientras se arrastraba hacia ella.

—¿Tú sabes hacer otras preguntas aparte de esa?

—Si me dan el guion, sí.

Cogidos de la mano, se apoyaron el uno en el otro para ayudarse a mantener el equilibrio. Fue un instante, un roce suave de la piel de sus mejillas, pero Rocío escuchó una sirena de bomberos mental y le soltó bruscamente, volviendo a tener problemas con el equilibrio. Casi sin despedirse, siguió su camino.

Al otro lado de la calle, Cristian Perales había hecho unas fotos que no estaban planeadas. Estaba seguro que acabarían valiendo más que las que había ido a buscar y como no entraban en el trato no estaría obligado a compartir beneficios. Las dos horas tiritando dentro de un coche, en medio de una nevada, habían merecido la pena. Lo que no sabía era cómo saldría de allí.

TOMA 4

Pensión. Martes por la noche.

Gustavo, el agente de Alberto Enríquez, se revolvía incómodo en su elegante sillón de cuero, mientras hablaba por teléfono con el paparazi al que había enviado a Grimiel. Las cosas no estaban siguiendo el rumbo que tenían planeado.

—No lo entiendo, Cristian. Le dejé bien claro que tendría que salir con Lucía y dejar que les hicieras unas fotos. No es normal que Alberto no haga caso a lo que le digo.

—Pues lo ha hecho —afirmó el fotógrafo desde el otro lado de la línea—. Me pasé horas esperando y de ese hotel no salió nadie.

—¿No te habrás confundido de pueblo? —preguntó Gustavo alarmado ante la posibilidad de que ese fotógrafo imbécil se hubiera marchado a otro lugar por error.

—Grimiel, estoy en Grimiel. ¿No era ese el pueblo?

—Sí, sí, ese.

—Ahí es donde estoy, en el culo del mundo, donde hace un frío que pela y donde solo hay un hotel, de muchísimo lujo, por cierto, que no sé qué pinta aquí, y una mierda de pensión que es donde únicamente he podido alojarme. No te preocupes, no me he equivocado. ¿No podría trasladarme al hotel?

—Lucía te conoce y su representante no quiere que te vea. Se iría todo al garete. Ha aceptado que se hable sobre el idilio, pero nunca antes del estreno de la película. Si te ve por ahí, creo que tendremos problemas. Los tres. Mejor dicho, los cuatro. Alberto no se va a librar de su ira. —En ese momento Gustavo ni imaginaba que Alberto ya le había contado a Lucía los planes de sus respectivos agentes.

—Vale, lo entiendo, pero es que este sitio es un asco. No hay nada que hacer y ni siquiera tienen wifi en la pensión. Me muero de aburrimiento.

—Más vale que en lugar de aburrirte —dijo Gustavo—, te dediques a buscar a los chicos, necesitamos esas fotos y tiene que ser ya.

—No te preocupes, tarde o temprano saldrán del hotel y yo estaré allí para inmortalizar el momento.

Colgó mientras en sus labios se quedaba suspendida una sonrisa. No necesitaba las fotos que Gustavo había encargado y no se estaba aburriendo lo más mínimo. Horas antes había dejado el dedo pegado en el disparador de su Canon y tenía material más que suficiente para rellenar sus maltrechos bolsillos durante una buena cantidad de tiempo. Acumular divorcios y coleccionar vicios requería que su cuenta bancaria se rellenase periódicamente con dinero extra.

Después de la sesión improvisada se había pasado horas seleccionando las mejores tomas, esas en las que parecía que entre Alberto y aquella chica había algo especial. Incluso había toda una serie en la que, por la posición, se podría pensar que se estaban besando. Unos filtros por aquí, algún retoque por allá... Solo le faltaba un pequeño detalle, conseguir un primer plano de la desconocida, y entonces tendría algo mucho más jugoso de lo que esperaba Gus. Porque, bien pensado, había prisa para publicar aquello. Si seguía el primer plan, dejar que las revistas y los programas de cotilleos hicieran su particular bucle con la historia entre los dos actores, la mentira que los representantes querían vender, podría llegar él con las otras fotos, las de la desconocida. Dinamitaría el romance de los actores a cambio de un montón de pasta, pero existía el riesgo de que se cruzase cualquier historia y perdieran su valor.

No, lo mejor era empezar cuanto antes a soltar sus criaturas al mundo del *show bussines*.

Cristian Perales no siempre había sido así. Hubo un tiempo en el que todas estas cosas le asqueaban, un tiempo extraño en el que incluso viajó a países perdidos que no están en ninguna guía en busca de la fotografía, de la imagen que catapultase su nombre al Olimpo particular de los retratistas del mundo, como un Robert Capa del siglo XXI. Ese instante no llegó, pero en el viaje descubrió que el tercer mundo es un lugar hostil, que la gente no quiere entrometidos que anden aprisionando sus miserias para enseñárselas a los demás, como trofeos de caza. Más de una vez tuvo que utilizar el ingenio para no ser él cazado y salir vivo de aquella aventura. Con el orgullo herido y sin un céntimo para empezar un negocio más tranquilo, encontró el camino por el que transitaba ahora un día en el que, por casualidad, tropezó con una buena noticia, de las que se pagan con más de tres ceros tras una cifra. Un político de segunda estaba liado con una cantante famosa y se arriesgaron a sumergirse en el subsuelo de la ciudad. Al fin y al cabo a esas horas el metro estaba medio vacío y el invierno, oportuno, les daba la excusa de cubrirse con gorros y bufandas. Subieron en el mismo vagón semidesierto en el que iba Cristian, quien reconoció a la cantante en cuanto el calor insoportable del ambiente la obligó a deshacerse de las prendas de abrigo. Fingió estar jugando con el móvil y, sin que ellos se percataran, empezó a grabar un vídeo. Solo quería presumir con sus amigos, contarles con pruebas que había visto a la cantante, pero ella, ignorando ser la protagonista de una película de aficionado, se acercó a su pareja y se fundió con él en un apasionado beso. Cristian incluso se enfadó, a punto estuvo de apagar la cámara, pensando en lo inoportuno que resultaba que se inclinase en ese preciso instante saliéndose del plano. La cara que se veía, y bien, era la de él. Pensó que si se movieran podría tener una mejor vista, por lo que aguantó disimulando hasta que los dos salieron del metro.

Una vez en casa, Cristian pasó las imágenes a su ordenador. Pretendía mandárselas a sus amigos por email, no sabía si creerían la historia, porque no se la veía nada más que unos segundos en primer plano, pero al editar las imágenes comprobó que el desconocido era, ni más ni menos, el alcalde de un pueblo de la periferia de la capital. Casado. Padre de un hijo. La conciencia le hizo negar con la cabeza la idea que se había apoderado de él, pero su economía, más que triste, paupérrima, le dio un bofetón en plena cara. Dos horas después tenía dinero en el bolsillo, y de ahí en adelante, unas cuantas noches de insomnio por haber sido, en parte, responsable de mandar un matrimonio al garete. Ahora, recordándolo, se reía. El insomnio había sido más abultado que la cifra, pero desde entonces había cambiado. Ahora su conciencia anestesiada le dejaba dormir en paz y la cartera llena le pagaba los mejores colchones. Menos esa noche, que se tenía que conformar con uno viejo en una pensión de mala muerte.

Hotel. Martes por la noche.

Los actores habían pedido la cena en su habitación, por lo que no hubiera hecho falta que Rocío volviese. Por eso ella se había quejado a Marcos: en noches como esa no apetecía dejar la calidez del sofá de casa y dar un paseo bajo la nieve hasta el hotel.

—Lo siento —dijo su jefe—. Sé que tienes montones de cosas que preparar y te he hecho venir para nada.

—No importa, Marcos, me vas a pagar, o eso dijiste.

—Sí, sí, por eso no te preocupes. Es solo que me siento un poco culpable contigo.

—De todos modos, poco se puede hacer con esta nevada. Óscar me ha dicho que ayer le costó horrores no salirse de la carretera y esta noche no va a ir a comprar pescado.

—¿Tiene miedo el Merluzo? —preguntó Dani desde su posición cerca del horno. Estaba ultimando la base de una tarta, para dejarla que enfriara por la noche y prepararla al día siguiente.

—¡Deja de llamarle merluzo! No tiene ninguna gracia, Dani.

—Cállate, Daniel —dijo Luisa—. A veces no sabes lo desagradable que puedes llegar a ser.

—Pero bueno... mira quién... —Daniel no terminó la frase ante la mirada reprobatoria de Luisa.

—Hay alguien detrás de la barra, Marcos —dijo Rocío. Había notado una corriente de aire entrando en la cocina, a través de la puerta que comunicaba con el bar de la recepción.

—Salgo yo, no os mováis.

Luisa soltó la bayeta que tenía en las manos, se las secó con el trapo que llevaba colgado del cinturón del mandil y salió a la barra sin poner una sola objeción.

—¿Qué le pasa hoy? —preguntó Marcos.

—No sé —contestó Rocío—. Está demasiado amable.

—Será que hoy no es lunes —apostilló Daniel.

—¡Niña!

El bocinazo de Luisa, tan impertinente como de costumbre, les devolvió a la realidad. Luisa era la de siempre.

—¡Rocío! —gritó, por si no la había oído bien—. ¡El pescadero!

—No sé si prefiero que le llames merluzo bajito, más

que pescadero a voces —dijo Rocío, saliendo para ver a su novio.

Óscar era un tipo muy normal. No era alto, tampoco destacaba por ser demasiado bajo. No estaba gordo, pero no se podría decir de él que tenía un porte atlético. No era moreno, ni rubio, ni siquiera se podría decir que era castaño, porque el poco pelo que se mantenía en su sitio él se empeñaba en eliminarlo como quien extermina a una plaga molesta que se ha instalado en tu jardín.

—¡Ro! —Saludó a su novia con un beso fugaz.

—¿Has venido a buscarme? ¡Qué bien! —dijo ella emocionada.

El trabajo de Óscar lo obligaba a madrugar y no siempre tenía tiempo para salidas nocturnas. Casi todos los días se veían, pero era Rocío la que iba a la pescadería por las mañanas y se quedaba allí un rato con él. Los sábados, como Óscar no tenía que ir al mercado, solían salir, pero tampoco hasta tarde porque ella tenía que trabajar el domingo y él había madrugado y tenía sueño enseguida. Los domingos no perdonaba la partida en el bar y el partido de fútbol de turno. Tenía que hacer algo de deporte para mantenerse en forma. Viendo la que iba adoptando su barriga, era más que obvio que necesitaba incrementar las horas de fútbol y reducir las de mus.

—En realidad, he quedado con Carlos para tomar algo —contestó él, mirando hacia las botellas de la barra, decidiendo qué pediría mientras acariciaba distraído el pelo castaño de su novia.

—¿Con Carlos? —No es que fueran precisamente íntimos.

—Sí, me ha llamado esta mañana a la tienda y me ha dicho que si podíamos quedar aquí para hablar de no sé qué rollos del programa de actividades de Semana Santa. Me parece que este año le ha tocado a él ser quien recaude la publicidad para pagar la imprenta. Ya tenía que estar impreso.

—Creía que habías venido por mí —dijo ella con cierta decepción.

—Pensaba que ya estarías en casa, iba a llamarte luego. Pero ya que estás aquí te puedes tomar algo con nosotros...

Rocío no contestó. El «ya que estás aquí» no era la frase que esperaba que saliera de sus labios y menos seguido de un «te puedes». Sonó fatal. La alegría inicial de ver llegar a su chico se fue transformando en otra cosa a medida que él iba hablando. No había venido por ella sino por un programa de fiestas. No había entrado en el hotel por ella sino porque Carlos se lo había pedido. Ni siquiera había pensado en ir a verla a casa, solo pretendía hacerle una llamada de ¿cuánto?, ¿diez minutos? Era lo máximo que aguantaba al teléfono. Siempre se quejaba de que no le gustaba demasiado hablar.

Le entraron ganas de salir corriendo, pero sus pies la mantuvieron pegada al suelo y la mano de Óscar anclada en su cintura le recordó que quizá estaba pensando demasiado esos días. La boda, el tema permanente de las conversaciones imaginarias consigo misma, volvió a su cabeza. La boda para la que quedaba muy poco tiempo y que iba a significar el primer gran cambio de su vida, eso era lo que la mantenía tan nerviosa. Eso era, tanto estrés con los preparativos le estaba pasando factura.

—¿Qué tomáis? —preguntó Luisa, que estaba cansándose de no hacer nada.

—Yo quiero que me pongas una copa, lo de siempre.

—¿Qué es lo de siempre? —preguntó Luisa.

Óscar se entretuvo en explicarle a la mujer la combinación exacta de lo que quería beber y soltó a Rocío para apoyar las palabras con gestos de sus manos. Liberada de él, Rocío se sintió todavía más extraña. Quería llorar, llevaba unos días demasiado sensible con todos aquellos pensamientos, desbordada ante tanto trabajo y encima el hecho de que el hotel la necesitara lo complicaba todo más, porque apenas tenía un segundo para relajarse haciendo otra cosa. Y Óscar no colaboraba. No se mantenía más distante que de costumbre, estaba segura de que era el mismo de siempre, pero ella se daba cuenta de que necesitaba una ayuda que él no le proporcionaba. En cierto modo sentía como si todo aquel asunto no fuera con él.

—¡*Cagüen* la hostia, tío! ¡Qué pintas me traes! —dijo Óscar dirigiéndose a Carlos, que entraba en ese momento de la calle, enfundado en un abrigo de paño elegante, pero poco acorde con la noche.

—¿Qué pasa? —preguntó Carlos, sacudiendo la nieve que cubría sus hombros, la cual, derretida por el calor que salía de la chimenea, se iba deshaciendo en el aire. En una de las sacudidas, las gotitas de agua encontraron el final del recorrido en la cara de Lucía, que acababa de bajar de la habitación con Alberto.

—¡Para! —le dijo en un tono que no mostraba enfado alguno.

—Perdona, no te había visto... —se disculpó Carlos.

—Estás perdonado. ¿Otra vez por aquí?

La mirada de Óscar a su novia le hizo saber que acababa de entender por qué su amigo se había vestido de aquel modo y por qué se había empeñado en quedar en aquel lugar, precisamente esa noche.

—Hemos venido a hablar de unas cosas. Es que el programa de Semana Santa lleva publicidad y me ha tocado a mí encargarme de que los comerciantes aporten su parte. Mira, te presento a Óscar. Es el pescadero de aquí.

—Hola —saludó Óscar con un beso.

—Ella es Lucía y él... —dudó señalando a Alberto—. Lo siento, se me ha olvidado tu nombre.

—Alberto —dijo el actor.

—Yo soy Óscar.

Alberto se quedó esperando a que Rocío dijera algo o se uniera a las presentaciones, pero no hizo nada. Se quedó parada al lado de Óscar sin accionar un solo músculo. La mirada de Alberto, fija en ella, estaba consiguiendo que sintiera desasosiego. Y no solo era su mirada lo que le provocaba incomodidad. Se había fijado en que Lucía arrugó la nariz al acercarse a besar a Óscar. El olor del pescado, a pesar de que se duchaba mucho, se le quedaba pegado en la piel, y quien no estuviera acostumbrado, como era evidente que le pasaba a esa chica, tenía la misma reacción.

Alberto dejó de mirarla y entonces fue ella quien se dedicó a observar. El actor se había acercado a Luisa para pedirle un descafeinado, y se mantuvo desde ese momento alejado de los demás, sentado en un taburete cerca de la ventana, ignorando la conversación entre Lucía, Carlos y Óscar. No parecía molestarle que la actriz prestase más atención a dos desconocidos que a él mismo y contando con la información que tenía de primera mano —la suite solo tenía una cama—, pensaba que los dos eran, al menos, pareja. Le parecía muy extraña la actitud del actor, pero enseguida se fijó en que Óscar, a punto de convertirse en su esposo, tampoco le hacía mucho más caso a ella.

Pensaba que aquello debía ser un fallo en el sistema genético masculino. Capaces de ponerse muy tontos si su pareja planea una tarde de compras con las amigas y totalmente inútiles a la hora de ser conscientes de lo más obvio. Porque era obvio que a aquel actor no le importaba que su novia estuviera tonteando con los chicos, y a Óscar parecía que le daba lo mismo que ella se estuviera aburriendo.

Luisa sirvió las copas y los cafés y desapareció de nuevo por la puerta, sumergiéndose en sus dominios. Ante la incomodidad que le provocaba estar allí parada, sin tener nada que aportar a la conversación que fluía entre su novio, Carlos y la actriz, decidió que era el momento de marcharse.

—Me voy —dijo casi en un susurro, dirigiéndose a Óscar.
—¿Ya te vas?
No fue su novio el que contestó, ni siquiera había escuchado su despedida, perdida entre las risas de Lucía y Carlos, que adornaban la última ocurrencia del pescadero. Fue Alberto el que abrió la boca, el único que parecía estar al tanto de su presencia, que se había hecho invisible para los demás.
—Mañana tengo que venir pronto y necesito descansar —le contestó, tras decidir que la atención de Óscar definitivamente no estaba con ella.
—Ten cuidado con la nevada, no vayas a resbalar —dijo él.
—Tranquilo, no me caeré. Aquí estamos acostumbrados a que nieve en invierno.
—Eso espero.
—¿Ah, sí? ¿Y por qué esperas eso? —preguntó Rocío mientras simulaba mirar con interés la papelera, huyendo en realidad de la mirada que se había dado cuenta de que recorría su cuerpo con descaro.
—Sería una pena que te rompieras una pierna precisamente ahora…
—Sí, sería un desastre casarme con muletas —razonó ella.
—No lo decía por eso, lo decía porque eso te impediría venir mañana.
Rocío enmudeció ante lo que acababa de escuchar, obligándose a mirarlo de frente. No se podía creer lo que estaba oyendo y tampoco quería especular demasiado. No podía ser cierto que Alberto Enríquez, el actor, le estuviera diciendo que esperaba verla al día siguiente. ¡A ella! No sabía dónde podía llegar la conversación, por lo que optó por cortarla de raíz.
—Adiós, Óscar —dijo, sin obtener respuesta de su novio, a pesar de haber elevado el tono de voz. Estaba más

entretenido en llamar la atención de Lucía—. ¡Hasta luego!

Esta vez gritó para ser escuchada y se marchó antes de enfadarse aún más de lo que ya estaba. Tomó su abrigo, que esperaba apoyado en una de las banquetas de la barra, se enfundó los guantes y la bufanda y dio la vuelta hasta la cocina para despedirse de Daniel y Luisa. Mientras ella salía, Amelia y Rosa, dos chicas del pueblo, entraron en el bar del hotel. El rumor de que los actores estaban en Grimiel había alentado su curiosidad y no querían perderse el espectáculo de verlos en persona, aunque un día entre semana de invierno, con tal mal tiempo, no fuera precisamente el mejor momento para salir a tomar algo.

Inmediaciones del hotel. Martes por la noche.

El contenedor, atascado en la nieve, seguía donde lo habían dejado los chicos, y a Rocío le tocaba sacar de nuevo la basura. Decidió que salir de nuevo por la puerta principal no era buena idea y abandonó el local por detrás, por la puerta de servicio de la cocina. Tenía que dar un rodeo para volver a la calle, pero no le importaba si eso impedía que tuviera que tropezar de nuevo con la indiferencia de su novio, que empezaba a resultarle más que molesta, y los ojos azules de Alberto, que provocaban una inquietante reacción en su organismo.

El tiempo esa noche era menos desapacible. Aunque seguía nevando, el aire había hecho una pausa y los copos se posaban suavemente en el suelo. Se encaminó despacio hasta su casa, saboreando el paseo y rumiando pensamientos. Muchas veces, en la soledad de su habitación, pensaba en el futuro, ese para el que planeaba un principio llamado boda, que no era más que la presentación en sociedad de una nueva vida. La ilusión del comienzo, los sentimientos que debían embargarla por empezar una etapa, se desdibujaban cuando se permitía pensar con calma. No era que no quisiera a Óscar, no. Lo que le atormentaba era la sensación de inquietud que no lograba sacudirse. Al principio estaba segura de que eso era lo que quería, pero hacía días que la duda se había instalado en ella. No sabía si ese era el paso que tenía que dar, si había medido bien los pros y los contras de la nueva vida que planificaba. ¿Cómo se sentiría cuando fuera la esposa de Óscar? ¿Sería feliz? Espantó los pensamientos para que se llevaran con ellos las dudas con respuestas inventadas. Sería feliz, muy feliz. Viviría tranquila, en su pueblo, cerca de sus padres. En un par de años tendría un niño. Conservaría el trabajo en el hotel y, cuando todo aquel asunto de la boda no fuera más que un montón de fotos en un álbum, la opresión en el estómago habría sido sustituida por otras sensaciones mucho más tranquilizadoras. Ahora solo sentía un poco de pánico, el miedo lógico que todos tenemos cuando, por primera vez, nos lanzamos sin red. El triple salto mortal estaba ensayado y estaba segura de que caería de pie en el alambre sin un solo rasguño. Todo lo que sentía no era más que producto de la maldita ansiedad ante lo desconocido.

Pensó en el pasado, en los años en Madrid. Cuando se había marchado a estudiar, las dudas habían recorrido su cuerpo del mismo modo, había tenido miedos parecidos y, al final, aquella había resultado ser una buena experiencia. No había sacado nada en claro, un título, una licenciatura en Derecho que en Grimiel no servía para mucho, pero la experiencia vital, el conocer a gente, había valido la pena.

El pensamiento le devolvió el ánimo y se sintió más tranquila. Alzó la vista del suelo para comprobar que no venía un vehículo y cruzó la calle que quedaba para llegar a su casa. Al otro lado, un coche tenía la ventanilla bajada, pero ella no lo vio, como tampoco vio la cámara que inmortalizó su sonrisa.

TOMA 5

Hotel. Miércoles por la noche.

Las horas en Grimiel fueron pasando, lentas, suaves, con una cadencia distinta a la que ambos actores estaban habituados en su vida de ciudad. La rutina del hotel se convirtió en la suya y los empleados dejaron de ser el cocinero o la camarera, abandonaron el anonimato de sus puestos para dar paso a sus nombres propios. En muy poco tiempo se habían acostumbrado al carácter de Luisa, a las bromas de Daniel, al nerviosismo que provocaba su presencia en Marcos e incluso a los silencios de Rocío. Los escasos clientes del bar se repetían y también acabaron reconociéndolos.

Para Lucía, acostumbrada a otra vida, aquella experiencia estaba siendo mucho más que unas simples vacaciones. La cercanía que sentía hacia las personas que la rodeaban en su encierro voluntario era nueva. De su trabajo, de quién era, no se hablaba en las tertulias improvisadas que se organizaban alrededor de la chimenea. Las conversaciones con Carlos, Ángel, Clemente y Óscar, a las que a veces se unían Luisa, Daniel y Marcos, amigas de Rocío y alguna que otra persona más que se dejó caer para cotillear, recorrían lugares muy poco comunes, territorios que ella jamás había pisado y que le estaba encantando descubrir. Las anécdotas de la infancia de esas personas, libres para pasar su tiempo en la calle, le parecían cuentos lejanos, historias como las que narraban los capítulos de la serie que había protagonizado desde su nacimiento, pero que nunca había vivido nada más que en la ficción. Fue consciente, en esos pocos encuentros con gente normal, que se había perdido más infancia de la que creía. El ritmo de vida tan distinto al estresante día urbano empezaba a conquistar a Lucía.

En todo esto solo echaba de menos que Rocío se uniera a las conversaciones. Al fin y al cabo, tenía una edad parecida a la suya y podría haber supuesto más apoyo femenino en algunas cuestiones que surgían a menudo. Le parecía que tenía un comportamiento extraño. Notaba que la chica se alteraba sutilmente en cuanto Alberto aparecía, encerrándose en una burbuja que la mantenía al margen de los demás. Lo más curioso era que Lucía tenía la sensación de que nadie más que ella se había percatado de aquel detalle. En sus elucubraciones por descubrir qué le pasaba, incluso llegó a pensar que quizá estaba celosa por la atención que ella despertaba en Óscar, y procuró mantener distancia con él más que con ninguno. A Lucía le molestaba la actitud del pescadero, mucho más pendiente de ella, o de cualquiera de las chicas que a veces entraban en el hotel, que de la misma Rocío, por lo que pensó que quizá a ella también.

Ese mismo día, por la mañana, observó que Alberto y Rocío cruzaban una mirada que tensó a la chica. Quería preguntarle qué pasaba entre ellos, si la tirantez tenía que ver todavía con el golpe con la bandeja, pero un chiste de Ángel la distrajo y su preocupación se esfumó, fascinada como estaba por sus nuevos amigos.

Inmediaciones del Hotel. Miércoles por la noche.

Cristian, escondido bajo capas de ropa y metido en su pequeño utilitario, empezaba a impacientarse. En sus conversaciones diarias con Gustavo, el agente de Alberto, le recriminaba que lo mantuviera allí, pasando frío cada día para no conseguir nada. Lucía no aparecía. Era como si se la hubiera tragado la tierra. Sin embargo, dos veces más había logrado fotografiar a Alberto con la desconocida que a todas luces trabajaba en ese hotel.

Se acomodó como pudo y al poco tiempo su espera dio frutos. La chica salió, como cada noche, sola, y menos de medio minuto después Alberto asomó su cabeza por la puerta. Encendió un mechero, cuya llama no iba destinada a ningún cigarro, la buscó con la mirada y aceleró sus pasos para alcanzarla en cuanto la localizó. Cristian no podía oír nada desde su posición de espectador agazapado en un coche al otro lado de la calle, pero sí que pudo ver como la agarraba del brazo para que parase. Se frotaba mentalmente las manos pensando en que empezaba otra sesión de dinero extra, mientras se colocaba la cámara delante de los ojos, pero sus intenciones se vieron frustradas cuando alguien abrió la puerta del copiloto, dándole un tremendo susto.

—¿Se ha perdido? —preguntó un hombre que parecía que había dejado muy lejos ya la edad de jubilación.

—No, no, estoy bien —respondió Cristian confuso, apartando la cámara de la ventanilla y maldiciendo mentalmente al anciano que se había tomado la libertad de interrumpir su vigilancia.

—Es que le veo estos días por aquí, comiendo solo en el bar, y todas las noches cuando vuelvo a casa de mi hija, pasando la noche en el coche... ¿Le ha dejado la mujer?

—No se preocupe, no me pasa nada. —Cristian parpadeó confuso. No había contado con que ser discreto no era fácil en un lugar pequeño. Por más que uno lo intentara, que se escondiera bajo el mejor disfraz, era complicado pasar desapercibido.

—Yo lo digo por si necesita algo, pero si no...

Dio un portazo tremendo y desapareció de la misma

manera que había llegado, dando pasitos lentos y murmurando por lo bajo. Cuando Cristian buscó a Alberto Enríquez, ya no estaba. Con la distracción se había esfumado la posibilidad de ganar una buena cantidad de euros, de añadir otro reportaje más al que ya reposaba en su ordenador, dispuesto a venderlo al mejor postor. Arrancó el motor y callejeó un rato para intentar localizar al actor y a la chica.

Plaza. Miércoles por la noche.

—Para —rogó Alberto, agarrando del brazo a Rocío cuando la alcanzó en la plaza mayor de Grimiel. Al instante se arrepintió del gesto.

—La mano... Quítala de mi brazo si no quieres que te la rompa.

—¡Vaya! ¿Serías capaz? —preguntó Alberto, sorprendido por lo segura que parecía su voz.

—Desde luego que no soy de las que se dejan poner una mano encima así como así. —Intentó ser cortante—. Por lo menos sin mosquearme mucho.

—Escucha, no voy a hacerte nada, solo dame un par de minutos... Tengo que preguntarte algo antes de irme mañana —le pidió Alberto.

—¿Y si yo no quiero que me preguntes nada? ¿Quieres dejarme en paz, por favor? Te he pedido perdón veinte veces por mi torpeza del otro día. Creo que es suficiente, ¿no?

—Necesito hablar contigo, pero como siempre sales corriendo... Solo una pregunta, treinta segundos... —insistió él.

—Está bien, habla —dijo, asumiendo al fin que no se iba a rendir—. Rápido, me quiero ir a casa. Hace mucho frío. —Y mientras le contestaba dio un paso atrás, para aumentar la distancia, lo que le hizo dar un resbalón en el hielo que a punto estuvo de hacerla rodar por el suelo. Otra vez.

Alberto no pudo evitar reírse, pero esta vez no hizo ningún gesto para sujetarla. Miró a su alrededor. Había un pequeño bar abierto y con la mirada le sugirió que entrasen juntos. Al menos allí no pasarían tanto frío y, tal vez, los segundos que le había pedido se convirtieran en minutos con un poco de suerte.

—Tú no estás bien —le dijo ella—. ¡Esto es un pueblo! ¿Qué crees que pasaría si entro a tomar algo contigo ahí?

—O sea, no me estás diciendo que no, me dices que ahí no —dijo él, mostrando su mejor sonrisa.

—Te estoy diciendo que hemos pactado treinta segundos. Se te acaban... —susurró ella, procurando no armar escándalo en plena calle.

—¡Vale, vale! Ya voy.

Rocío suspiró. Alberto había intentado acercarse a ella cada vez que salía del hotel, pero siempre se las arreglaba para salir huyendo. No tenía ni idea de lo que quería decirle, pero estaba segura de que, fuera lo que fuese, iba a ser dinamita para su estado de ánimo. Su mente, un polvorín en aquellos días, solo necesitaba que alguien encendiera la mecha para que todo explotara en su cerebro. Hasta ahora eran pensamientos confusos, dudas que, en cuanto empezaban a tomar forma, espantaba con energía. Necesitaba que no encontrasen la manera de salir de su cabeza y creía que, guardando silencio, apartándose de los demás, se le pasaría. Sobre todo cuando se trataba de él. Su presencia, sus formas, su manera de hablar, tan diferentes a las de Óscar, le provocaban una inquietud difícil de catalogar.

La puerta de una casa cercana pareció tomar vida, inundando la soledad de la calle con un leve rumor. Alguien descorría un cerrojo dentro, dispuesto a salir. Rocío, presa del pánico, arrastró a Alberto de un brazo hacia un callejón cercano, lejos de cualquier mirada, instantes antes de que los goznes desgastados emitieran su particular lamento. Él, sorprendido por lo inesperado del gesto de la chica, se dejó llevar.

El pánico inicial que sintió ella se volvió terror y la obligó a pegarse contra la pared de la estrecha callejuela, con el corazón latiéndole a mil por hora, deseosa de que la oscuridad la envolviera, engulléndolos a los dos. Conocía la casa, sabía que era la tía de Óscar la que se disponía a salir para sacar la basura. Se la había encontrado cada noche de esa semana, al volver del hotel. No podía dejar que la viera con Alberto, ni con él ni con ningún otro hombre menor de sesenta años. Si eso sucedía, los rumores en el pueblo sobre una infidelidad suya irían de casa en casa, multiplicándose en progresión geométrica, añadiendo matices nuevos cada vez que una persona repitiera la historia, sin importar demasiado que no tuvieran una base real. Siempre era así. Un incidente, partitura improvisada interpretada por músicos aficionados, daba como resultado una melodía disonante, pero escuchadas una a una, sus notas podían parecer hasta armónicas. El sol sonaba como sol y el fa como fa, y la gente se aficionaba a la melodía. De puro repetida hasta podría acabar convirtiéndose en la canción del año.

Momentos después, cuando logró que su ánimo se serenase un poco, asomó la cabeza con cautela. Allí ya no había nadie. Hacía rato que la tapa del contenedor había anunciado que acababa de despedir a su visita, pero Rocío se negó a moverse hasta mucho después. Su mano seguía pegada al brazo de Alberto, apenas consciente de que lo estaba apretando demasiado fuerte, que empujaba al hombre para que no se moviera y delatase su posición.

—¿Crees que podrías soltarme ya? —le preguntó en un susurro.

—¡Ups, lo siento!
—¿Quién era?
—Da lo mismo, alguien —respondió ella, evadiendo la pregunta.
—¿Te parece un buen lugar para hablar? Aquí, digo. Parece un callejón tranquilo.

No, claro que no le parecía bien hablar con nadie en un callejón oscuro, en medio de una noche gélida de invierno, y mucho menos con él, que conseguía alterar sus nervios, pero quería marcharse cuanto antes.

—Me prometes que es corto, ¿no? Lo que sea que me tengas que decir.
—Es una pregunta, ya te lo he dicho antes.

La miró a los ojos. Estaba bastante oscuro, pero la luz de la luna, que en ese momento había encontrado un pequeño hueco entre las nubes, se alió con una farola cercana y Alberto pudo verlos. Lo miraban con una mezcla de curiosidad y nerviosismo. Era, sin embargo, la primera vez desde que se conocían que mantenía su mirada. Al menos, la primera vez que sus ojos se encontraban sin que enseguida ella se apartara. A propósito prolongó el momento, acrecentando la curiosidad de Rocío ante aquella cuestión que él consideraba tan importante como para no dejarla pasar, como para, justo el día antes de abandonar el hotel, seguir sus pasos en la noche horrible para preguntarle algo.

—¿Vas a hablar hoy? —le preguntó casi en un susurro—. Es que yo mañana trabajo.

Las palabras se quedaron atascadas en la garganta de Alberto. Definitivamente, era idiota. Había jugado a interpretar un papel, a prolongar como en el cine el momento para crear suspense, pero no era director sino actor. Se le daba bien interpretar el papel que se había estudiado, pero la construcción de la trama le superaba. A lo mejor no era buena idea, quizá no debía preguntar. Bien mirado, ¿quién era él para preguntar? Improvisó para darse

un poco de tiempo, para pensar la manera de salir airoso del jardín en el que se estaba metiendo.
—No —contestó.
—¿No? Pues entonces yo me voy ya. No sé a qué estás jugando.
Rocío trató de moverse, pero antes de un segundo tenía la espalda pegada a la pared y Alberto la estaba besando. Lo empujó con todas sus fuerzas. Sus manos empezaron a darle puñetazos, le empotró la rodilla entre las piernas y después se permitió el lujo de clavarle las uñas en su bonita cara de actor. ¡Iba a ir guapo al estreno de la película con los arañazos! ¡Qué se había creído ese payaso! Nadie podía llegar, poner en peligro su estabilidad mental con un beso inoportuno y librarse de sufrir las consecuencias. Todo eso sucedía como si formara parte de la realidad en su mente, porque la verdad era que no hizo nada de nada. Se quedó parada y, antes de ser demasiado consciente de ello, sus pensamientos se revolvieron, su cuerpo se equivocó de sensaciones, la lógica del mundo que con tanto cuidado había construido se trastocó y se encontró respondiendo a ese beso. Con la misma pasión que debería poner en otros que se colaron en su mente y le parecieron nada. Los besos que eran realmente suyos, no como este, que era un robo en toda regla. Su corazón, despistado, comenzó una carrera aún más loca que minutos antes y los pulmones, preocupados por su compañero de trabajo, se volvieron perezosos. Los brazos de Alberto rodearon el cuerpo de Rocío, sus manos heladas buscaron por instinto su nuca, provocándole un escalofrío. Sus lenguas se entretuvieron en una danza suave al principio que se volvió furiosa poco a poco. Cuando el aliento comenzó a faltarle, Rocío encontró en alguna parte la energía necesaria para deshacer el hechizo.
—Tú eres un gilipollas engreído —le dijo mientras lo empujaba, esta vez de verdad, y se dirigía a la salida del callejón para marcharse a su casa.

—Pero te gusto —dijo él, elevando la voz y alcanzándola con sus palabras—. Se te da fatal fingir lo contrario.

Alberto tenía la respuesta a la pregunta que no le había hecho: esa chica no solo no parecía feliz, definitivamente no lo era. La reacción ante su beso, intensa, apasionada, le indicaba que no quería a Óscar, al menos como se supone que se debe querer a alguien para dar el paso definitivo de contraer matrimonio. La boda que planeaba llevaba, irremediablemente, el sello de «fracaso» estampado en las invitaciones. No estaba seguro de por qué se alegraba tanto de aquello, pero el caso era que le encantaba haberla hecho dudar.

Hotel. Jueves por la mañana.

A la mañana siguiente Lucía se presentó en recepción sola, muy temprano. Alberto no había dormido bien, se había pasado casi toda la noche frente al televisor y, cuando llegó la hora de levantarse, estaba dormido en el sofá. Lucía le dejó descansar y bajó sola a desayunar. En la recepción no había nadie, aunque una fregona en medio le dijo que el lugar no estaba desierto del todo.

—Perdón —dijo Rocío entrando, procedente de la cocina—. No sabía que bajaría tan pronto.

—No importa, creo que me he adelantado a la hora del desayuno. Soy yo la que te tiene que pedir perdón. Me parece que he estropeado tu trabajo —dijo cuando vio que el suelo estaba mojado.

—¿Quiere desayunar? —preguntó. Luisa no había llegado, pero estaba segura de que se las podría arreglar para prepararle algo.

—Bueno, si no es molestia... —dudó Lucía—. Hoy solo me apetece un café.

—Ahora se lo pongo. —Rocío agarró la fregona y se la llevó al cuarto de limpieza antes de entrar en la barra. Cuando llegó allí, Lucía la esperaba sentada en uno de los taburetes.

—¿Me podrías tutear?

—¿Perdón? —dijo Rocío distraída.

—Sí, es que me siento rara cuando me hablas de usted.

—A Marcos no le gusta que tuteemos a los clientes —respondió Rocío a la vez que pasaba un trapo por la inmaculada barra.

—Creo que no le importará si yo te lo he pedido. Además de que eres la única en el hotel, aparte de él, que lo sigue haciendo, me parece que tenemos la misma edad y me resulta raro. ¿Te tomarías un café conmigo? No me apetece desayunar sola.

Rocío se sentía bastante incómoda por lo ocurrido hacía unas horas con Alberto, pero optó por disimular. Tenía curiosidad por saber qué era lo que Lucía estaba buscando en realidad.

—De acuerdo, todavía no he desayunado —dijo—. Quería que el suelo se secase antes de que bajarais de la habitación.

—¿Te puedo hacer una pregunta? Es que... —Lucía no sabía cómo empezar y Rocío empezó a temblar.

—Si no es difícil... —dijo evasiva. Parecía que los actores se habían puesto de acuerdo en interrogarla.

—Es sobre Carlos.

—¿Carlos? —Rocío se extrañó del interés de la actriz por el chico de la tienda, pero a la vez sintió alivio de que la cosa no fuera con ella.

—Perdona, es que no me he atrevido a preguntárselo a él. —Bajó el volumen y lo situó en modo confidencia—. ¿Tiene novia?

—No, que yo sepa —dijo ella aún más desconcertada—. ¿Por qué?

—Ah, por nada —dijo Lucía en tono casual—. Es solo que me parecía imposible, es guapísimo.

Rocío pensó que Carlos no podía ser más normal, era alto, moreno y sus ojos verdes llamaban la atención, eso sí, pero nunca le había parecido que tuviera un físico imponente.

—Olvídalo, creo que mi espíritu cotilla se ha despertado esta mañana un poco alterado. Hablemos de ti. ¿Cuántos años tienes? —preguntó Lucía mientras se calentaba las manos con la taza.

—Veinticinco —dijo Rocío, extrañada por la pregunta y porque observó que las dos estaban haciendo el mismo gesto con las manos.

—Ves, la misma que yo —dijo con un tono cordial. Instantes después tomó el primer sorbo de café—. ¡Vaya! Es la primera vez que no me quemo con algo desde que llegué aquí.

—Luisa tiene muy mala idea, pero es una buena persona. Calentar algo hasta que escalde la lengua no te lo hace a ti sola, se lo hace a todo el mundo —le aclaró.

—Creo que me gustaría vivir aquí —dijo Lucía.

—¿En Grimiel? —Se extrañó Rocío—. Aquí no hay muchas cosas con las que divertirse, créeme. Y en invierno menos.

—Pero es tranquilo, eso también está bien.

—Sí, supongo. Aunque seguro que tu vida es mucho más emocionante que la mía.

—Mmmm, a ratos. Hay veces que se echa de menos esta calma, tomarte un café con una amiga y hablar de cualquier cosa sin que venga nadie a pedirte un autógrafo.

Rocío se mantuvo pensativa. Había dicho «amiga» y no creía que ellas hubieran hablado lo suficiente como para emplear esa palabra. Es más, hacía solo un rato que había empezado a tutearla. Eso sin contar con que no está bien que una amiga bese a tu novio. O que el novio de tu amiga te bese a ti. Seguro que estaba generalizando, no hablando de ella.

—Me he enterado de que te casas pronto.

La observación de Lucía interrumpió sus pensamientos y descubrió, otra vez, que Óscar se había ausentado de ellos dejando sitio a Alberto Enríquez.

—¿Cómo...?

—Carlos me lo dijo, que te casas con Óscar.

—Sí. —Su voz no reflejó un entusiasmo exagerado—. Dentro de un mes y medio. —Trató esta vez de ser más cordial.

—¿Estás nerviosa? —preguntó Lucía—. Supongo que a mes y medio de dar el gran paso uno se pone nervioso.

Rocío notó que se le aceleraba el corazón. La conversación había llegado demasiado pronto al tema boda. Al fin y al cabo, era la primera vez que hablaban más allá de la cortesía, y la razón por la que Lucía se lo estaba planteando le hacía sospechar que podía saber algo. A lo mejor Alberto se había sincerado con ella y le había hablado de lo que había pasado entre los dos. Buscó con la mirada alguna excusa para marcharse de allí cuanto antes, pero, al no encontrarla, optó por seguir hablando. Ya se preocuparía de defenderse cuando saliera el tema.

—Pues, histérica, diría yo. Demasiados preparativos —divagó.

—Seguro que cuando me case alguien se empeñará en ocuparse de todo —rio Lucía alegremente.

—¿Tienes pensado casarte? —A punto estuvo de morderse la lengua. No quería saberlo, no quería que se lo contara, pero su lengua fue más rápida que su sentido común.

—¡No! De momento no... Primero tendría que tener... —Lucía frenó para no meter la pata—, tiempo entre película y película. Ahora no es en lo que estoy pensando.

—Alberto parece un buen chico.

—Sí, sí lo es —dijo Lucía.
—¿Habláis de mí?

Alberto se había despertado y, al no encontrar a Lucía en la habitación, había optado por bajar al bar. No esperaba encontrarla en una amigable charla con la camarera. Rocío, al verlo, se dijo que era el mejor momento para marcharse. Oportuna, Luisa entró en la barra desde la cocina.

—¡Déjame a mí, Rocío! Ya sigo yo. Vete a hacer la habitación.

Rocío suspiró aliviada por poder salir de allí. Había estado bien hablar con Lucía, de cerca parecía una tía estupenda, alguien que quizá pudiera convertirse algún día en una amiga para alguien como Rocío, pero quería escapar cuanto antes. La presencia de Alberto le hizo rememorar las sensaciones de la noche anterior y las nubes negras volvieron a amenazar con una tormenta mental. Salió de la recepción sin ni siquiera despedirse.

Última planta del hotel. Jueves por la mañana.

Hacía un rato que Alberto estaba parado en el pasillo de la última planta, observando una escultura. De unos treinta centímetros de alto, presidía una pequeña mesita apoyada en la pared y reproducía con gran realismo las figuras de una pareja, un hombre y una mujer desnudos, sentados en el suelo. Él la rodeaba con sus brazos desde atrás y hundía su rostro en el cuello de la mujer. Esta, relajada, dejaba reposar la cabeza en la clavícula del hombre con los ojos cerrados, mientras se sujetaba con los brazos las piernas flexionadas. La pequeña figura estaba esculpida con mimo e increíble detalle en barro blanco. No pudo resistir la tentación y pasó sus dedos por las piernas, para comprobar si la textura era tan suave como aparentaba.

—¿La vas a comprar? —preguntó alguien detrás de

él. Antes de darse la vuelta reconoció la voz de la camarera.

—Hola, ¿decías? —contestó, regalándole su mejor sonrisa.

—Que si tienes previsto comprarla. Si es así, tú mismo, pero si no vas a hacerlo, te rogaría que no la toques —dijo ella lo más cortante que pudo. Después de lo sucedido con él la noche anterior se sentía muy incómoda en su presencia.

—Bueno, no la tocaré, no hace falta que te pongas así. No sabía que se vendía.

—Pues lo pone.

Rocío señaló la base de la escultura y entonces Alberto se fijó de pronto en una pequeña etiqueta que le había pasado desapercibida. Era tanta la fuerza que emanaba de la cerámica que el precio escrito en un pequeño papel blanco apenas llamaba la atención.

—En realidad, casi todo lo que decora el hotel está en venta —dijo Rocío, señalando con la mirada a su alrededor.

—¿Liquidando el negocio?

—No, en realidad no. Es una manera de renovar la decoración y de paso ayudar a gente a mostrar su talento. Mira. —Señaló el lateral de uno de los cuadros. Disimulada había otra pequeña etiqueta con el precio—. Los cuadros, las esculturas, los relojes, incluso esto —dijo acariciando con suavidad la mesa artesanal que estaba apoyada en la pared de enfrente—, se venden. Todo ha sido hecho por artistas de Grimiel.

Alberto empezó a ser consciente de que cada elemento decorativo tenía una pegatina diminuta con un precio escrito. Como decía Rocío, era un modo original de cambiar la decoración, y la verdad era que la mayoría eran objetos muy interesantes. El reloj de pared, los candelabros de madera, una cabeza de caballo tallada e incluso la mesa le habían gustado, aunque no tanto como la escultura de la pareja. Se giró para mirar a Rocío y tras ella descubrió un cuadro, demasiado abstracto para su gusto. Tenía en el marco una pequeña placa con el título, pero no entendía qué tenía que ver un título como *Intenciones rotas* con unas cuantas líneas azules sobre fondo blanco. Lo miró intentando averiguar la técnica pictórica y llegó a la conclusión de que al artista se le había caído el bote de la pintura sobre el lienzo y había dado por finalizada la sesión artística. El garabato de la firma era tan abstracto como el contenido y no era capaz de leer nada. Se acercó por si tenía que ver con la escasa iluminación del pasillo y de cerca podía verlo mejor. Sin pudor apoyó una mano en la pared, atrapando a una desconcertada Rocío entre el brazo y su cuerpo.

—Ismael Martínez —dijo ella facilitándole la labor detectivesca y escabulléndose del contacto.

—¿Lo conoces?

—Claro, aquí todo el mundo se conoce.

—Es verdad, lo sé. No está mal… —señaló él con una media sonrisa en los labios.

—¿Lo colgarías en tu salón?

—Probablemente. —Volvió a mirar el precio—. Quizá me lleve uno de ellos a casa, imagina que este tal Ismael se acaba haciendo famoso. Habría invertido muy poco en una obra de arte que después valdría millones. A lo mejor me los compro todos.

—¿Te estás burlando? —dijo ella, captando la ironía de su tono.

—Vamos, reconoce que esto no es arte.

—Ponerse delante de una cámara y repetir unas palabras que te has aprendido de memoria tampoco tiene mucho de arte y de ti dicen que eres un artista —dijo ella, atacando.

—No estábamos hablando de mí. No ahora.

—Estabas burlándote del trabajo de un amigo. Supongo que estoy en mi derecho de hacer lo mismo con el tuyo.

—Vale, lo siento, no tengo ni idea de arte. Solo sé que estos cuadros no me dicen nada. No sé si son buenos o malos, pero...
—No te esfuerces, Ismael es mi amigo, pero... llevas razón. Esto... digamos que no es lo mejor que ha hecho con unos pinceles.
—¿No?
—No. Esta serie es una mierda, pero negaré, jurándolo sobre los siete volúmenes de Harry Potter, haber dicho esto alguna vez.

Ambos se miraron y soltaron una carcajada por lo inusual del juramento.

—Me encanta —dijo Alberto, dejando escapar lo que le había provocado escuchar por primera vez la franca risa de Rocío.
—¿Qué te encanta? —preguntó ella sin dejar de mirarlo.
—Esta escultura. —Recondujo la conversación antes de que se le escapase de las manos y le confesase algo que no estaba dispuesto a admitir—. Esta escultura sí me dice algo. —Volvió a pasar los dedos por ella y esta vez Rocío no le regaló una mala contestación.
—¿Ah, sí? ¿Qué es lo que te sugiere? —preguntó ella muy interesada.
—No sé —la tomó con suma delicadeza entre sus manos—, refleja sentimientos profundos entre ellos. Complicidad. Relax. Es como si esas dos personas hubieran encontrado su lugar en el mundo y no necesitasen nada más que permanecer abrazados.
—¿De verdad te gusta? —Rocío lo miró sorprendida por la valoración.
—Sigo sin entender de arte, pero por ella pagaría lo que cuesta —dijo mirando el precio—, que, por cierto, creo que es muy poco. ¿De quién es?
—De... una amiga.
—No veo su firma.

—Es que no firma sus obras.
—Pues debería hacerlo. Es muy buena —dijo Alberto con sinceridad.
—Tú no entiendes de arte, te lo recuerdo.
—Ya, pero sé lo que siento. Las emociones que me provoca lo que veo me gustan. Mucho.

Estaba mirándola fijamente a los ojos, olvidándose de que estaban hablando de la estatua, y durante unos segundos la conversación hizo una pausa. Rocío, envuelta en la confusión que le provocaba Alberto, desvió los ojos hacia la pequeña figura que él seguía sosteniendo en las manos.

—¿Te la comprarás? —preguntó mientras se la quitaba y la volvía a colocar con cuidado en su lugar.
—Me lo pensaré —dijo susurrándole la respuesta al oído. El cosquilleo aceleró la respiración de Rocío.
—No sé si me apetece que tú la compres —dijo apartándose.
—¿Por qué? ¿Qué tienes tú que ver?
—Porque… —dudó—, me gusta mucho. Me encanta verla aquí cada día, cuando vengo a limpiar.
—¿Y por qué no la compras tú?
—Entre otras cosas porque una boda genera muchos gastos. No sé por qué te estoy dando explicaciones. Tú y yo no tenemos nada de qué hablar.

Empujó el carrito de limpieza hasta el fondo del pasillo con los ojos de Alberto pegados en su espalda. No podía verlo, pero estaba segura de que seguía ahí, que no se había marchado aún. La llave maestra se atascó en la cerradura de la habitación que pretendía usar como escondite. Por más que la giraba se empeñaba en no hacer su trabajo y las manos empezaron a sudarle, contagiadas del nerviosismo general que la presencia del actor generaba en su ánimo. Una mano se posó encima de la suya.

—Tal vez, si eres más suave, puedas abrir.

Desesperada por su torpeza repentina, no había oído los pasos que se acercaban por su espalda, no logró reaccionar a tiempo y dejó que él atrapase su mano. Confundida por el contacto de su piel y por su embriagador aroma, cerró los ojos mientras su corazón latía desbocado. La imagen de la estatua se adueñó de ella e incluso le pareció sentir el peso de la cabeza de Alberto en su hombro, como si estuviera adoptando la postura de la figura de barro. El clic de la cerradura la obligó a abrir los ojos.

—¿Estás bien? —preguntó el actor, consciente de que estaba temblando.

—Perfectamente, gracias.

Le costó bastante mentir, mucho más que desaparecer tras la puerta. Empujó el carro y cerró. Apoyada en la madera, tardó un rato en recuperarse. Estaba enfadada consigo misma por no ser capaz de ser más contundente con él y se sentía ridícula: ese actor era un cliente y ella una chica a punto de casarse. No debía permitirse perder el control cada vez que se le acercaba. Se dijo que tenía que ser más fuerte. En muy poco él se marcharía y no volverían a encontrarse en toda la vida.

Inmediaciones del Hotel. Jueves a mediodía.

Al final Lucía, harta del encierro, aceptó salir a dar una vuelta y exponerse a que les hicieran las fotos pactadas. En el fondo daba lo mismo que se publicaran antes o después. Al aceptar fingir una relación con Alberto había dado carta blanca a quienes manejaban los hilos de su vida. Se decía que era por su bien, que reportaría beneficios económicos y publicitarios, un punto de apoyo más para seguir saltando y lograr sus objetivos laborales. Alberto era un buen chico, no le importaba que la relacionasen con él, pero empezaba a sentirse una estafadora con quienes se creían cualquier estupidez lanzada por un programa de televisión o por una revista rosa.

Vehículo de Alberto. Jueves a primera hora de la tarde.

El tiempo había mejorado mucho cuando dejaron Grimiel a media tarde. No quedaba nada más que leves rastros de nieve en las cunetas y un viento gélido que, dentro del coche, apenas se percibía, sino por la suave ondulación de los árboles que iban dejando atrás. El camino de regreso a la capital lo hicieron sin dejar de hablar.

—Al final lo he pasado bien —dijo Lucía, arrellanándose en el asiento del copiloto, buscando una postura confortable. Se quitó los zapatos y buscó el chorro de aire caliente de la calefacción.

—Me has sorprendido mucho —comentó Alberto.

—¿Yo? ¿Por qué?

—Pues... se te veía cómoda con la gente del pueblo. —La insinuación apuntaba directamente a Carlos—. Muy cómoda, diría yo.

—¿A qué te refieres? —preguntó ella.

—Ya sabes a qué me refiero, al chico de la tienda.

—¡Ah!

Lucía se quedó callada, interrumpiendo la conversación que Alberto había iniciado.

—¿Solo me vas a decir eso? Venga, Lucía, nos conocemos. Ese chico te ha gustado...

—Me cae bien —dijo ella quitándole importancia.

—¿Bien? Cada noche te entraba una prisa terrible porque bajáramos a tomar algo al bar... y mira qué casualidad, allí siempre estaba él.

—Casualidad, tú lo has dicho.

—Te estás poniendo colorada —le dijo mientras intentaba ahogar una carcajada.

—No me estoy poniendo colorada, ni siquiera me estás mirando... ¡y no lo hagas! ¡Estás conduciendo! Además, mira quién habla...

Alberto la miró sin decir nada, solo con un gesto que daba a entender que no seguía los pensamientos de Lucía.

—Rocío —dejó caer ella, sin añadir nada más.

—No sé quién es Rocío. —Mintió sin ningún éxito.

—Ya, y yo no te conozco a ti de nada.

Era imposible que Lucía supiera nada de la noche anterior. Además, aquel juego de seducción, con su marcha del hotel, se había terminado. La camarera no se había dejado deslumbrar por su fama o su físico, como solía suceder con las mujeres que tropezaba, y no había caído en sus brazos. Le había ido dejando claro que no quería saber nada de él, aunque no siempre con demasiado éxito, eso era cierto. Sabía que no había fingido el beso que le había robado ni el nerviosismo que le provocaban sus encuentros fortuitos. Analizándolo desde la distancia que le daban los kilómetros que le iban separando de Grimiel, se dio cuenta de que se había comportado como un adolescente idiota. Intentar jugar con ella no había surtido el efecto que había planeado. De cazador había mutado en presa.

—Vamos, no soy tonta. Te he visto mirarla. Y no solo eso... Anoche —la pausa que hizo a propósito Lucía le hizo pensar que ambas habían estado hablando y se temió lo peor—, saliste corriendo detrás de ella en cuanto se marchó del hotel.

—Me fui a fumar un cigarro —aclaró.

—¿Media hora? ¿Con el frío que hacía? —ironizó Lucía—. Creo que te conozco lo suficiente como para ver cuándo te gusta alguien. Confesión por confesión, lo reconozco, Carlos me gusta mucho, no se parece a nadie que haya conocido antes. Vamos a seguir en contacto. Te toca.

—Yo no he dicho que juegue.
—Da lo mismo, cariño, me acabas de confesar que Rocío te gusta con la cara de bobo que has puesto. —El tonito de Lucía llevaba implícita una burla.
—¿Y qué si me gustase? Se casa en poco más de un mes.

Era la primera vez que lo oía de su propia boca y sintió que las palabras, que había soltado casi sin pensar, quemaban. Sonaban a algo definitivo, una puerta que se cierra en tus narices antes incluso de que te hayas decidido a cruzarla. Lo extraño, lo desconcertante para Alberto era que Rocío era una desconocida, una chica con la que apenas había intercambiado unas cuantas conversaciones y a la que había robado un beso. Entre ellos no había nada más. Ni siquiera habían hablado de sentimientos o se habían sincerado el uno con el otro. Nada. Ni un momento en el que comprobasen que entre ellos había una afinidad especial. No era normal lo que sentía, ni que la buscase con tanta ansiedad, que la espiase, que la siguiese hasta su casa en medio de una noche helada. Se comportaba como un idiota cuando ella estaba cerca.

¿A cuántas mujeres había besado? Se sintió incapaz de contarlas. Estaban sus amores adolescentes, romances de entrenamiento que abrieron su cuenta corriente de conquistas. Los recordaba intensos, torpes, primeros besos a los que su cerebro reservaba un sitio de honor. Luego más besos, el camino para llegar a otro tipo de intimidad con mujeres de las que no recordaba absolutamente nada. Distracciones que la vida le había puesto por delante y que siempre había tenido los reflejos de no dejar pasar. Al final, los otros, los besos de mentira que tenían que parecer los más reales. Los que se podían contar si se hacía un repaso a su carrera cinematográfica. Alguno más si se tenía en cuenta que a veces las tomas no salían a la primera y había que repetir. Sin embargo, ninguno de aquellos besos había desarmado a Alberto como el beso de Rocío. Uno solo y había caído rendido. Como en ese momento, prisionero de las sensaciones que le provocaba la certeza que tenía de que jamás la volvería a ver.

—Te has puesto muy serio —dijo Lucía. Esperó para comprobar si él añadía algo más, pero su silencio fue bastante elocuente.

Alberto subió el volumen de la radio y Lucía entendió que no quería seguir hablando del tema.

PARTE II
Madrid

TOMA 6

Casa de Alberto. Jueves por la tarde.

El preestreno estaba programado para el jueves por la noche. Los actores llegaron a tiempo de pasar por su casa para dejar las maletas y relajarse un rato tras el trayecto en coche de varias horas que separaba Grimiel de la capital. Alberto dejó a Lucía en la puerta de su edificio y, cuando traspasó el umbral de su propio hogar, arrojó la maleta en una esquina y se sentó en el sofá del salón. No había nadie y agradeció los momentos de soledad para colocar sus pensamientos, que en las últimas horas se habían llenado de Rocío. No podía sacarla de su mente, no era capaz de olvidar las sensaciones de ese beso furtivo y aquello le desconcertaba. Un solo beso le había hecho descubrir que, a pesar de que se iba a casar con ese necio del pescadero en unos días, no estaba enamorada de él. Al menos no con la intensidad que se supone antes de dar un paso así. Si lo estuviera, su gesto de la noche anterior no habría tenido la respuesta que tuvo ni se habría sentido tan turbada en el pasillo del hotel.

Se levantó y se asomó a un espejo. El ojo estaba casi bien, un poco de maquillaje disimularía los restos de morado que todavía quedaban, un recordatorio de lo accidentado de su encontronazo con la camarera. No oyó que la cerradura de la puerta anunciaba la presencia de alguien hasta que una voz a su espalda lo empujó fuera de sus pensamientos.

—Tú siempre mirándote al espejo, hermanito.

—Víctor, no te he oído llegar —dijo, saludando a su hermano pequeño.

—Pues aquí estoy. —Lanzó la mochila del instituto y el abrigo en medio del pasillo.

—¿Qué tal estos días? —le preguntó Alberto, recogiéndolos. Estaba harto de decirle que no hiciera eso y mucho más de lo inútiles que resultaban sus esfuerzos por convertirlo en alguien más organizado.

—Muy bien, la casa ha sido para mí, así que genial. ¿A cuántos privilegiados de quince años los dejan solos cuatro días?

—¿No habrás hecho tonterías? —preguntó un poco inquieto por la perspectiva de que los vecinos entraran en tromba a quejarse del comportamiento de Víctor durante su ausencia. No sería la primera vez.

—Casi nada, no te preocupes. Una fiesta el lunes, una chica el martes, otra el miércoles y ayer invité a unos cuantos amigos a jugar a la Wii.

—¿En serio? —Alberto miró a su alrededor para comprobar posibles desperfectos.

—No, no lo digo en serio, me he portado como un campeón. Ni he roto nada ni he dado una fiesta. ¿Tú qué tal? ¿Te tiraste a Lucía por fin?

—¡Víctor!

—¡Qué pasa! Te has ido unos días por ahí, con una tía que está muy buena, a descansar, según tú. —Hizo un gesto de ironía con la mirada—. Si no lo has hecho es porque eres rematadamente idiota.

—Tú sí que eres idiota.

—Cuenta, cuenta, que yo no se lo diré a nadie. —Dio la vuelta a una silla y se sentó apoyando los brazos en el respaldo, aparentemente interesado en el relato que su hermano mayor pudiera contarle.

—Vale ya, Víctor. Me voy a dar una ducha que hoy es el preestreno. Si vas a venir, tú también deberías empezar a prepararte.

Alberto puso rumbo al cuarto de baño y Víctor no tardó en seguirlo.

—Hombre, lo que quiero ahora es comer algo, que ya es hora de cenar. ¿Qué has preparado?

—Acabo de llegar, no he hecho nada. —Mientras hablaba empezó a manipular los grifos del baño, buscando una temperatura óptima para el agua.

—Bueno, no te preocupes, me encargo yo. En estos días me he convertido en un experto cocinero. He estado indagando en internet...

—¡Madre mía! ¡Qué peligro! A saber qué ha salido de ahí.

—Ven a verlo, tengo algo en la nevera.

—Me doy una ducha rápida y voy —dijo Alberto mientras se deshacía una a una de las prendas que le cubrían, dejando a la vista su escultural cuerpo.

—Joder, hermanito, cuando sea mayor quiero estar tan bueno como tú —dijo Víctor.

Alberto le arrojó el bóxer a la cara.

Cuando terminó de ducharse se puso el pantalón de un pijama de algodón y se dirigió a la cocina, donde Víctor le enseñó una ensalada de arroz que había preparado la noche anterior. Tenía un aspecto bastante apetecible, lo que sorprendió a Alberto, que jamás lo había visto interesarse lo más mínimo por la cocina. Había dejado dinero para que encargase comida preparada y no se imaginó que le pudiera dar por engancharse a los fogones. Quizá tenían la culpa los programas culinarios que se habían puesto tan de moda en la televisión en los últimos meses. Puso la mesa para los dos mientras Víctor servía los platos.

—Comprobarás que me he convertido en un tipo responsable. Hasta me he acordado de comprar el pan —comentó, lanzándole un trozo que acababa de partir que Alberto cazó al vuelo.

—¡Puaj! Esto está asqueroso, Víctor. El arroz está durísimo y la zanahoria ni te cuento —dijo el actor tras hacer un enorme esfuerzo por tragar aquello.

—A mí me parece que está genial. En su punto.

—¡Qué punto! ¿El punto de hacer vomitar? ¿Estás seguro de que no pretendías envenenarme?

—Bueno, lo reconozco, no está demasiado bueno, pero qué quieres, es mi primera vez y las primeras veces, siempre me lo dices, todo puede salir mal. Se hace otra toma y punto.

—Voy a ver si quedan latas —dijo Alberto, levantándose y abriendo los armarios de la cocina en busca de algo que pudiera suplir a la aberración culinaria que había preparado Víctor.

—¡Se me había olvidado! Te ha llamado un montón de gente. Lo que no te puedo decir es quiénes eran porque no lo apunté.

—Bien, serás un excelente secretario con esa memoria —ironizó Alberto.

—¡Bah! Seguro que si fuera importante me acordaría. ¡Ah! Y otra cosa. Toma.

Víctor sacó de su bolsillo un papel doblado varias veces y se lo entregó a Alberto. Era una nota que mandaban desde el instituto y le correspondía a él firmarla ya que era su tutor legal.

Los padres de Alberto se habían marchado a vivir a Francia, por trabajo, y aunque su segunda hija se había ido con ellos, el pequeño se negó al traslado. La adolescencia no es el mejor momento para abandonar tu entorno. En realidad, nunca es un buen momento para romper vínculos con nada, pero hay circunstancias en la vida que resultan más llevaderas que los quince años. Víctor opuso toda la resistencia que es capaz de oponer un adolescente, haciendo uso, sobre todo, del chantaje emocional.

Quería conservar a sus amigos, no estaba dispuesto a dejarlos, arriesgándose a que cuando volviera, si es que volvía alguna vez, no fueran los mismos y él ya no encajara. No le apetecía aprender un idioma nuevo, ni adaptarse a otro clima, a otro instituto, a otra vida.

Alberto veía como su hermano pequeño sufría de verdad pensando en la mudanza y convenció a sus padres de que no pasaría nada si lo dejaban quedarse con él. Pensó que ocuparse del adolescente, a pesar de su trabajo, no supondría demasiado problema. No tardó en averiguar que «adolescente» y «problema» son sinónimos.

—¡Te han quedado cinco! —gritó Alberto en cuanto leyó la extensa explicación del tutor de Víctor. El momento «malas notas», el más temido desde que decidió quedarse con él, había llegado.

—Bueno, cinco es exagerar. Cuatro y religión que es como si nada... Pero aún no me han quedado. Puedo recuperarlas, esto es solo una nota informativa.

—¿Recuperarlas? Las notas son pésimas, si apruebas alguna vamos bien. Cinco, Víctor. Religión —¿a qué clase de idiota le queda religión?—, matemáticas, lengua, inglés y geografía. ¡Casi nada! Papá y mamá te van a obligar a irte con ellos y a mí me van a matar por no cumplir mi parte del trato. —Alberto no recordaba que hubiera cateado tantas en su vida. Ni sumando todos los suspensos de su expediente escolar reunía las cinco que Víctor le mostraba con tanta soltura.

—Pues no se lo digas, ya lo recuperaré... No son las notas definitivas —dijo Víctor tan tranquilo.

—Te da igual todo, ¿verdad? Te vas a quedar sin Wii, sin salir, sin nada...

—Claro, y tú me vas a controlar, con los horarios que tienes —respondió, sin alterarse lo más mínimo.

—Haré lo que sea, como si tengo que contratar una canguro para que cuide de ti. Si no te comportas te irás con papá y mamá. ¿Tú crees que se puede pasar tanto de

las cosas? Es tu futuro, tienes que estudiar, aunque solo sea sacarte la ESO. ¡Es lo mínimo!
—Vale, que sí. Relájate que se te está poniendo cara de padre. A juego con tu discurso.
—¿Que me relaje? —Alberto estaba cada vez más furioso—. De entrada, te has quedado sin ir al estreno. Por listo.
—¡Pero tío! ¿No voy a poder ver a Lucía?
—A nadie vas a ver en los próximos años como no cambies. En Francia no tienes amigos.
—Lo que te digo, hablas como un padre.
Se libró de una colleja por los pelos.

Cine. Jueves por la noche.

Al final Alberto se lo pensó y permitió que Víctor le acompañara. Era mejor llevarlo que especular sobre qué se encontraría en casa a la vuelta. Ataviados con traje y corbata, y engalanados con sus mejores sonrisas, acudieron al cine del centro donde se proyectaría la película, el mismo lugar en el que se había convocado a la prensa.
Víctor tendría que entretener el tiempo como pudiera mientras Lucía, Alberto, el director de la película y el resto de actores del reparto contestaban el bombardeo de preguntas de los medios, pero Alberto no se había querido exponer a dejar a su hermano en casa solo. La amenaza de Víctor, la de convertirla en el escenario de una fiesta adolescente en cuanto calculara que su hermano mayor no podría volver debido a sus compromisos, habían hecho recapacitar a Alberto sobre el castigo y transformarlo en «te vistes como yo te diga», que también le fastidiaba un rato.
Nada más bajar del coche que había ido a buscarlos a casa, una lluvia de flashes cayó sobre sus cabezas, impi-

diéndoles abrir demasiado los ojos. Caminaron por la alfombra, separada del público por unas vallas y un montón de guardias de seguridad, al lado de Oliver Fernández, el director de la película, un tipo con aire de intelectual que fingía odiar los saraos alrededor del séptimo arte. Esa pose se le olvidaba en cuanto los micrófonos enmudecían y las cámaras se apagaban, cuando exprimía las fiestas hasta no dejar ni un solo gramo de su esencia encima de la mesa.

—¿Cómo lo soportas? —preguntó Víctor cuando lograron entrar en la sala, después de contestar un par de preguntas cazadas al vuelo por algún medio no autorizado.

—Mejor que a ti, eso desde luego.

—Sí que tienes mal humor... Si lo sé no te doy la nota. Mira, ahí está Lucía.

Lucía Vega había elegido para la ocasión un elegante vestido de noche de Chanel que realzaba su figura espectacular y, en ese momento, hablaba distendida con uno de los periodistas de prensa rosa más carismáticos, Raúl Gil, quien en esa ocasión acudía como amigo personal del director. No estaba de servicio, aunque su profesión y su instinto cotilla lo acompañaban siempre. No tenía un botón de *off* para librarse de ellos.

—¡Alberto! ¿Cómo estás? —Le saludó con un apretón de manos, después de hacer lo mismo con Oliver, que ni se paró a hablar con él.

—Bien, Raúl. No esperaba verte todavía, pensaba que nos harías una entrevista para tu programa después.

—No, hoy he venido a disfrutar del preestreno, nada más. Ya tengo por ahí un par de reporteros que lo harán por mí, aunque sí me gustaría que me explicaseis algo, si no os importa, claro.

Lucía y Alberto se miraron interrogantes. No sabían de qué estaba hablando Raúl.

—Tú dirás. —Lucía le dio pie a seguir.

—He oído rumores que... me gustaría confirmar.
—Pero Raúl —dijo Alberto, tratando de evadir la conversación—, ¿no dices que hoy no trabajas?
—Raúl no lo puede evitar, Alberto —dijo Lucía, tomándole de la mano, consciente de que los rumores que sus respectivos agentes querían poner en marcha debían de haber empezado a filtrarse, así como las supuestas fotografías que habría tomado Cristian. Decidió empezar la actuación cuanto antes.
—El caso es que... —miró directamente a Alberto, bastante serio—, mañana saldrán publicadas unas fotos...
—No te preocupes —dijo Lucía sonriente—, estamos al tanto. Solo espero que hoy los medios todavía no lo sepan y le dediquen un poco de tiempo a preguntar por la película y no a hablar de lo nuestro...
—¿Lo vuestro? —Raúl puso una cara de sorpresa que no parecía fingida.
—Sí... ¿No me digas que acabo de meter la pata? —preguntó Lucía, consciente de que había cometido un error al dar por supuesto que Raúl sabía de su relación. Ya era tarde para rectificar, pero la cara de asombro que puso resultó convincente de todos modos. Por algo era actriz y de las buenas.
—Veréis —dijo Raúl, apartándolos un poco para que nadie más escuchase por error lo que iba a contar—. No son fotos vuestras, no hablan de un romance entre los dos... Ni siquiera sabía que teníais una relación. ¿Tenéis una relación?
—Sí, era un secreto —contestó Lucía con una sonrisa que no terminaba de ocultar su desconcierto.
—Muy bien guardado, yo no tenía ni idea y eso que creía que siempre me entero de todo lo que se cuece en este mundillo —dijo Raúl.
—Y entonces, ¿de qué fotos estás hablando? —preguntó Alberto.

—Son tuyas, Alberto, con una chica desconocida. Al menos nadie parece conocerla.

Alberto palideció. El callejón en el que besó a Rocío estaba demasiado oscuro para sacar unas fotos medio decentes y él no vio un alma por los alrededores, pero tenía que haberse acordado de Cristian. Tenía que haber recordado lo ruin que ese tipo solía ser y que, si encontraba una historia de la que pudiera sacar tajada él solo, no la iba a dejar correr así como así. Al parecer se la había jugado a Gustavo y, sobre todo, acababa de meterle en un problema a él.

—¿Qué clase de fotos? —preguntó.

—No las he visto, pero al parecer no son nada del otro mundo. Estáis charlando, en algunas os dais la mano y hay una en la que parece que os estáis besando...

—¿Quién es esa chica, Alberto? —Lucía optó por fingirse ofendida. Una historia a tres bandas era publicidad mucho más morbosa incluso que lo que habían planeado y la liberaría mucho antes de la historia que se habían inventado. El presunto noviazgo que mantenían podía ser más fugaz de lo previsto sin renunciar a la publicidad.

—¿Parece que nos estamos besando? —Alberto navegaba en esos momentos por aguas revueltas, incapaz de pensar con serenidad y de escuchar a Lucía. No era la primera vez que le inventaban un romance ni que le hacían fotos con una chica, pero sí era la primera que le importaba. Sintió un malestar repentino que quiso espantar cogiendo al vuelo una copa de cava de la bandeja de un camarero.

—Mi ayudante, que es quien ha visto las fotos que han llegado al programa desde una revista, dice que es más bien un efecto del ángulo desde donde se tomó la foto, pero para cualquiera poco experto en fotografía podría ser un beso. Se va a vender así.

—Alberto, no me has contestado —dijo Lucía con un asomo de lágrima y un quiebro en la voz. Era genial actuando. Ahora tocaba representar el papel de la novia ofendida. Delante de un reportero estrella de la televisión, les aseguraría algunos minutos como tema destacado de su programa. No todos los días Raúl Gil tenía la suerte de ser testigo de primera mano de una discusión de pareja donde los protagonistas eran estrellas de cine.

—Nadie, no es nadie. Ese Cristian me las va a pagar —dijo Alberto enfurecido.

—¿Cómo sabes que las fotos son de él? —preguntó Raúl—. No creo haberlo mencionado.

—Hemos estado unos días en un pueblo, en un pequeño hotel, para relajarnos antes de que toda esta vorágine nos envolviera, y me pareció verlo una noche que salí del bar a fumarme un cigarro. —Por los pelos, pero le había salido una excusa medio convincente.

Alberto quería contarle a Raúl una historia que actuase como desmentido aun antes de que los rumores empezasen a expandirse. No le importaba demasiado que el romance con Lucía se convirtiera en un fiasco antes de empezar, en el fondo nunca había estado muy de acuerdo con fingirlo. Sin embargo, Rocío sí le importaba. No tenía ningún derecho a empujarla bajo los focos, era una chica normal, ajena al mundo en el que él se movía cada día. Nunca es buen momento para lanzar a alguien a los leones, pero mucho menos en aquellos momentos en los que ella planeaba su boda con el pescadero de Grimiel.

—Alberto, esto es horrible. —Lucía seguía en su papel, con cuidado de no soltar lágrimas reales que estropearan el maquillaje—. No te creía capaz de hacerme esto...

—¡Qué! ¡No he hecho nada, Lucía! ¡Espera!

Lucía se alejó de los dos hombres en dirección al tocador de señoras. Por el camino, esquivó a Oliver y trató de hacer lo mismo con la ayudanta de producción. La mujer tuvo que retenerla para informarle que en diez minutos empezaban las entrevistas.

Mientras, Alberto no se podía librar del interrogatorio al que lo estaba sometiendo el periodista.

—¿Me vas a contar ahora quién es esa chica o lo tendré que averiguar yo solito? —Raúl Gil no sonaba amenazador sino sarcástico.

—Es... no es nadie. Alguien con quien hablé en la calle, en Grimiel. No tengo idea de por qué puede parecer en una fotografía que nos estamos besando. —Mientras decía esto rogaba porque realmente fueran las fotos inocentes que sugería Raúl y no hubiera ninguna otra imagen.

—¿Hay algo entre vosotros? Te has puesto muy nervioso.

—No, Raúl, de verdad. Ya te he dicho lo que pasó, salí a fumar y charlé un rato con una chica, como muchas veces ocurre. No puedo dar dos pasos sin que alguien se pare a hacerse una foto conmigo, o me pidan un autógrafo y tú lo sabes.

—¿Y cómo es que hay fotos en las que estáis cogidos de las manos?

—Porque se cayó al suelo, resbaló con el hielo y la ayudé a levantarse. De hecho yo también acabé por el suelo. No puede ser otra cosa.

—Pero te has puesto demasiado nervioso. Si fuera una simple tontería... no sé, quizá te habrías reído como te he visto hacer otras veces cuando te he preguntado en entrevistas en televisión. Acuérdate del año pasado, la fan esa que se hizo una foto contigo y trató de colarnos que tenías una relación con ella. Pusiste esa media sonrisa que te sale tan bien y ni se te movió la ropa al desmentirlo.

—Aquella vez, la chica fue la que filtró la noticia, no es lo mismo.

—¿Y quién te dice que esta vez no haya sido así también? —preguntó Raúl.

Alberto se quedó un momento en silencio, valorando la posibilidad de que hubiera sido Rocío la que hubiera filtrado las fotos. No le parecía que cuadrase con su carácter, pero ahora se preguntaba si ese modo de ser que vio en Grimiel pudiera ser fingido. Espantó la idea en cuanto recordó que no había sido ella quien lo había buscado sino todo lo contrario: fue él mismo quien, desde el primer momento, hizo todo lo posible por tropezar con Rocío.

—Si es la chica que pienso te digo que es imposible, pero, además, me preocupa Lucía, lo que pueda pensar. Últimamente... Verás, es que todo lo que le está sucediendo la tiene muy sensible.

—No será...

Un estrépito proveniente del otro lado del hall del cine interrumpió su conversación. Víctor, aburrido, se había apoyado en una columna que resultó ser falsa, parte del decorado que habían preparado para la sesión de fotos con la prensa. La columna se fue al suelo, con el adolescente detrás, se llevó otra que estaba a corta distancia y así, una a una, cayeron todas, como piezas de un dominó gigante. La última tuvo la mala fortuna de golpear en la cabeza de Regina Suárez, una actriz veterana que tenía un pequeño papel en la película. Era de cartón piedra y no le causó ninguna lesión, pero el susto que se llevó la mujer fue monumental.

—¡Has podido matarme! —dijo de manera teatral, cuando se percató de que había una cámara encendida apuntando a su rostro.

—¡Víctor! ¿Qué has hecho? —gruñó Alberto, acercándose a su hermano—. Regina, perdona, no sé cómo ha podido pasar esto. ¿Estás bien?

—¿Conoces a este muchacho? ¡Ha intentado matarme! —dijo ella, sobreactuando.

—¡Hala, sí! ¡Seguro! —dijo Víctor—. No es exagerada ni nada la vieja.

—¡Cállate si no quieres cobrar! —gruñó Alberto por lo bajo—. Es mi hermano pequeño.

—Regina, ¿quieres que llamemos a una ambulancia? —preguntó el marido de la vieja gloria, preocupado.

—No, no te preocupes, sobreviviré —respondió ella, viendo como la cámara era dirigida hacia otro lugar de la sala por la ayudante de producción, tratando de evitar que acabaran saliendo en los programas de humor.

—¡Cómo no va a sobrevivir! Con esto no se puede hacer daño a una mosca —dijo Víctor. Para corroborar su teoría tomó una de las columnas entre sus manos y la partió en la cabeza de su hermano, que lo miró sorprendido.

—¡Tú eres anormal! Sí hace daño... —Alberto se frotó la cabeza.

—Me aburro, ni siquiera me has dejado hablar con Lucía.

—Ven aquí. —Arrastró a Víctor hacia una esquina—. O empiezas a comportarte o voy a tener que poner a alguien a vigilarte.

—Pues ponme a alguien, así tendré con quien hablar.

—Alberto, por favor —dijo la ayudante de dirección—, tienes que entrar en la sala de prensa, empiezan las entrevistas. Lucía ya está allí.

—¿Podrías conseguir que alguien se ocupe de mi hermano? —le preguntó.

—En cuanto arreglemos este desastre, no te preocupes. De momento puede venir conmigo.

—Donde tú quieras, guapa —contestó Víctor, que no se libró de una mirada asesina de Alberto.

Lucía esperaba a Alberto armada con una sonrisa, sentada en una de las dos sillas que habían colocado delante del cartel de la película. Un técnico revisaba las últimas mediciones de luz y el personal de peluquería y maquillaje daba unos retoques finales a la actriz.

—¿Qué te ha dicho? —preguntó en cuanto Alberto se sentó a su lado y la maquilladora se alejó un poco.

—Van a vender que tengo una historia con esa chica, estoy seguro.

—Bueno, con desmentirlo... No es nada, un poco inoportuno para los planes de nuestros representantes, pero nada que no se solucione con ignorarlo. Nadie sabe quién es, además.
—Es que... Raúl sabrá cómo localizarla. Ya verás la que se va a liar.
—¿Qué?
—Se me escapó dónde estuvimos, además de que no he dudado de que las fotos son de Cristian. Y no creo que él sea discreto y guarde silencio sobre el lugar donde nos alojamos.
—Espero que la película funcione mejor que las geniales ideas para promocionarla que han tenido nuestros representantes —dijo Lucía.
—Si intentamos meter más la pata a propósito, no nos sale. Van a acosar a Rocío en cuanto la encuentren.
—No te preocupes, Alberto, serán solo unos días. Se cansan enseguida de las historias, ya lo sabes.
Alberto sí se preocupaba. Para ellos serían solo unos días, como decía Lucía. A la noticia le seguirían horas de tertulia en la televisión, revistas repitiendo el reportaje, internet multiplicándolo hasta el infinito. Publicidad, publicidad, publicidad. De la mejor, porque iba envuelta en papel de celofán rosa. La mayoría de la gente era incapaz de pensar que los eternos programas de cotilleos no eran nada más que algo orquestado y dirigido a vender, ya fuera una película, revistas del corazón o el insulso libro de un tertuliano de tres al cuarto.
Pero él no pensaba en ellos sino en Rocío. De golpe se encontraría protagonizando todo eso sin saber manejarlo. Las dudas sobre ella se asentarían peligrosamente en todo su entorno y daría igual que intentase justificarse. Al fin y al cabo, ¿quién era ella? Nadie frente a personajes con tanta credibilidad como Raúl Gil. Una simple camarera que había cometido un desliz con el actor de moda del momento. Algo que cualquiera podría creer si se lo vendían

bien, porque, además, ¿qué chica no querría estar en su pellejo? Alberto era el actor más deseado y tenía una cuenta corriente tan atractiva como su físico, escandalosamente sexy. Si salía bien, aquello podría acabar siendo un cuento de hadas y si salía mal siempre había maneras para seguir sacándole provecho.

En Grimiel, Alberto pensó que Rocío no iba a ser feliz, lo había intuido durante esos pocos días que habían estado en el hotel, pero eso no le daba derecho a jugar con ella como lo había hecho la última noche. Mucho menos a meterla en un lío tan gordo como el que se avecinaba. Tenía que buscar la manera de encontrarla y advertirle sobre lo que estaba a punto de pasar.

Las preguntas de los periodistas, las mismas con insignificantes variaciones, se repitieron en las dos horas siguientes. Lucía llevó la voz cantante, mientras que Alberto se aferró a ella y se dejó remolcar. Sus pensamientos estaban muy lejos de aquella sala de cine donde se decidía un capítulo más de su carrera cinematográfica.

No pudo soportar la película entera y salió antes de que acabase la proyección con la excusa de fumarse un cigarro. La puerta delantera estaba ocupada por cientos de fans que esperaban verlo, así que no podía utilizarla. Daba vueltas buscando otra alternativa cuando tropezó con Gustavo.

—¿Qué ha pasado? ¡Te voy a partir la cara! —le gritó sin poder contenerse, atrayendo la atención de dos periodistas que estaban fuera de la sala. Gustavo le instó a bajar la voz.

—Ese Cristian... Lo siento, tío, no os logró encontrar y me juró que no tenía fotos. Pero ya sé por Raúl que ha vendido un reportaje que tú protagonizas.

—¡Ya lo estás desmintiendo todo! —Alberto estaba muy nervioso.

—¿Quién es?

—Nadie, Gus, ¡nadie! Ese es el problema. Es una simple muchacha a la que van a machacar, solo por el imbécil de Perales y su afán de ganar pasta.

—En realidad todos ganamos pasta con esto, no me vengas con escrúpulos.

—No son escrúpulos si ambas partes estamos de acuerdo. No me gustó cuando dejaste de lado a Lucía, pero sabía que ella lo entendería, forma parte de este juego. Pero Rocío no tiene nada que ver con nuestro mundo...

—¿Rocío? Creía que no la conocías.

—Es una camarera del hotel, ¡cómo no voy a saber su nombre! Hemos pasado allí unos días.

—Pero... —Gus estaba desconcertado—. ¿Has visto ya las fotos?

—No, pero me imagino que tiene que ser ella porque no recuerdo haber hablado con nadie más en la calle. Y ha sido solo eso, hablamos. Nada de besos, nada de nada.

—Por dentro deseaba que fuera cierto y no hubiera un registro del beso que sí le había dado.

—Bueno, si son fotos inocentes como tú crees, no hay nada que temer. Se desmiente, vendemos lo tuyo con Lucía...

—Gustavo, no quiero vender nada... Además, Lucía ha metido la pata y Raúl ya lo sabe, no hay nada que vender.

—¿Qué es lo que sabe?

—Pues que «tenemos» una relación. Se lo ha dicho Lucía pensando que era lo que sabía.

—Como actores seréis muy buenos pero, ¡no tenéis ninguna visión de negocio! Os habéis cargado mi trabajo del último mes.

—¿Trabajo? Trabajar es otra cosa, Gustavo.

—Mi trabajo es lograr que la gente te siga prestando atención para que los directores decidan que seas tú y no otro quien se quite la camiseta en su última película —dijo, sarcástico.

—No creo que este sea el mejor método. Mucho menos si dentro de tu trabajo acaba metido alguien que no forma parte de este mundo.

—¿He sido yo quien ha metido la pata?

—Tú contrataste a Perales sabiendo cómo es, algo de culpa tienes. Gustavo, esa chica se va a casar en un mes, se lo escuché decir un montón de veces en el hotel al resto del personal. ¿Sabes lo que pasará si todo esto sale a la luz?

—Me lo puedo imaginar, adiós boda. Sobre todo pensando que vive en un pueblo. Pero a nosotros no nos importa... —dijo con cinismo.

—¡A mí me importa!

Alberto dejó a su agente con una respuesta preparada, sin pararse a escuchar. Se metió en el baño y se encerró. No había manera de dejar el cine y todavía quedaba la fiesta de después, en la que tendría que sonreír y sonreír, dejando que lo acribillaran a flashazos, hablando con personas que le importaban un comino. Tenía que avisar a Rocío, pero no sabía cómo. No tenía un teléfono y estaba seguro de que, aunque encontrase la manera de averiguar el del hotel, ella no estaría allí. Seguía siendo jueves y cuando se marcharon no había clientes que justificasen su presencia. La única opción era, cuando acabase todo, ir a buscarla y contárselo en persona. Rogó para que hubiera tiempo.

La insistencia de Gustavo, al otro lado de la puerta del baño, lo sacó de su aturdimiento. Respiró y se dispuso a pasar el resto de la noche lo mejor que pudiera. Lucía no le hizo mucho caso, entretenida como estaba en hablar con todo el mundo y contestar los mensajes que llegaban a su teléfono a cada momento.

Cuando por fin pudo regresar a casa eran las tres de la mañana. Definitivamente no eran horas de localizar a Rocío en el hotel. Se maldijo por haber dejado pasar el tiempo y por haber bebido demasiado, y se juró que buscarla sería lo primero que haría por la mañana.

Puso el despertador a las nueve.

TOMA 7

Casa de Alberto. Viernes por la mañana.

La resaca tomó el mando de su cuerpo en cuanto Alberto abrió los ojos a media mañana. Probablemente el malestar lo había acompañado toda la noche, pero no se había hecho notar demasiado hasta que el teléfono empezó a taladrarle el tímpano, recordándole de forma cruel el alcohol ingerido en la fiesta.

Buscó en la mesilla, tanteando con torpeza, pero el teléfono se había esfumado. Se incorporó rápidamente, y la deducción de que se encontraba en el bolsillo de la chaqueta llegó en el mismo instante que una náusea. Logró alcanzar el baño por los pelos. Mientras encontraba cierto alivio para su estómago escuchó a Víctor contestando la llamada.

—Aquí está, poniendo el baño perdido con la pota que acaba de echar. Es que no se puede beber sin juicio. Y menos mal que me tenía a mí para que lo trajera a casa...

—¿Quién es? —preguntó Alberto.

—Ahora te lo paso... Es Lucía. Adiós, guapetona. —Le dio el teléfono a su hermano—. ¡Qué peste despides, chaval! A ver si nos duchamos...

—¡Lárgate! —le gritó mientras se sentaba en la cama y volvía su atención sobre el móvil—. Lucía, ¿qué tal? —Contuvo otra náusea respirando.

—Eso digo yo, ¿qué tal tú? Ayer no me prestaste ninguna atención. Parecía que más que yo te interesaban los camareros. Mejor dicho, sus bandejas. Perdí la cuenta de las veces que agarraste una copa.

—¿No haría nada inapropiado? Para el normal desarrollo de la promoción de la película, me refiero.

—No, nada, salvo dejarme sola. Ya ha salido la noticia de nuestro «idilio» y las fotos con la camarera.

—¡Joder! —Se arrepintió de vociferar en el instante en el que el grito sonó como un micrófono cuando se acopla y su cabeza empezó a saturarse. Demasiado barullo para ser tan pronto y tener una resaca semejante.

—Agárrate, no sabes lo mejor. Según Raúl, informado por fuentes de primer orden, lo más escandaloso del caso es que yo estoy embarazada. —Subrayó el «yo» con un tono entre la sorpresa y el desconcierto.

Alberto tampoco entendía nada. La lentitud con la que parecían funcionar sus neuronas y la falta de sincronía entre estas y los pensamientos le obligaron a hablar antes de pensar.

—¿Estás embarazada?

—¡No! —Lucía gritó, ignorando el malestar de su compañero de rodaje—. No estoy embarazada, Alberto, no sé de dónde se ha podido sacar Raúl eso. Solo habló contigo. Antes de que se terminase la película había desaparecido y ni siquiera le vi en la fiesta de después. ¿No te fijaste que se fue?

—Pues no, la verdad. Ayer estuve un poco disperso. No sé cómo ha podido sacar esa conclusión.

—Esperaba que me lo aclarases tú...

—Lucía, no me acuerdo de la mayoría de las cosas que pasaron ayer. —Era cierto. Estaba haciendo un barrido mental y los huecos en blanco a partir de las entrevistas con los medios ganaban por goleada.

—A ver cómo lo arreglamos ahora. Esto se está complicando por momentos. Nos hemos metido en un jardín del que no tengo ni idea de cómo vamos a salir.

—Desmintiéndolo todo. Yo creo que es el mejor camino —dijo Alberto, frotándose los ojos.

—Sí, es lo que habría que hacer, pero mi manager está encantadísimo de la vida y no te cuento el director. No paran de hablar de la película; de rebote, pero están hablando. Pon la televisión y compruébalo. Y el estreno es hoy, así que olvídate del tema. Hoy no harán nada y es probable que la semana que viene tampoco. Alargarán la historia todo lo posible para aprovechar el tirón y que la gente se meta en el cine.

La televisión. Programas de cotilleos. Seguro que era lo mejor para el dolor de cabeza que tenía. Las náuseas se incrementarían exponencialmente. Pensándolo bien, tampoco le venía mal vomitar un poco más y así sacarse los excesos de la noche anterior. Y enterarse de qué demonios estaban hablando y si era cierto que habían fotografiado el beso con Rocío. La inquietud que le causaba pensar en que Cristian se hubiera hecho con una foto del momento fue el motivo de que la noche anterior solo prestara atención a la bandeja del camarero.

—¡Alberto!

—Sí, sigo aquí —contestó, volviendo a la conversación con Lucía.

—El caso es que estás quedando fatal, me han convertido en una víctima y tú eres el malo malísimo de la peli que se están montando. Y no te digo las burradas que dicen de Rocío. ¡Pobre! No me gustaría estar en su lugar. Se le van a echar encima en cuanto sepan dónde encontrarla.

Escuchar su nombre en boca de Lucía despertó a las neuronas perezosas que se negaban a empezar la jornada en el cerebro de Alberto. Aunque había sentido desde el principio que tenía que avisar a Rocío, por lo que decía la actriz era demasiado tarde. Una náusea, más potente que las anteriores, le obligó a ir al baño de nuevo. El móvil se le escurrió de las manos y acabó estrellándose contra el suelo, desarmándose por completo y dejándole sin opciones de despedirse de Lucía.

Casa de Rocío en Grimiel. Viernes por la mañana.

Rocío se estaba duchando, prolongando el tiempo bajo el agua más de lo necesario, para intentar borrar los restos del cansancio. Llevaba dos días sin dormir en condiciones. Desde el miércoles por la noche, exactamente. Se dormía a ratos, pero enseguida despertaba sobresaltada, porque en sus sueños encontraba siempre a Alberto. La razón por la que la había abordado en plena calle para preguntarle algo que al final no había preguntado y aquel beso inesperado en medio de la noche, protagonizaban la angustia que sentía despierta, pero, cuando se dormía, los sueños eran placenteros. Besos que ya no eran robados, sonrisas, pasión, un día de invierno en el que repentinamente no hacía nada de frío. En todos sus sueños estaba él, ocupando el lugar que debería pertenecerle a Óscar.

Despertaba sobresaltada, inquieta, y se regañaba por fantasear con situaciones imposibles que le estaban haciendo mucho daño. Su inconsciente había encendido todas las señales de alarma: le gritaba con una potencia insoportable que Óscar suponía conformarse, quedarse con lo máximo a lo que una chica como ella podía aspirar. Significaba una vida tranquila, ordenada, pero sin un ápice de pasión ni aventura. No obstante, aunque sabía que algo no estaba bien, Rocío tenía claro que no quería pagar el precio que supondría reconocer su error ante quienes la rodeaban. El peor escenario que imaginaba era aquel en el que tendría que enfrentarse a deshacer sus planes vitales frente a los curiosos ojos de sus vecinos. Un ataque de pánico hacía amago de aparecer cada vez que el pensamiento de dar marcha atrás se colaba por un instante en su mente.

Sin embargo, cada minuto en la cuenta atrás de su destino era una tortura. Lo inoportuno del gesto del actor la obligaba a pensar en lo que se suponía que llegaría en cuanto se casara. El guion que mentalmente construía no le gustaba en absoluto. Pasados los quince días de rigor, Óscar volvería a su rutina de levantarse a las cuatro de la madrugada para marcharse al mercado. Después de pasar toda la mañana en la pescadería, volvería a casa oliendo a pescado, comería y se marcharía a limpiar el camión, a dejarlo listo para el día siguiente. De vuelta, una ducha y una siesta porque estaría demasiado cansado para cualquier otra cosa. Se levantaría a la hora y media, de mal humor porque aún tendría sueño. Saldría al bar, para despejarse, quizás a jugar la partida. La cena, prontito, para acostarse enseguida y volver a levantarse a las cuatro. ¿Cuánto tiempo podría aguantar aquello? Lo había pensado antes de que Alberto la abordara en el callejón, antes incluso de que sus miradas se encontraran cuando llegó al hotel. Lo había pensado, pero con una diferencia: no se había planteado alternativas porque no sabía lo que era capaz de sentir cuando otro hombre la besaba.

Hasta el momento Óscar había sido su único referente y, ahora estaba segura, había confundido el amor con el cariño. Nada funcionaba con él como debería. Nunca un beso suyo le había hecho perder tanto el control. Eran amigos, novios desde que iban al colegio, estaban siguiendo el camino que todos esperaban, pero Rocío respiraba intranquila, y cuando se dormía pensaba en otro hombre. La proximidad del momento de la boda y su encuentro fortuito con Alberto le habían abierto los ojos y ella luchaba por volver a cerrarlos. La certeza de que tenía que hacer algo si no quería cometer el error de su vida mantenía arduas batallas con la comodidad que supondría acallar sus dudas.

Salió de la ducha y mientras se secaba el pelo pensó que el agua no había logrado mejorar su aspecto en absoluto. Con el ruido del secador tardó un poco en oír que sonaba el teléfono. Apagó el secador y escuchó con atención. Seguía sonando, señal de que su madre no estaba en casa. Habría salido a comprar el pan o a hacer algún recado. Se dirigió perezosa hasta el mueble.
—¿Diga?
—¡Ro! Soy yo, Daniel.
—Hola, Dani —respondió sin demasiado ánimo, contrastando con el entusiasmo que notó en la voz de su compañero de trabajo.
—¿Has visto la televisión? —preguntó, presa de un ímpetu que iba en aumento.
—No, me acabo de levantar y me estaba dando una ducha. ¿Qué ha pasado? —preguntó, fingiendo interés. No le apetecía que Daniel apreciara su penoso estado de ánimo.
—¡Agárrate de donde puedas! ¡Es muy fuerte!
—Dani, ¿de qué me estás hablando? —Aquello parecían los preliminares de un cotilleo y escuchar estupideces, eso lo tenía muy claro, no le apetecía.
—No te lo vas a creer hasta que no lo veas, pero para que no te mueras de la impresión cuando lo veas te he llamado. Bueno, en realidad no sabía que tú no lo habías visto todavía, es una suerte que haya llegado antes de que hayas visto nada, porque si no, no hubiera...
—¡Daniel! ¿De qué hablas? —Se había perdido en las divagaciones del cocinero.
—Es que no sé por dónde empezar...
—¿Por el principio te parece bien? —preguntó Rocío.
—Resumo, ¿vale?
—¡Haz lo que quieras, pero dime ya lo que sea! —Su paciencia empezaba a resquebrajarse y a punto estuvo de colgar.
—Has salido en la tele.

Rocío se quedó callada unos instantes, tratando de asimilar lo que acababa de oír. Dedujo que habría escuchado mal.

—¿Quién ha salido en la tele?

—¡Tú! Tú has salido en la tele, es más, llevas toda la mañana saliendo.

—Ya, mira, Dani, llevo unos días durmiendo fatal y no estoy para tus bromas...

—Será la conciencia, amor, que no te deja dormir. —Intentó picarla Dani.

—Será —contestó lacónica Rocío, pensando que hasta Daniel se había dado cuenta de la inquietud que la perseguía esos días.

—No te he dicho por qué estás saliendo, ¿no quieres saberlo?

—No me vas a dejar tranquila hasta que me lo digas, ¿a que no? —aventuró Rocío.

—Pues no, ya me conoces. Ahí va: están hablando de tu relación con Alberto Enríquez, documentada con fotos, con beso incluido. ¡Impresionado me has dejado! No me imaginaba eso de ti...

Rocío se quedó petrificada. Inmóvil por completo se olvidó por unos segundos hasta de respirar, paralizando en su interior la bocanada que entró en el instante anterior a escuchar las palabras de Daniel. Cuando logró reaccionar, exhaló aquel aire viciado y, con su salida, se produjo un cataclismo en su organismo que hizo que cayera de culo en el suelo del pasillo de su casa.

—¡Qué dices! ¡Estás idiota!

—Creía que te habías muerto —dijo Daniel, al que se le hizo larga la espera de la respuesta de Rocío, y la entretuvo imaginándose la cara que estaría poniendo.

—¿De dónde han sacado esa tontería? —Rocío temblaba, recordando el beso en el callejón.

—No sé, están mostrando unas fotos todo el rato. Preciosas, por otro lado, se os ve muy relajados... Y hacéis

una pareja estupenda. —Ahí, Dani, echando leña al fuego.
—¿Pero qué fotos? —No se podía creer nada de lo que escuchaba y menos la alegría con la que se lo contaba Daniel.
—En algunas estáis dándoos la mano, en otras charlando, por cierto, muy mona tú con la bolsa de la basura en la mano, y en una... yo no sé, bonita, pero eso que se ve parece un beso.
—¡Es imposible! —gritó—. Bueno, no es imposible que estemos charlando, me lo encontré varios días cuando me iba a casa, fumando en la puerta del hotel, y no voy a negar que hablé con él, ni que iba cargada con la basura, pero... yo no le he dado la mano... —Se ahorró lo del beso.
—Pues yo creo que sí, lo he visto. Pon la tele, es mejor que te enteres de primera mano, antes de que le vayan con el cuento a la pescadería a Óscar y te pille con el pie cambiado. Ese animal es capaz de cualquier cosa.
—Gracias por avisar —dijo Rocío casi en un susurro.
—De nada, guapa.
—¡Daniel! ¿Tengo que ir al hotel? Pensaba llamar para ver qué planes tiene Marcos para mí, para saber si tengo que ir esta tarde.
—De momento no, solo se llenarán la mitad de habitaciones y van a venir los camareros del fin de semana y una chica para la cocina, pero si algo cambia te aviso. Hasta mañana por la mañana no haces falta. Tranquilízate y pon la tele...
—Adiós, Dani.
Colgó. Rocío salió corriendo a su cuarto. El desorden reinante, fruto de su penoso estado de ánimo, la hizo vagar por la habitación tratando de localizar sin éxito el mando a distancia. Levantó camisetas del suelo, revisó debajo de la cama, miró entre los libros que se acumulaban en su mesilla y finalmente lo encontró, escondido en-

tre el edredón, oculto quizá para ahorrarle el mal trago por el que estaba a punto de pasar. Fue cambiando de canal sin saber muy bien dónde tenía que pararse. Con los nervios se había olvidado de preguntarle a Daniel en cuál estaban hablando de ella. Localizó uno en el que se hablaba de la película de Lucía y Alberto. Nada en especial, imágenes del film y una voz en *off* que narraba el argumento. El regidor cambió el plano y apareció Raúl Gil, sentado en su elegante sofá de cuero, rodeado de los tertulianos habituales de su programa rosa.

—¿Todavía no ha podido localizar alguien a la chica? —preguntó Raúl sin mirar directamente a nadie.

—Por lo que me acaban de contar en un mensaje mientras estábamos viendo el tráiler de la película —dijo una rubia de bote a la que Rocío fue incapaz de poner un nombre—, la chica vive en un pequeño pueblecito de montaña y trabaja en el hotel donde Alberto y Lucía estuvieron alojados esta misma semana.

—¡Cómo viven algunos! —dijo una tertuliana. Su cara le sonaba de algún *reality*, pero no estaba segura de cómo se llamaba tampoco.

—Tendrán que relajarse los pobres, con la que se les viene encima en cuanto empiezan a promocionar una película —respondió otro de los tertulianos, un hombre de mediana edad con un traje marrón que le quedaba horroroso.

—Ya sé yo cómo se estaban relajando estos —medio gritó la del *reality*—. ¡Y el muchacho por partida doble!

El público en el plató estalló en una carcajada y aplausos efusivos.

—Lo verdaderamente grave —dijo Raúl—, es que Lucía está embarazada y todo este jaleo no le va a venir muy bien a su estado.

—Mira, acabo de recibir otro mensaje —interrumpió la rubia de bote—. Es de la clínica donde se ha hecho la prueba de embarazo Lucía.

—¿Y de cuánto está? —preguntó la tertuliana, asomándose al teléfono de la rubia. Esta, sin embargo, lo apartó antes de que pudiera ver nada.

—Eso no me lo decían, pero calculo que, por el tiempo que llevan circulando los rumores... Unas diez semanas. Desde que acabó el rodaje de la película más o menos.

Rocío se quedó de piedra al escuchar la noticia del embarazo. Se empezaba a impacientar. Hablaban y hablaban de los actores y, aunque al principio la descripción de la chica de las fotos cuadraba con ella, todavía no las había visto en la pantalla. Su móvil empezó a sonar, pero prefirió ignorarlo para no perder el hilo del programa.

—Seguimos sin saber cómo se llama, pero hay que reconocerlo —dijo Raúl de manera confidencial—, la chica es guapa.

—¡Del montón! —remató la tertuliana mientras se revolvía incómoda en su silla. Cuando pensó que nadie la miraba se recolocó las bragas. El instante podría haberse convertido en uno de los momentos memorables de final de temporada de no ser porque el técnico de control apretó el botón de vídeo y metió las imágenes de Rocío con Alberto.

No había duda, era ella. El primer día que se encontraron en la calle, lo sabía por la bufanda que llevaba y por los pantalones de él. Eran blancos y al caerse en la nieve se le pusieron perdidos. Rocío, en aquel momento, no pudo pensar más que era un estúpido niño de ciudad que no se enteraba de que en medio de una nevada uno no puede llevar pantalones blancos y *joggers*. En otra imagen, un perfecto primer plano de ella sonriendo, llevaba el pelo suelto y un pañuelo al cuello, en lugar de la bufanda. Tenían que haberla tomado otro día. La secuencia de imágenes fue corriendo y pudo ver que, efectivamente, estaban cogidos de la mano en una fotografía y en otra parecía que se besaban. Soltó un suspiro de alivio. Ni se imaginó que, bastante lejos de allí, Alberto espiraba el aire del mismo modo. No era el beso que ambos esperaban encontrarse.

Los tertulianos siguieron con su absurda charla. Cinco eran las fotos de la secuencia y, al paso que iban, analizando hasta el más mínimo detalle de cada una, serían capaces de exprimirlas hasta rellenar con ellas medio mes de la parrilla. Contando con que había programa de lunes a viernes, era tiempo más que suficiente para decir unas cuantas tonterías. Rocío apagó el televisor y tuvo la intención de apagar también el móvil, pero no le dio tiempo. Empezó a sonar de nuevo y en la pantalla aparecieron cuatro letras: mamá.

—¿Sí?

—Rocío, hija. ¿Qué me están contando en la peluquería? —Así que era allí donde se había marchado Celia.

—Mamá, dime tú lo que te están contando —preguntó Rocío antes de meter la pata.

—Pues, hija de mi corazón, me dicen que en la televisión están poniendo fotos tuyas, besuqueándote con ese actor que ha estado estos días en el hotel. —La oía rara y era normal porque Celia se estaba tiñendo el pelo y mantenía el teléfono a cierta distancia de su cabeza.

—Lo he visto, mamá, y no es lo que parece —le dijo, tratando de simular calma—. Cuando vengas a casa te lo explico.

Colgó antes de que su madre encontrase un resquicio por donde meter baza y empezase de nuevo con las preguntas. Trató de volver a apagar el móvil, pero alguien fue más rápido que ella y volvió a sonar de nuevo. Lo que faltaba. Era Carmen, una de sus amigas, que, para colmo, era prima hermana de Óscar. Quiso deshacerse de la llamada, pero con los nervios descolgó.

—¡Rocío!

—Hola, Carmen, ¿qué tal? —contestó.

—¿Qué tal? ¿Qué tal tú? ¡Qué calladito te lo tenías, condenada! —Carmen daba por supuesto que Rocío sabía de lo que le estaba hablando. Rocío pensó por un instante en hacerse la tonta, pero desistió. Grimiel era demasiado pequeño para que las noticias se tomaran tiempo en recorrerlo. A esas horas todo el mundo tenía que estar al tanto de lo que repetían en televisión una y otra vez.

—Oye, Carmen, de verdad, yo... —Las dudas se le enredaron en la lengua y no fue capaz de decir algo más coherente.

—No te preocupes, no te estoy echando nada en cara porque el Óscar sea mi primo. Al revés, me muero de envidia. —Carmen era capaz—. No está al alcance de cualquiera ligarse a un tío como Alberto Enríquez. Y encima dicen que se lo has levantado nada más y nada menos que a Lucía Vega.

—¡Carmen! ¡Quieres dejarme hablar! Es todo mentira... —Trató de razonar Rocío.

—Bueno, todo, todo, no creo, porque he visto las fotos, beso incluido. Un beso un poco casto, yo diría, más teniendo en cuenta al maromo que tenías enfrente, pero un beso, al fin y al cabo. Yo creo que en tu caso me hubiera lanzado a su cuello sin reservas. Por cierto, ¿cómo se lo ha tomado mi primo? —Ahí era donde Rocío no quería llegar y, al mismo tiempo, el sitio donde, para su desgracia, estaba previsto que acabara aquella conversación.

—No lo sé, Carmen, no lo sé. Estoy alucinando con esto y no he tenido tiempo de hablar con él. Apenas me acabo de enterar.

—Enterarte te enterarías cuando pasó... —ironizó Carmen.

—¿Has visto las fotos? —dijo Rocío, enfadándose—. ¿Ves lo que llevo en la mano? ¡Por Dios, Carmen! ¡Una bolsa de basura! ¿Quién liga con un actor de moda llevando una bolsa de basura en las manos? ¡No tiene ningún sentido!

—Entonces, ¿dices que se lo están inventando? —sugirió, sintiendo un pelín de decepción. Ser amiga de la nueva chica del actor de moda daba para muchas conversaciones, para presumir un rato. Más que el hecho de que fuera la novia de su primo.

—¡Claro! Es todo mentira, no sé a santo de qué me han metido a mí en todo este lío. Y encima ahora, con lo poco que queda para la boda.

El silencio de Carmen, que había estado muy dicharachera el resto de la conversación alarmó a Rocío.

—¿Carmen? —preguntó para asegurarse de que estaba al otro lado de la línea, que no había salido corriendo a darle más alas al rumor.

—Sigo aquí, Ro. —Se había puesto muy seria.

—¿Qué pasa?

—Me había olvidado por completo de la boda. No creo que a mi primo le haga gracia convertirse en el cornudo de España, ya sabes cómo es. Me parece que vas a tener un problema con él —le dijo sinceramente Carmen.

—Pero es que nada de esto es cierto —respondió Rocío con las defensas al mínimo, a punto de darse por vencida.

—Ya, no lo será, pero lo parece, y, al final, es lo que cuenta. Te dejo. —Su voz sonaba apagada, ahora que había sido capaz de ver más allá de la simple anécdota. Rocío estaba a punto de tener un problema bastante serio con Óscar.

—Adiós.

Antes de que a nadie más le diera tiempo a marcar su teléfono lo apagó, no sin antes percatarse de que la conversación por WhatsApp de su grupo de amigos acumulaba casi cien mensajes. No quería ni saber qué estarían especulando.

Se debatía entre dos sentimientos: echarse a llorar y

esconderse en casa durante el resto de lo que le quedase de vida o buscar a Alberto y pedirle explicaciones. La primera opción era absurda y la segunda se le antojaba imposible. ¿Cómo le iba a encontrar? ¿Cómo, si le encontraba, iba a ser capaz de mantener una conversación con él ahora que se había convertido en objeto de deseo para los paparazis? El teléfono fijo empezó a sonar y de pronto recordó que se había olvidado de lo primero que tenía que hacer: hablar con Óscar.

Casa de Alberto. Viernes por la mañana.

Alberto llevaba toda la mañana ignorando las llamadas de los medios, a pesar de que esa tarde era el estreno oficial de la película y tenían compromisos publicitarios por cumplir. Un contrato millonario lo obligaba a ser responsable y no saltarse ni una sola de las promociones, ni siquiera cuando estas eran tan absurdas como contestar las preguntas idiotas de algunos programas, conducidos por graciosillos que ponían a sus invitados en aprietos constantes para sacarle una sonrisa al público en el plató y en sus casas. No se veía capaz de ser simpático aquel día, ni sabía qué debía contestar cuando le preguntaran por Rocío, por el supuesto embarazo de Lucía y por todo aquel embrollo. La decimosexta vez que vio en el visor del teléfono el número de Gustavo lo descolgó. Si hablaba con él quizá le dejaría en paz.

—¡Menos mal que contestas! Me tenías preocupado —le dijo su agente.

—¿Vas a solucionar todo esto que se ha montado? —preguntó Alberto muy seco—. No era lo que habíamos pactado.

—Mira, es genial, no paran de hablar de la película. Ha salido muy bien, salvo por el pequeño detalle de que ese cabrón de Cristian me la ha jugado y se ha quedado con toda la pasta de la exclusiva. Pero le pillaré en otra, no me preocupa demasiado. Ya necesitará un favor y vendrá a pedirlo...

—A ti no te preocupa nada —le gruñó Alberto—. ¿Has pensado en esa chica? ¿En lo que puede estar suponiendo para ella el barullo que se ha montado?

—Claro, y estará encantada con todo lo que están hablando. Va a ser el tema del mes. En tres días la tendremos cobrando una millonada por una exclusiva en cualquiera de los programas estrella del corazón. Ya lo verás. La gente no es tan tonta como para dejar pasar así como así estas oportunidades.

—Puede que sí, puede que aproveche el tirón mediático y saque tajada —Alberto no había pensado en esa opción—, pero también cabe la posibilidad de que no le interese todo esto y que le hayamos jodido la vida... ¿En eso has pensado?

—Cristian es el que se la habrá jodido, chaval. Ni tú ni yo tenemos nada que ver, te lo recuerdo, por si eso le ayuda a tu conciencia —contestó Gustavo.

—¿Sabes algo de ella?

—¿De tu conciencia? —Gus siempre tan ocurrente.

—De la chica.

—No, no he podido averiguar nada. Tengo que mandar a alguien a Grimiel a que pregunten, podríamos vender...

—¡Para! Yo sí sé algo —gritó Alberto, sonando bastante más enfadado de lo que le hubiera gustado.

—Vaya, al final va a ser verdad lo que dicen las fotos... —insinuó Gustavo ante su repentino tono de voz.

—¡No, no es eso! Esa chica trabaja en el hotel, como han dicho. Nada más. —Pensó en que estaba mintiendo un poco, pero al fin y al cabo las imágenes no habían recogido la única fotografía que podría comprometerla de verdad—. Lucía y yo sabemos algo más de ella.

—¿Qué? —preguntó Gus, interesado. Más noticias que quizá pudieran transformarse en euros.

—Te dije que se casa en poco más de un mes.

Gustavo se quedó callado valorando las posibilidades económicas de lo que acababa de escuchar, algo que había pasado por alto el día anterior. Si el novio se mosqueaba, que era lo más normal por otro lado, también querría acudir a un programa de televisión. A lo mejor necesitaba asesoramiento, seguro que en la vida se había visto en una semejante. Más dinero a la vista. Este negocio era lo que tenía. Podías enfocar desde distintas perspectivas la escena y, si eras capaz de hacerlo bien, transformarlo en mucha, mucha pasta.

—No te preocupes —le dijo a Alberto—. Vamos a ver cómo solucionamos todo esto. De momento, si te preguntan esta noche por el tema, di que no tienes nada que decir. ¡Nada! Ya me encargo yo de sacar la cara por vosotros.

—Eso espero. Todo esto no me preocupaba cuando todas las partes estaban de acuerdo, pero ahora no me parece lo mismo. Hay alguien que saldrá perdiendo sin comerlo ni beberlo y no me gusta tener nada que ver.

—Que sí, no te preocupes. Por cierto, lo del embarazo de Lucía, ¡genial! No podría haber sucedido en un momento más oportuno.

—¡Gustavo! Eso tampoco es verdad, no sé de dónde se lo han sacado.

—¿Qué más da, Alberto? Sigue siendo negocio, y los negocios, si dan dinero, no hay que dejarlos pasar. ¡Hasta luego!

Alberto colgó. Antes de que le diera tiempo a abandonar el teléfono volvió a sonar, pero esta vez se negó a contestarlo. Víctor entró en la habitación, perseguido por un intenso aroma a especias que le seguía como una estela.

—¿No lo vas a coger? —le preguntó.

—No, no quiero hablar —contestó.
—Joder, hermanito, sí que te ha dado fuerte. Ni que fuera la primera vez que se inventan algo... —dijo Víctor mientras se tiraba en la cama de su hermano con las zapatillas puestas. Ignoró el gesto de desaprobación de su hermano.
—No está bien que se inventen nada, Víctor.
—Ya, que se lo inventen ellos está mal, pero cuando el que se lo inventa eres tú y vas a sacar pasta por el negocio te parece lícito, ¿no es cierto? —El cabrón del niño siempre metiendo el dedo en el ojo.
—No sé de qué me estás hablando. —Trató de evadirse de la insinuación de Víctor.
—¡De Lucía! Vamos, sé que no es verdad que estéis saliendo juntos y menos desde hace tanto tiempo como dicen en la televisión. Me habría dado cuenta, ¿no crees? Vivo contigo.
—Víctor, lo que menos falta me hace es darle explicaciones a un mocoso de quince años... —se quejó Alberto, levantándose para salir de la habitación.
—Ok, chaval, seré un mocoso, pero no me chupo el dedo. Te he oído... Os habíais inventado lo de Lucía para que la peli se promocionase sola. ¡Incluso un embarazo!
—¡A ti qué te importa eso!
—Mucho —respondió Víctor—, Lucía me cae bien.
—Ya..., te cae bien.
—Y que siempre estás diciendo que no mienta y mira qué ejemplo eres tú. Mentiroso profesional, encima haciendo caja con ello, se lo pienso contar a papá y a mamá.
—Tú cuéntaselo y ya verás lo que tardan en llevarte con ellos a Francia —le contestó Alberto.
—Bueno, pues no se lo contaré, pero que sepas que me voy a pasar por el forro todo lo que mandes a partir de ahora. —Era una de esas amenazas que siempre era capaz de cumplir.

—¡Víctor! ¡Habla bien!
—¡Por el forro!
—¿A qué hueles? —le preguntó Alberto arrugando la nariz.
—Estoy cocinando.
—¡Qué peligro! No seré yo quien pruebe tus experimentos.

Alberto buscó entre sus cosas el teléfono del hotel. Se acordaba de haber cogido una tarjeta en recepción y no dudó en marcar las cifras y esperar respuesta. Cuando le contestaron, lo primero que recibió fue el saludo de una voz masculina que reconoció como la de Marcos.

—¿Podría hablar con Rocío? —preguntó. No quería darle su identidad de entrada y dejó pasar de largo las presentaciones.

—En este momento no está en el hotel, de hecho no creo que hoy venga, pero si quiere puedo darle un recado.

—No, pero si pudiera darme su número personal. Lo he perdido —improvisó.

—Dígame quién es, primero. —Marcos había contestado ya varias llamadas. Enterado como todos de las noticias, supuso que se trataba de un periodista en busca de la chica—. Entienda que no puedo ir dando el teléfono de mis empleados a desconocidos.

—Es igual, ya la busco yo.

Alberto colgó el teléfono. No le daba tiempo a ir a Grimiel y volver antes de la noche.

Cine. Viernes por la noche.

La fiesta tras el estreno siguió el mismo esquema que la del día anterior y Alberto se aferró al guion que se había escrito: incluía cava y muy poquito humor para tonterías. Dos veces Lucía lo rescató antes de que diera alguna mala contestación a la prensa.

—¿Qué te pasa? —le preguntó—. ¿No ves que con tu actitud los vas a acabar convenciendo de que todo lo que están contando es cierto?

—¡Déjame en paz, Lucía! —le dijo en un tono demasiado alto, arrepintiéndose al instante cuando varios de los invitados se dieron la vuelta para mirar. Bajó al instante el tono—. Estoy hasta los huevos de ser una marioneta, y, además, estoy preocupado por ella.

—Y yo, ¿qué crees? Me gusta todo esto tanto como a ti y no me gustaría nada estar en su situación, pero no podemos cambiarlo. El mal ya está hecho.

—Sí, sí que podemos. Desmentir todo ya, antes de que crezca la bola. Hay medios para pararlo —dijo él.

—Pero no interesa. —Lucía hizo una pausa—. Ni siquiera voy a desmentir el embarazo —le contestó, sonriendo desde detrás de una copa de cava.

Alberto se quedó perplejo, sin poder creer lo que estaba escuchando. Lucía estaba entrando en el juego y esta vez con algo que era más serio que inventarse un romance. Un hijo no era algo con lo que se pudiera jugar con alegría.

—¿Por qué? —le preguntó.

—Pues porque viene bien y porque si lo desmiento, idiota, pensarán que lo tuyo con Rocío es realmente serio. Si seguimos con nuestra historia, si le damos publicidad y notoriedad, a lo mejor la dejan en paz —razonó ella.

—¿Desde cuándo te importa una camarera de un hotel rural tanto como para comprometer tu nombre?

—Desde que conocí a Óscar, su novio. Ese tío no me gusta, tú y yo vimos cómo la trataba en el hotel, con una indiferencia total a pesar de que se van a casar. Si dejamos que dude de ella... me da miedo lo que le pueda pasar. Rocío es buena gente. Desmentirlo sabes que no servirá, vamos a distraerlos.

—¿Y cuando sea obvio que no estás embarazada?

—Lloraré un poco el dolor de la pérdida de un hijo tan deseado —sonrió ella—. ¡Vamos! ¡No te pongas tonto y sigamos adelante!

—Está bien. ¿Por dónde empezamos?

—De momento, ahí está Raúl. Vamos a ponerle en bandeja una exclusiva.

Casa de Rocío en Grimiel. Viernes por la noche.

Rocío aguantó encerrada todo el día en su cuarto. Solo permitió que su madre entrase en una ocasión, con un vaso de leche y unas galletas, y lo único que Celia logró sacarle era que no había pasado nada entre Alberto y ella, que las imágenes que había visto eran del todo inocentes. Trató de convencer a su madre de que el beso que se veía no lo era, pero ante la cara de circunstancias de su progenitora dejó de insistir.

—Mamá, por favor, déjame sola —le dijo, rendida a la evidencia de que no iba a ser capaz de ser más convincente.

—Pero Rocío...

—¡Mamá! No tengo nada más que decir, ni siquiera tú me crees.

—Es que es muy difícil creerte después de verlo.

—¿Pero qué has visto? ¡Nada!

—Te he visto sonriente, dándole la mano y un beso...

—Vale, sonreí. De acuerdo, estamos de la mano, pero porque me caí de culo y me estaba ayudando a levantarme. ¡Eso que ves no es un beso!

—Puede, pero... —Su madre no sabía cómo seguir—. Rocío, no es lo que pasa en las fotos, es lo que yo veo. Te conozco, hija.

—Me conoces y crees que miento. Eso es lo que yo estoy viendo ahora. Sabes que no te mentiría en algo así.

Se interrumpió cuando pensó en que, aunque las fotos no reflejaran el instante, realmente estaba mintiendo a su madre. Su intención no era ocultarle a ella la verdad, sino lograr que, a base de negarlo, su cerebro se convenciera de que no había pasado nada entre ella y Alberto. Se odiaba por no haber sido capaz de evitarlo en el callejón, se odiaba porque el recuerdo del beso y la vía de agua que abrió en sus sentimientos estaban haciendo que se hundiera más que toda la locura en la que se hallaba inmersa.

—Te conozco y hace siglos que no te veo ese brillo en los ojos. No me preocupa lo que hayas podido hacer, lo que pueda pasar con Óscar de aquí en adelante: me preocupa lo que está pasando ahí dentro. —Hizo un gesto señalando su pecho.

Rocío se dio la vuelta y se cruzó de brazos. A su madre no le hizo falta más para saber que no quería hablar. Desde que era pequeña, siempre que se enfadaba y quería que la dejasen en paz hacía lo mismo, un gesto instintivo de protección que la encerraba en su burbuja particular. De ahí era imposible sacarla. Hasta que ella no lo decidiera, la burbuja estaría sellada. Celia se retiró y le hizo una señal a Cosme, el padre de Rocío, que esperaba al otro lado de la puerta, para que la dejase tranquila.

Óscar la llamó en diez ocasiones y con cada una de las llamadas, por la respuesta de su madre, Rocío intuía que estaba más y más enfadado. Cuando a las nueve menos cuarto sonó el timbre de la puerta ya sabía que era él.

—¡Quiero hablar con Rocío! —lo oyó gritar.

—No está pasando un buen día —dijo Celia.

—¡Me da lo mismo! Tiene que explicarme algunas cosas.

—¡Déjala, Óscar! Ella no quiere hablar ahora... —intervino Cosme.

—Nadie me va a decir que me calle, creo que esto que está pasando me incumbe un poco, ¿no? Media España se estará riendo en estos momentos de mí —vociferó.

—En mi casa no grites —dijo Cosme con toda la calma que pudo aparentar.
—Grito donde me da la gana.
—No hagas que te eche...
—¿Usted? ¡Cómo pretende echarme! De un empujón lo dejaría sentado en el suelo.

La chulería de Óscar, esa que sacaba en muchas ocasiones fuera de casa, era algo nuevo para los padres de Rocío, pero no para ella. Era capaz de enfrentarse a una persona mayor, de empujarlo como amenazaba, sin medir para nada las consecuencias de sus actos. Decidió que había llegado el momento de intervenir antes de que las cosas se estropeasen todavía más.

—¡Papá, déjalo! —gritó mientras salía de su habitación—. Hablaré contigo, pero no le faltes el respeto a mi padre, ¿entendido?

—Mira quién está hablando de faltar al respeto a alguien, puta —soltó Óscar.

—¡Te vas! —gritó Cosme perdiendo los nervios. Óscar se volvió hacia él dispuesto a emplear las manos.

—¡Basta! Papá, mamá, id a la cocina, por favor.

—¡Estás loca! Ni muerto te dejaría con este energúmeno llamándote cosas así...

—¿Qué quiere que la llame? ¿Princesa? No creo que se merezca otra cosa después de lo que ha hecho, justo ahora que ya había conseguido pillarme.

Rocío no podía creer lo que estaba escuchando. ¿Pillarlo? ¡Era pescadero, no el dueño de una multinacional!

—Iba a explicarte que esas fotos no son lo que parecen, pero veo que has sacado tus propias conclusiones, así que, ¿sabes? ¡Piensa lo que te dé la real gana! ¡Ah! Y a partir de ahora —abrió la puerta que comunicaba la vivienda con el garaje—, llévate esto a tu casa para la siguiente que te pille porque yo ya no lo quiero.

Apartó bruscamente la bicicleta y arrastró la enorme

caja de cartón hasta la puerta del garaje, que abrió del todo, y la empujó a la calle. Los restos de nieve que estaban medio descongelados empezaron a empapar la caja y, de paso, su contenido.

—Mi madre siempre me ha dicho que no tienes clase —dijo Óscar desde la puerta.

Celia, ante su impertinente comentario, le empujó violentamente fuera. No se lo esperaba y aterrizó encima de la caja.

—¡Pues dile a tu madre que ella no tiene gusto! Si no, echa un vistazo ahí dentro. —Empezó a cerrar la puerta del garaje, pero volvió un momento sobre sus pasos—. Ahora que lo pienso. Dile también a tu madre que siempre he pensado que te puso nombre de perro. ¡Y no vuelvas jamás por aquí, imbécil!

Y le lanzó a la cabeza un cazo decorado con flores que se había quedado fuera de la caja.

No le dio.

TOMA 8

Casa de Rocío en Grimiel. Sábado por la mañana.

Después de la discusión, Rocío se derrumbó, y la noche se le hizo eterna pensando en el horrible día que acababa de vivir. Los últimos años de su vida le cayeron encima de golpe en apenas diez minutos. Imaginó que hasta ese momento había estado construyendo un castillo de naipes. Había sido un trabajo paciente, pero tan inestable que una simple ráfaga de aire lo había desmoronado. No lo entendía, había puesto todas sus energías en que cada carta estuviera en el lugar adecuado, observando la posición desde todos los ángulos, con precisión milimétrica, para que no se desequilibrara en el peor momento y acabaran las cartas mezcladas en el suelo, justo como acababa de ocurrir. Sin embargo, no había pensado en lo más importante: carecía de base, aquello que realmente sujeta las cosas para que no salgan volando, para que no llegue alguien y tire de ellas llevándose tu esfuerzo. Los cimientos de la vida que pensaba inaugurar eran tan frágiles como un castillo hecho de corazones y diamantes. Un detalle tan elemental, algo que ahora parecía tan obvio, se le había pasado por alto. Construyó, construyó, hizo crecer su particular fortaleza y estaba orgullosa de ella. Aparentemente todo era hermoso. Hermoso por fuera, pero excesivamente endeble por dentro. Un castillo que se había hundido cuando la princesa recibió un beso de alguien que no era el príncipe. El problema ahora no era que todo se hubiera ido a la mierda, ni siquiera el dineral que había empleado en la boda. El problema era que había que recoger las cartas y volver a empezar. La vida es eso, empezar constantemente, solo que algunas veces no apetece.

—Rocío, cariño. ¿Quieres que hablemos...? —preguntó Celia, entrando en su cuarto.

—No sé, mamá...

—Siéntate. —La agarró de la mano y se sentó a su lado en la cama. Cuando le pasó el brazo por los hombros, Rocío se recostó en su madre y sintió que empezaba a calmarse un poco.

—¿Qué he hecho mal? —preguntó con la voz rota.

Celia dejó la respuesta en suspenso, tratando con ello de que la muchacha reflexionase. Transcurridos unos minutos, decidió darle su opinión.

—Ser demasiado buena.

Rocío se volvió buscando la mirada de su madre. Sus ojos llorosos llevaban dibujada una interrogación.

—¿Qué tendría que haber hecho? —consiguió decir mientras se le quebraba la voz—. Es que, mamá, no entendéis que no he hecho nada...

—Precisamente, eso es lo que has hecho.

Celia se levantó. Frente a Rocío le dijo lo que llevaba años pensando.

—Óscar y tú no os parecéis, y además... No nos gusta nada como te trata, Ro. Tendrías que haber parado esta boda mucho tiempo antes. Le estoy dando gracias al cielo porque te encontraras con ese chico y se haya armado todo este alboroto.

—¡Pero...! Mamá, no puedo soportarlo —gritaba en medio del llanto—. No podré volver a salir a la calle...

—¡Ro! Tienes veinticinco años, no debería importarte tanto lo que piensen los demás.

—¡Pues me importa! No quiero que piensen de mí

que soy lo que no soy. Mamá, nunca me salto las normas, nunca le hago daño a la gente que quiero, lo único que espero de los demás es eso, que me quieran y me respeten. No que vayan especulando con lo que he hecho o he dejado de hacer, y más si no hay ni una sola palabra verdadera en ello...

—Rocío, la gente pensará lo que le dé la gana. Da igual el cuidado que pongas, lo sensata que seas.

—Mamá, quiero marcharme de aquí.

Celia se lo temía. La única cosa buena que le había encontrado a la relación con Óscar era que Rocío no se iba a mover de su lado. Se quedaría con ella y con su padre, cuidaría de ellos cuando lo necesitasen. Sabía que era muy egoísta y ahora veía que no haber actuado, no haber hablado con Rocío antes tenía sus consecuencias.

—¿Dónde piensas ir?

—No lo sé, ahora no puedo pensar. Solo sé que no me puedo quedar aquí, encerrada en casa para siempre. Llegará el día en el que tenga que salir a la calle y no quiero sentir la mirada de nadie clavada en mi cogote. Me estará recordando lo tonta que he sido.

—Puedes irte un tiempo a Madrid, a casa de mi hermana.

—¿Madrid?

—Sí, si quieres que te ignoren no veo mejor lugar. Allí la gente no se reconoce por la calle.

Rocío se recostó en su cama. Quería estar sola. Lloró, combatiendo con lágrimas los recuerdos. Se mezclaban los buenos y los malos en una secuencia caótica que alimentaba sus dudas. Por un lado, sabía que aquel tropiezo, aquellas fotos que no mostraban nada, escondían otro momento que sí había ocurrido y que le había abierto los ojos, aunque ella se empeñase en cerrarlos fuerte, en borrar las sensaciones que le había dejado un instante de debilidad. Por otro, estaba su vida, lo que ella esperaba, los años pasados al lado del chico que ella creía que se convertiría un día en su marido, en el padre de sus hijos. No todo había sido malo. Había habido buenos momentos, algunos memorables, y se negaba a la evidencia de que las palabras de Óscar no dejaban abierto un camino de vuelta. La había insultado, y eso no se lo podía perdonar. Si había sido capaz de dar ese paso, de traspasar la frontera invisible del respeto, podría hacerlo más adelante, incluso de peor manera. Cortarlo ahora quizá era la mejor opción.

Alberto se coló en su mente. Rememoró las sensaciones de su beso inesperado, la reacción ante la calidez de sus labios y sus brazos rodeándola. Nunca había sentido algo parecido por nadie, pero tampoco es que tuviera demasiada experiencia. En su pequeño mundo las infidelidades eran *vox populi* casi antes de cometerse y ella llevaba demasiado tiempo ligada a la vida de Óscar. No se había concedido la posibilidad de comparar. Alberto era un actor de éxito, alguien con quien había coincidido por accidente, como dos líneas divergentes que se cruzan en un punto. Hacía que se sintiera extraña, pero también sentía que, como esas líneas, se alejaba de su vida para no volver a tropezar con ella.

Se sentó en la cama de golpe, enfadada por esa certeza. Quería verlo, tenía que buscar a Alberto y pedirle explicaciones. Quería saber por qué: por qué la había besado, por qué había acabado siendo noticia en la televisión. Por qué se había inmiscuido en su vida tranquila, la había agitado y se había marchado sin más. ¿Qué era eso que quería preguntarle? Eso era. No podía acurrucarse en la cama y llorar su desdicha. Tenía que enfrentarlo. No había sido ella la que lo había buscado, había sido él quien se había tomado la libertad de invadir su mundo. Por más que ella hubiese tratado de marcar distancia entre los dos, él se las había arreglado para encontrar la manera de que volvieran a coincidir. Bien, ahora las cosas iban a cambiar, ahora era ella la que estaba dispuesta a buscarlo para que le dijera por qué demonios había trastornado su vida de aquella manera.

Comenzó a hacer la maleta que había comprado para el viaje de novios, aunque la ropa que puso no era la que en principio tenía pensada. Su viaje soñado distaba mucho del que iba a hacer en esos momentos. Decidida a resolver sus dudas, reservó una habitación en un hotel de Madrid y el resto de la mañana la pasó indagando en internet.

Es curioso lo fácil que resulta hoy en día seguir los pasos de alguien a través de las redes sociales. No le costó nada averiguar dónde estaría Alberto ese día. Su tristeza, transformada en rabia, urdía un plan para ponerlo en evidencia. Él podría disculparse, sabía dónde encontrarla, pero no lo había hecho. Ella ahora estaba dispuesta a plantarle cara. Si los demás pensaban que tenía una relación, no lo iba a desmentir. Total, su vida estaba arruinada. Ahora le tocaba a él.

—Dani —dijo hablándole a su compañero, al otro lado de la línea de teléfono del hotel.

—¡Hola, Ro! ¿Cómo estás?

—Bien, no te preocupes. Quería saber solo si me ha llamado alguien.

—Prensa, mucha prensa preguntando por ti. Me temo que en unas horas tendremos el hotel lleno de gente buscándote.

—¿Nadie más?

—Si te refieres al actor... —dijo Daniel, adivinando sus pensamientos.

—Sí, me refiero a él.

—No, no ha llamado, que yo sepa.

—Es igual. Solo quería comprobar algo. Dile a Marcos que me voy, que no cuente conmigo a partir de ahora.

—¿Dónde vas?

—A resolver mi vida.

Colgó. Le había dado la última oportunidad. Apagó su móvil, por si la prensa lo localizaba. No quería pasarse el día contestando preguntas estúpidas, cerró su maleta y salió de casa. El coche de sus padres era el único de la familia, así que no podía llevárselo. Le pidió a su padre que la llevase hasta Lorsa para coger un autobús a Madrid.

Casa de Alberto. Sábado por la mañana.

La mañana para los actores se presentaba tranquila, todo lo contrario que los planes de la tarde, que incluían una entrevista para la televisión, una sesión de fotos y una nueva presentación en sociedad de la película. O sea, otra fiesta. Alberto había bebido más de la cuenta los dos últimos días y su cuerpo estaba empezando a pagar las consecuencias de no hacer pausas entre los excesos. Se despertó con una sed terrible, el dolor de cabeza acostumbrado y la promesa firme de evitar el cava. La tenue luz invernal que se colaba por los minúsculos agujeros de la persiana de su habitación le recordó que, a pesar de lo mal que se sintiera, tenía que levantarse. Perezoso, se sentó en la cama y se tomó unos minutos en acomodar su cabeza a la nueva posición.

—La bella durmiente ha despertado —gritó Víctor al entrar, sin considerar la posibilidad de no ser bienvenido.

—¿Podrías no gritar?

—¿Gritar? ¡He hablado bajito! —dijo subiendo el tono a propósito.

—¡Vete a la mierda!

—¡Vale, vale! Solo he venido a decirte que tienes visita.

Alberto no esperaba a nadie, y menos a esas horas, así que la cara de sorpresa se mezcló con su pelo revuelto, las ojeras de haber descansado poco y ese aire de ausencia que siempre acompaña en los primeros minutos de la mañana.

—No es Lucía, ni tampoco otra mujer de las que se mueren por tus huesos, es tu agente que quiere comentarte no sé qué cosas. He intentado sonsacarle, pero me ha dicho que no me meta en asuntos que no me conciernen. ¡Qué elegante el tío! Yo le hubiera dicho que se fuera a tomar por...

—¡Víctor! Dile que ahora salgo —le cortó Alberto—. Pero dile solo eso.

Hotel. Sábado a media tarde.

Rocío se plantó delante de la pantalla del ordenador que había en la sala común del hotel madrileño donde se alojó nada más llegar. Había comprado una tarjeta que solo tenía saldo para tres horas, por lo que rogó que el cacharro no fuera una tortuga. Escribió solo dos palabras en la barra de Google y dejó que el buscador le fuera abriendo enlaces para completar su búsqueda. En menos de lo que esperaba, diecisiete millones de resultados con el nombre de Alberto Enríquez se desplegaron ante sus ojos. En realidad eran demasiados para ir uno por uno, así que optó por añadir el título de la última película. La búsqueda obtuvo menos resultados, pero seguían siendo muchos.

Se acordó de una función que aparecía en una de las barras de herramientas y pinchó, esperando el resultado: últimas veinticuatro horas. Ahí estaba. Comentarios sobre el estreno de la noche anterior que fue leyendo sin encontrar nada que no supiera ya. Hasta que llegó a un blog que anunciaba que, ese mismo día, habría otra fiesta a la que Alberto estaba invitado. No tenía que volverse loca, ya sabía la hora y dónde podría localizarlo. Había hasta un plano con una gota que señalaba el lugar exacto.

Siguió paseando por las noticias y, entre ellas, una hizo que su mirada se quedase clavada en la pantalla. Leyó y releyó la crónica en la que el periodista hablaba sobre el embarazo secreto, que había dejado ya de serlo, de Lucía Vega. Ella y Alberto iban a ser papás. Las manos le temblaron y a punto estuvo de abandonar. Eso complicaba sus planes, no quería hacer daño a Lucía. El día anterior, al escuchar la noticia en televisión, quiso pensar que era una más de las mentiras que se contaban en el programa de cotilleos, pero viéndola ahí, escrita, su cerebro la procesó de otro modo. Se sobrepuso como pudo a las sensaciones que la invadieron, sin entender por qué le producía aquel malestar en el estómago.

Siguió con el rastreo, tratando de obviar lo que acababa de leer. Averiguó todo lo que pudo sobre el evento de esa noche y enseguida descubrió que no tenía la ropa adecuada para colarse y pasar desapercibida. Era una fiesta de gala y, si aparecía con su habitual aspecto, era mucho más probable que la reconocieran que si optaba por un disfraz. La fiesta no era de máscaras, pero siempre que la gente del mundo del cine se reunía, se vestían de estrellas, y eso era, precisamente, lo que iba a hacer. Entraría por la puerta grande, delante de las narices de todos. Le faltaba la invitación, pero se acordó de que, cuando iba a la facultad, sus amigas y ella se habían hecho expertas en colarse en cualquier garito, hiciera o no falta un pase especial. Cualquiera de las estrategias mil veces puesta en práctica podría servir para engañar al portero.

De todas maneras, ya que estaba allí, hizo otra consulta: «cómo colarse en una fiesta por la cara». No se le había ocurrido lo de alquilar un coche con conductor y eso le dio una idea aún más loca que las que había tenido hasta ese momento. Abrió un programa de edición de textos y redactó lo que podría pasar por una nota de prensa. En ella se hablaba, con detalle, de la asistencia al evento de una actriz sudamericana que se estaba abriendo un hueco en España: Carla Duarte. Transfirió una foto de su móvil, le hizo unos retoques en un programa gratuito de internet y la incluyó con una breve sinopsis inventada de su biografía. La envió a todos los medios que logró localizar.

Abrió su perfil de Twitter, se cambió el nombre, la foto, bloqueó a sus amigos íntimos y eliminó los tuits personales que, afortunadamente, no eran demasiados, dejando tan solo aquellos que cualquiera podría haber compartido. Dedicó unos minutos a seguir a gente del mundo del espectáculo y añadió algunos tuits nuevos, hablando en ellos de una ficticia visita a España por razones profesionales.

Sin embargo, le parecía que un solo perfil en una red social no era suficiente, y para crear un falso Facebook necesitaba mucho tiempo que no tenía. Pensó en otras opciones y, de pronto, se le ocurrió una. Abrió un blog y rellenó entradas a toda velocidad, a las cuales programó fechas que abarcaban desde dos años atrás. El texto en cada una era una única línea extraída de una página de frases para estados en redes sociales, pero la idea era que si alguien buscaba algo del personaje que se había inventado, tuvieran de dónde tirar. Para ilustrarlas siguió recogiendo fotos de la memoria del móvil, pero recortadas convenientemente para que no se vieran de ella nada más que determinados rasgos como la boca en algunos casos y los ojos en otros. En la última entrada, como había hecho en Twitter, incluyó un texto muy coloquial en el que relataba emocionada su visita a España. Estaba supuestamente fascinada porque era la tierra de su madre y nunca había hecho una visita al país.

Con el tiempo justo, y agotada por el esfuerzo de crear de la nada la biografía de una *celebrity*, localizó un teléfono de alquiler de limusinas y el de una tienda de trajes de fiesta de segunda mano. Cinco horas y media después

de empezar su farsa estaba agotada, pero lista para entrar en escena.
Nadie la reconocería al primer vistazo.

Cine. Sábado por la noche.

En la puerta de la sala donde se celebraba la fiesta, Rocío se encontró con el primer problema: el exceso de celo del personal de seguridad, entrenado para afrontar a quienes, como ella, trataban de adentrarse en el exclusivo mundo del cine sin haber sido invitados.

—¿No tiene a Alberto Enríquez en la lista? —Rocío hizo una pausa teatral al ser frenada por el de seguridad—. Dijo que si había algún problema le llamasen. Soy Carla Duarte.

El portero del cine donde se celebraba la fiesta la miró con cara de estupefacción. No iba a ser él quien molestase a la estrella para que luego la chica fuera solo una grupi intentando colarse, pero el caso es que las cámaras friéndola a fotos y la limusina le parecían excesivos para alguien que no estaba invitado. Llamó por su walkie talkie a alguien de dentro. Enseguida apareció una mujer de mediana edad con una carpeta en las manos.

—¿Carla Duarte? ¡Carla! Perdona, me avisaron que vendrías en el último momento, lo siento, espero que no haya sido ninguna molestia —se disculpó cuando la tuvo frente a ella.

La jefa de prensa del evento había picado, dando por buena otra mentira. Le sorprendió que ni siquiera se hubiera tomado la molestia de corroborarla, pero supuso que el hecho de ser fin de semana y el poco tiempo podían haber jugado a su favor. Rocío se había molestado en fingir la manera de hablar de otro continente, imitando toscamente el acento de las telenovelas que veía su madre, pero parecía que a la mujer los nervios de la organización de toda aquella fiesta le habían hecho bajar la guardia del todo. Acompañó a Rocío, transformada en Carla, hasta la zona vip en la que Alberto departía aburrido con dos periodistas del corazón.

Nada más verla aparecer, Alberto se quedó mirándola, impresionado por su belleza. Estaba realmente preciosa y, aunque al principio dudó un poco, no necesitó demasiado para reconocerla. El vestido de fiesta, el recogido del pelo y el maquillaje podían engañar a los demás, que solo la habían visto en unas fotos robadas de noche, vestida y peinada de manera muy diferente. Pero él, que había compartido unos días con la muchacha, a fuerza de no pensar en nadie más, había fijado sus rasgos en la memoria. Un simple cambio de imagen no fue suficiente para engañarle. Dejó la copa que tenía en la mano en la primera bandeja que pasó por su lado y se dirigió a ella.

—Mira, Carla —dijo la mujer—, este es...

—Nos conocemos —atajó Alberto.

—No lo sabía. Perdonadme, me llaman. Te dejo en buenas manos, Carla. —La jefa de prensa se marchó mientras contestaba una llamada desde su móvil.

Ro quería salir corriendo. Estaba preparada para que Alberto se hiciera el escurridizo y evitase su compañía, pero no para que se acercase a ella de una manera tan directa. Una nube de flashes inmortalizó el saludo en forma de dos besos que el actor le regaló nada más aproximarse a ella. Junto a los destellos de luz, Rocío empezó a sentir chispas en su interior. No estaba muy segura de si se trataba del odio que le tenía por haberla metido en aquel embrollo o si era la proximidad del actor la que provocaba que se sintiera así.

—Acompáñame, tenemos que hablar —le dijo Alberto en un susurro, acercándose a su oído, agarrándola por el codo y multiplicando las sensaciones contradictorias que se debatían en su mente.

—Claro que tenemos que hablar, pero ahora no, deja

que vaya a saludar a tu novia primero... —dijo, tratando de contener la olla exprés en la que se había convertido. Sin válvula, corría el peligro de explotar en cualquier momento.

—Rocío, siento lo que ha pasado, pero te aseguro que este no es el mejor lugar para aclarar todo esto...

—No, claro, mucho mejor en un callejón, donde no haya nadie, o mejor quizá en la plaza de mi pueblo, cuando sepas que hay un fotógrafo escondido dispuesto a lanzar mierda sobre una pobre chica que no es nadie... ¿Qué te pasa?

—Mira, yo... —La agarró suavemente por la cintura y ella rehusó el contacto.

—Eres un capullo, ¿lo sabes?, y me las voy a arreglar para que lo pases por lo menos tan mal como lo estoy pasando yo. Por tu puñetera culpa mi novio y yo lo hemos dejado, ya no me voy a casar y he tenido que abandonar todo. Pero no voy a dejar que me hundas. Hoy, para que lo sepas, me llamo Carla Duarte y soy una actriz, alguien de este circo que tenéis montado. Es alucinante, nadie se ha planteado, ni siquiera por un instante, que no soy nadie, que no me conocen.

—Hay demasiados actores como para conocerlos a todos. Supongo...

—¿Supongo? Eso es, un mundo de suposiciones, donde todo es mentira y no importa nada. Pero mi vida, la que tenía, mejor o peor que la tuya, era de verdad. Y te la has cargado.

Un camarero pasó en el momento en el que Rocío se deshacía de nuevo de la mano de Alberto que se empeñaba en rodearle el torso. El brusco gesto hizo que la bandeja se tambalease y el contenido de una copa de cava fue a parar al vestido con el que fingía ser Carla.

En mitad de la barriga.

La horrenda mancha empañó la seguridad de Rocío, sobre todo porque a cada minuto alguien disparaba su cámara haciéndola protagonista de una instantánea. Se puso la mano izquierda sobre la mancha, tratando de disimular lo imposible. Un periodista interrumpió la discusión con Alberto, en la que la electricidad estática amenazaba con convertirse en una corriente de alto voltaje. Tras una charla insulsa, de la que Rocío no sabía cómo escapar, se marchó dejándolos solos de nuevo.

—Te repito... —dijo él en cuanto estuvieron solos.

—¿Vas a disculparte? ¿Sabes? A mí una disculpa no me devuelve lo que tenía. Por tu culpa he perdido todo. He tenido que salir corriendo de mi pueblo para poder respirar con normalidad, para no sentirme el centro de todas las miradas, he dejado mi trabajo y estoy aquí, como una estúpida, representando un personaje, yo que no soy actriz, para decirte que te odio. Espero que te vaya todo fatal en la vida, por lo menos tan mal como me va a mí... Voy a hablar con Lucía, le voy a contar lo que realmente pasó para que sepa quién eres de verdad...

—Rocío...

—¡Que te calles! No he terminado. Espero que tu novia te deje, o mejor que te ponga los cuernos con el primer camarero con el que tropiece en esta fiesta. Seguro que es mucho mejor que tú besando.

—¿De verdad? —dijo él, en el momento en el que ella se dio la vuelta.

—¿De verdad qué?

—Que si de verdad crees que encontrarás a otro que sea mejor que yo besando.

—Tú eres imbécil.

—Reconoce que te gustó.

—No voy a reconocer ni que existió.

—¿Ni siquiera ante ti misma?

—Ante nadie —dijo ella, susurrando las últimas palabras.

—Aunque lo niegues, seguirá estando ahí, y yo seguiré sabiendo lo que sentiste. Estaba allí, contigo.

—¡Tú no sabes nada! Tú eres un imbécil que me debe unas cuantas respuestas.
—Pregunta —dijo él, retándola, utilizando su mejor sonrisa.
—¿Por qué te metiste en mi vida? —preguntó ella, volviendo sobre sus pasos, acercándose a Alberto—. ¿Por qué me besaste? ¿Por qué me arrastraste para hacerme una pregunta que luego no me hiciste?
—Demasiadas preguntas —dijo él—. No creo que este sea el mejor lugar para contestarlas todas.
—No vas a tener muchas más oportunidades. No tengo mucha paciencia.
—Ahora no, Rocío.
—A lo mejor tienes razón, pero si no contestas, atente a las consecuencias. Esto no se ha terminado, que lo sepas. Nadie me hace tanto daño y se va de rositas.

Se dio la vuelta dispuesta a marcharse antes de que se le escapase una lágrima de rabia. Su plan de armar un escándalo se había venido abajo. Una fiesta llena de cámaras no era el mejor lugar, había sido una estúpida pensando que podría hacerlo, que podría volver a exponerse a los focos sin perder la calma.

—Ese chico, el pescadero, no iba a hacerte feliz. —La voz de Alberto, a su espalda, la frenó.
—Ah, ¿sí? —Se dio la vuelta enfurecida.
—Es... un patán. En el fondo, reconócelo, no deseabas esa boda.
—¿Eso quién lo afirma? —le preguntó, acercándose a él. Retrocedió al sentir el contacto de la piel del brazo de Alberto.
—Creo que si fueras más valiente habrías anulado esa boda hace tiempo —dijo él mientras se acercaba la copa de vino a los labios, sin dejar de mirarla.
—No quiero escuchar más estupideces. ¿Tú qué sabes de mí? Hasta hace unos días ni siquiera me conocías, no sé cómo te atreves a juzgar mis decisiones.

—¿Quieres que te diga algo? Algo que no me ha dicho ninguno de tus amigos...

Rocío lo retó, manteniendo una dura mirada fija en él, a que se explicase.

—Han sido tus ojos. Me lo han dicho ellos. No se te ilumina la mirada cuando le miras, y a él tampoco cuando te mira. ¿Crees que así podrás ser feliz toda la vida, hasta que la muerte os separe? Yo no. Creo lo contrario, que enseguida te arrepentirías de haberle dado el «sí quiero» al primero que te lo ha pedido.

—¡A ti qué más te da lo que pase con mi vida! ¡No me conoces de nada! —No gritó, no quería llamar más la atención, más bien susurró las palabras con rabia.

—Supongo que tienes razón, debería darme lo mismo. Tú y yo no tenemos nada en común.

Pues claro que no tenían nada en común, y Rocío lo recordaba a cada instante. El beso en el callejón, el desconcierto en la puerta de la habitación de la tercera planta o aquellos momentos, cada vez que se cruzaban en el hotel y ella temblaba como una hoja, no significaban nada para ella. Había sido el pensamiento recurrente durante aquellas terribles horas, una y otra vez se lo repetía, tratando de domar todas aquellas sensaciones equivocadas que tanto daño le hacían. A base de decírselo, quizá lo acabara creyendo.

—Justo eso —le dijo—, no tenemos nada en común.

Ninguno se había fijado en que, a lo lejos, el periodista del corazón observaba la escena de su discusión mientras su fotógrafo trabajaba a su lado. No se le había pasado por alto la mano de la chica que en todo ese tiempo no había dejado de ocultar la mancha en el vestido.

TOMA 9

Inmediaciones del cine. Sábado por la noche.

A Rocío no le apetecía quedarse más tiempo en la fiesta. Había ido a desahogarse. A devolverle a Alberto con gritos su rabia. A reclamarle lo que le habían hecho perder esas fotos inoportunas. A vengarse, si era posible. En el último momento le faltó el valor suficiente para agarrar a uno de los periodistas y contarle la verdadera historia. Lucía estaba en medio de aquello y, aunque solo habían mantenido una breve conversación a solas en el hotel, le había parecido buena gente. No se merecía pasar por lo que ella estaba pasando, mucho menos teniendo en cuenta su embarazo.

Cuando salió a la calle estaba mucho más confusa. A todo lo demás se sumaba la sensación absurda de no haber sido capaz de odiar a Alberto con todas sus fuerzas. Al contrario, sentía que volver a verle había supuesto una tortura para su cuerpo, que se empeñaba en sentir por su cuenta, desconectado del cerebro: el corazón se aceleraba, la respiración se volvía caótica y unas estúpidas mariposas se volvían locas retozando por su estómago. ¡Perfecto! Justo lo contrario de lo que quería sentir.

Ahora solo quedaba salir airosa, deshacerse de la gente que iba parándose a saludarla como si la conocieran de toda la vida. Nunca se imaginó que ese mundo fuera tan absurdo. No había cruzado jamás una palabra con ninguna de las personas que llenaban la fiesta y todas se empeñaban en hacerle saber lo mucho que admiraban su trabajo, tan irreal como el nombre que se había inventado para esa noche. Quería salir a toda costa, escabullirse y desaparecer en medio de la noche. Había llegado en un coche espectacular, pero irse de allí era otra historia, pagar la limusina para que la esperase disparaba estrepitosamente su presupuesto.

Tendría que localizar un taxi libre.

Pocos metros más allá de la puerta se encontró con Víctor. A escondidas de su hermano fumaba y había salido a la calle un momento para esconderse en una esquina, lejos de cámaras delatoras.

—¡Ostras! ¡Tú eres...! —dijo dirigiéndose a Rocío.

—Carla Duarte —dijo ella sin abandonar su papel, sin fijarse apenas en la persona que le estaba hablando. Miraba a la calle por si, por casualidad, aparecía algún taxi salvador.

—¿Quién? —preguntó él con extrañeza.

—Pensé que me habías reconocido, eso has insinuado al menos.

—No, no, creo que me he confundido. Es que te pareces mucho a alguien. —Víctor estaba confuso.

—¿A quién? —preguntó ella intrigada, mirando al joven con el que hablaba. El traje la había despistado, pero ahora veía que no era más que un niño.

—A una chica con la que mi hermano... pero déjalo, me he debido de equivocar.

—¿Quién es tu hermano? —preguntó ella.

—Un gilipollas, te lo aseguro.

—Ya, pero, ¿qué gilipollas en concreto?

—No, no te lo digo que si le conoces le vas a contar que le he llamado gilipollas.

—Si no me lo dices y le conozco le voy a contar que fumas —dijo ella. El olor a tabaco que desprendía el adolescente era inconfundible, aunque estuvieran en la calle y hubiera tirado el cigarro nada más verla.

—¡Vale! ¡Me has pillado! Pero júrame que no le vas a contar nada. Está bastante mosqueado conmigo por las notas y no quiero cabrearle aún más.

—¡Palabra!

—Mi hermano es Alberto Enríquez.

Rocío sonrió. Por eso ese niño tenía una cara que no le era del todo desconocida. La venganza puede llegar a ser muy cruel si estás muy herido, y esa noche Rocío tenía razones suficientes para vengarse. Se le estaban pasando por la cabeza algunas ideas. Solo pensar en ellas dibujaba una sonrisa en su rostro.

—¿Te apetece dar un paseo? —le preguntó. Era un crío, pero cualquier cosa estaba bien si conseguía hacer daño a Alberto. Aunque fuera darle un susto perdiendo de vista un tiempo a su hermano.

—¡Vale! Esta fiesta es un coñazo. Vista una, vistas todas.

Rocío enfiló la acera con el chico del brazo. Hacía una buena noche para pasear, y, aunque al principio algunas miradas de curiosos los siguieron, se fueron extinguiendo a medida que se alejaban del evento.

—¿Cómo te llamas? —preguntó Rocío.

—Víctor. Oye, sé que tú no eres quien dices, te he visto en fotos y en la tele. Eres esa chica..., la del hotel. De la que no paran de hablar en todas partes. La que pillaron con mi hermano, ¿no?

—Sí, soy esa chica, por desgracia.

—¿Y qué haces aquí? Te has colado, fijo, tú no eres de este mundillo y colarse en estas fiestas no es tan fácil. Mis amigos lo han intentado y no ha habido manera.

—¿Cuántos años tienen tus amigos?

—Como yo, supongo que será por eso y porque no tienen tus tetas. Estás muy buena. —Víctor en estado puro.

—¡Vaya! No sé qué se hace cuando te piropea un adolescente y tú has dejado de serlo. Es el vestido que hace que todo parezca otra cosa, créeme. Es todo tan falso como ahí dentro.

—¡Qué va! Tú eres de verdad —dijo Víctor apretándole el brazo—. Puede que te hayas pintado como una puerta, pero se te ve en los ojos...

—¿Qué me ves? —dijo preocupada, porque parecía que últimamente todo el mundo podía descifrar su mirada.

—Que no eres igual que esta gente.

—¿No?

—No. Yo juraría que cuando has salido hasta estabas a punto de llorar.

Rocío se quedó desconcertada ante la observación del chico. Sus quince años le hacían verla de verdad, no ver lo que ella había querido mostrar a la gente del cine. Con él, el engaño había servido de poco.

Caminaban por una acera y Rocío no vio una de las rejillas de ventilación del metro. Uno de sus tacones se coló por un agujero y crujió al quedarse atascado. No llegó a caerse porque el muchacho logró que sus reflejos funcionaran rápido y la sujetó.

—¡Genial! —dijo Rocío—. Ahora, además de haberme cargado el vestido con esta horrible mancha tendré que volver descalza. Necesito buscar un taxi para regresar al hotel.

—Pues a estas horas —dijo Víctor—, está complicado. Pero no hace falta. Si quieres, puedes venir a mi casa.

—¿Qué me estás proponiendo? ¿No te parece que eres un poquito joven para mí? —Sonrió al escuchar la naturalidad de la oferta.

—Yo creo que no. Además, ya te he dicho que me parece que estás muy buena. Las oportunidades no hay que dejarlas pasar.

Rocío se echó a reír. Víctor tenía la desvergüenza de

la edad y no medía demasiado sus palabras. Le gustaba su carácter, tan abierto, tan falto de tacto y tan indiferente a lo que pudiera pensar la persona que tenía enfrente. Ella era todo lo contrario. Siempre había sido prudente, no decía nada de lo que más tarde se pudiera arrepentir y, al final, se acababa arrepintiendo de no haber hablado. Quizá le convenía tener cerca a alguien tan sincero como ese muchacho. A lo mejor aprendía algo.

—¿Cómo has sabido quién soy nada más verme? Pensaba que el disfraz era bueno. Con el resto de la gente parece que ha colado.

—Fácil, no he visto otra cosa en la tele en los últimos días y encima te he oído discutir con mi hermano. —Le guiñó un ojo—. Por eso he podido salir a fumar. Últimamente me controla muchísimo, es un plasta.

—Yo también te controlaría, no deberías fumar. No es sano, es absurdo y cuesta un dineral. No compensa por ninguna parte.

—Vale, que sí, que eso ya lo sé. No me sueltes tú también el sermón. Oye, se me ocurre una cosa —dijo cambiando de tema, algo que se le daba de maravilla—, sería genial ver la cara de mi hermano cuando vuelva de la fiesta si te encuentra en nuestra casa.

—¿Vuestra casa? ¿Vivís con vuestros padres?

—No, no, yo vivo con él, mis padres están en Francia... Bueno, que da igual, el caso es que vivo con él.

—No creo que sea buena idea, Víctor. Si vuelve con su novia me parece que se va a pillar un cabreo monumental.

—Sube, en serio. Prometo no propasarme. Y por Lucía no te preocupes, sería muy raro que volviera con él.

A Ro le extrañó el comentario. Si eran novios desde hacía tiempo le parecía inaudito que Lucía no pasara la noche en la casa de Alberto. Quizá la presencia del adolescente les hacía ser discretos. A veces las parejas tienen cuidado cuando hay niños de por medio, tratan de no ponerlos en situaciones complicadas hasta estar seguros de que su relación tiene futuro. Claro que también hay inconscientes que hacen todo lo contrario. En cuanto empiezan una relación involucran en ella a los niños de su entorno, sin ser conscientes de que, para ellos, el concepto de mutabilidad de la vida no está todavía formado. Los exponen a sentimientos transitorios que acaban pasando facturas vitales.

—No, de verdad. Pasear con esta pinta por la noche, con el vestido hecho una pena y un zapato roto es patético, pero por la mañana, a plena luz del día, sería infinitamente peor.

—Pues deja entonces que te acompañe hasta el hotel.

Rocío valoró la posibilidad e inmediatamente sonrió. Víctor era alto y muy guapo, pero no era más que un adolescente, se notaba a la legua. Lo que le faltaba era que la prensa, además de las tonterías que ya contaba sobre ella, incluyese en su currículo un flirteo con un crío. Precisamente el hermano de Alberto. Empezó a imaginar titulares y se mareó.

—Hasta la puerta, está aquí al lado y no quiero caminar sola hasta el hotel con este aspecto tan lamentable. Pero luego te vuelves a casa.

—A casa no, a la fiesta otra vez. Mi hermano me tiene castigado y no tengo llaves. Creo que se piensa que cada vez que sale por la puerta hago una fiesta.

—¿Lo haces?

—La mayoría de las veces, pero no se lo digas.

—Tranquilo, tu hermano y yo no hablamos mucho —dijo Rocío.

—¿Es cierto que estáis enrollados?

Rocío no contestó enseguida. No, claro que no tenían nada. Lo que había pasado entre ellos, aunque para ella hubiera supuesto un cambio brutal en sus sentimientos, en su pequeño mundo, en la vida que había planeado para ella misma, no era absolutamente nada. No había un romance, ni una relación de amistad, ni siquiera habían hecho otra cosa que no fuera discutir y aquel beso robado. Alberto era para ella un imán muy potente del que trataba de despegarse poniendo toda su energía. Lo quería lejos de su vida, pero había hecho todo lo posible por tropezar con él.

Ni siquiera estaba segura de que la razón verdadera por la que lo había buscado esa noche fuese que quería herirlo. La razón era ese beso. Había cambiado todo dentro de ella misma. El cataclismo de sus sentimientos era la consecuencia de su cobardía, de no ser capaz de decirse que lo que había planeado para su futuro no era suficiente. Era un parche, una manera de seguir adelante sin complicaciones. Todo lo contrario que Alberto, que complicaba sus sentimientos hasta lo insoportable.

—¡Eh! Despierta, te he hecho una pregunta.

—Perdona. No, tu hermano y yo no tenemos nada más que una conversación pendiente.

—Ha sido idea suya —dijo Víctor—. Sé que me tendría que callar, que es mi hermano, pero le oí hablar y planearon vender su historia con Lucía para que la peli se promocionase sola. Y, no sé cómo, tú te metiste en medio. Creo que eres eso que llaman en las guerras a los civiles que mueren accidentalmente... Debería estudiar más, ahora no me acuerdo de la palabra.

—¿Soy un daño colateral?

—¡Eso! Más o menos...

—Esto no se va a quedar así, díselo si te apetece. Ya se me ocurrirá algo para joderle.

—¡No te pega nada de nada hablar así! —dijo Víctor.

—¿Así cómo?

—Como si fueras yo. ¡Y menos con ese vestido! Te pega ser educada y no decir palabrotas. Tienes cara de buena, además de que, ya te lo he dicho, estás muy buena.

Rocío se echó a reír. Víctor era un deslenguado encantador cuando le daba la gana.

—Este es el hotel, gracias por acompañarme. Adiós, Víctor. ¿Necesitas dinero para un taxi?
—No, me vuelvo paseando. Mi hermano no me ha echado de menos todavía, no ha llamado —dijo mirando la pantalla de su teléfono móvil de última generación.
—Nos vemos, Víctor, encantada de conocerte.
—Yo también, chica de las fotos.

Víctor se alejó de la puerta del hotel mientras Rocío se dirigía, cojeando, a buscar su llave en recepción. Intentó no pensar demasiado en la cara que puso la recepcionista cuando miró su vestido estropeado y la vio subir en el ascensor con los zapatos en la mano.

Cine. Madrugada del domingo.

Alberto harto de la fiesta, hastiado de contestar una y otra vez las mismas preguntas, quería marcharse. Buscó a Víctor con la mirada, pero no pudo encontrarlo. Su hermano pequeño, tener que arrastrarlo siempre detrás de él, empezaba a pesar demasiado. Y encima estaban las malas notas, algo por lo que acabaría respondiendo Alberto ante sus padres. El encanto de Víctor, estaba seguro, lograría que su madre le echase a él toda la culpa, eximiendo al pequeño. Pensó que ya estaba bien, tenía que tener una conversación seria con los tres, y si al niño no le gustaba la idea de irse a vivir a Francia le iba a dar igual. En las próximas semanas existía la posibilidad de que tuviera que viajar y Víctor había demostrado que no se le podía dejar solo ni un instante.

—¿Has visto a Víctor? —preguntó a Lucía cuando ella se acercó.
—No, hace rato que no.
—Este crío me tiene hasta las pelotas. Quiero irme de aquí cuanto antes, pero no aparece.

—¡No puedes! Tenemos que hacernos unas fotos todavía con los productores.

—No tengo ningún interés en esas fotos, Lucía, bastante harto de fotos estoy ya.

Lucía lo miró. Alberto nunca había sido un juerguista, pero siempre se las arreglaba bien para disimular frente a los focos. Sin embargo, ese día parecía muy furioso. La incomodidad que sentía era imposible de fingir incluso para él, un profesional en eso de aparentar emociones.

—¿Qué te pasa?

—Rocío, eso me pasa.

—¿Rocío? ¡Rocío!

—Acaba de estar aquí.

—¿Aquí? ¿En la fiesta? ¿Has hablado con ella?

—Sí, se ha ido hace un rato. No sé cómo se las ha arreglado, pero ha aparecido vestida como una estrella y todo el mundo parecía conocerla. Carla no sé qué les ha dicho que se llama...

—¿Se ha colado en un estreno? ¡Vaya! Con lo complicado que resulta, tiene que estar mosqueada contigo de verdad.

—Como para no estarlo, han anulado la boda.

—¡Uf! La cosa se complica. Tienes que buscarla y parar lo que sea que se le esté ocurriendo para vengarse. Mira que si ella habla se echará todo a perder... Hasta nos tocará hablar del embarazo.

—Eso quería que me contases, Lucía —dijo Raúl Gil, acompañando sus palabras con un beso en la mejilla de la actriz, mientras rodeaba su cintura con un abrazo.

—¡Hola, Raúl! No te he visto acercarte —dijo ella, devolviéndole el saludo.

—Yo me voy.

Alberto hizo el amago de abandonar a la pareja para que hablasen de lo que les diera la gana. No tenía ningún interés en convertirse en cómplice de más mentiras. No había estado demasiado de acuerdo con Gustavo cuando planearon el romance y mucho menos le gustaban las consecuencias que esto estaba teniendo. Raúl, con la mano que le quedaba libre, lo retuvo.

—No te vas, me vais a contar, los dos, desde cuando estáis juntos y qué es eso de que os convertiréis en breve en papás.

—Raúl, creo que deberías esperar a que estemos preparados para dar la noticia —dijo Lucía rápidamente, tratando de evadir la conversación.

—¡Pero si todo el mundo lo sabe ya! Solo unos pequeños datos, chicos —rogó—. Ya sabéis, semanas de embarazo, si sabéis ya el sexo, nombres que se os han pasado por la cabeza..., lo lógico que todo el mundo quiere saber.

—Creo, Raúl —dijo Alberto, sin el más mínimo atisbo de sonrisa en su cara—, que, en todo caso, a quienes tendría que importarles todo eso es a nosotros, ¿no te parece?

—Supongo que estás un poco alterado, Alberto, pero no lo pagues conmigo. No tiene que ser fácil mantener dos relaciones a la vez.

Lucía y Alberto se miraron, tratando de decidir entre ambos la respuesta que se merecía la insinuación de Raúl y si convenía una reacción airada u otra mucho más civilizada.

—No hay otra relación. Y no pienso seguir con esta conversación. ¿Vienes, Lucía?

—Sí. Raúl, si me disculpas.

Lucía se alejó del periodista siguiendo los pasos de Alberto. El teléfono de la actriz empezó a vibrar en su bolso y lo cogió con un gesto de fastidio que de pronto se tornó en una sonrisa. Parecía que el mensaje que le acababa de llegar le había hecho mucha gracia. En ese momento Víctor entró por la puerta, con una enorme sonrisa en el rostro.

—¡Qué pasa, chaval! —le dijo a su hermano—. ¿Se ha muerto alguien, que tienes esa cara de rancio?

—¿Dónde estabas? —Alberto no tenía el cuerpo para bromas.
—Acompañando a una chica espectacular a su hotel. No te creas, le he dicho que si se quería venir a casa conmigo y me ha dicho que no. Es una mierda tener quince años, a ver si cumplo alguno más...
—¿No me lo podías haber dicho? ¡Estaba preocupado!
—Sí, claro. Me encuentro con la mujer de mis sueños, perdona Lucía, con la otra mujer de mis sueños, y le digo, oye, bonita, espera un poco, que voy a pedir permiso a mi hermano mayor para acompañarte a tu hotel. ¿Tú eres tonto?
—¡Tira! —dijo Alberto, señalando la puerta—. Lucía, ¿quieres que te acompañe a casa?
—Acompañemos, dirás, yo también voy —agregó Víctor.
—¡Cállate, por favor!
—No hace falta —dijo Lucía—, me iré dentro de un rato, cuando hagan las fotos que te he dicho. Vete, yo te cubro. Ya me inventaré algo. Adiós, Víctor. Pórtate un poco mejor, que tu hermano hoy no está de humor —dijo casi sin despegar los ojos de la pantalla del móvil y los dedos del teclado virtual.
—No me extraña, es un aburrido.

Taxi. Madrugada del domingo.

De camino a casa, en el taxi, Víctor no pudo contener más la lengua.
—He estado con ella —dijo en tono misterioso.
Alberto, sumido en sus pensamientos, tardó un poco en encontrarse con la frase y elaborar una respuesta.
—¿Con quién?

—Con ella..., ya sabes..., la otra.
—¿Qué otra, Víctor? ¿De qué me estás hablando?
—De la chica de las fotos —dijo, bajando mucho el tono, para que el taxista no se enterase de la conversación.
—¿Rocío? —Alberto soltó su nombre sin pensar, con más entusiasmo del aconsejable.
—Pues en realidad no me ha dicho cómo se llamaba, creo que se ha hecho pasar por...
—Por una actriz, lo sé.
—Me la he encontrado en la puerta del cine, cuando ella salía y yo entraba y...
—¿Dónde habías ido? —preguntó Alberto. No le gustaba que Víctor anduviera de un lado a otro en las fiestas. Su altura le podía hacer pasar por alguien más mayor, pero era un crío en el fondo. Nunca se sabía qué se le iba a ocurrir, cuándo acabaría liándola.
—No estamos hablando de eso, chaval, estamos hablando de tu chica.
—No es mi chica.
—Bueno, de la chica de las fotos.
—¿Qué quería?
—Ella nada, he sido yo quien la ha reconocido. Yo creo que te odia mucho y no se puede odiar tanto a alguien si no lo has querido primero.
—Muy profundo te veo esta noche.
—Eso lo dice mamá siempre que se enfada con papá.
—¿Por qué te ha dicho que me odia?
—No, si no me lo ha dicho, pero... es una faena lo que le has hecho, y encima que luego tenga que estar leyendo que eres el novio de Lucía.
—Mira, a ti no te tengo que estar explicando nada, no sé lo que te ha dicho ella, pero no soy yo quien la ha metido en este lío.
—Meter..., la palabra justa.
Alberto miró a su hermano pequeño sin querer enten-

der el último comentario, pero estaba demasiado cansado para más conversación, así que optó por dar la vuelta a la cara y mirar por la ventanilla del coche. Un minuto después estaban en la puerta de su casa.

Hotel. Madrugada del domingo.

Rocío, tumbada en la cama del hotel, cambiaba la televisión de canal, sin parar en ninguno. El proceso lo había repetido en varias ocasiones y amenazaba con convertirse en un bucle. Exactamente igual que sus pensamientos. Repasaban los momentos vividos en los últimos días una y otra vez, alimentando de oscuridad su alma. No le estaba haciendo bien dejarse arrastrar por ellos. Sus ojos estaban puestos en la pantalla del televisor, pero su mirada vagaba perdida entre unos recuerdos que cada vez le generaban más inseguridad. Todo el aplomo que había fingido esa noche se le estaba escapando entre los dedos, llevándose con él su capacidad de pensar con lucidez. Se había rendido.

La soledad. Otra vez su peor miedo se abría paso. Eso que sentía desde pequeña, lo que le habían impuesto las circunstancias de crecer sin hermanos ni primos cerca, y siendo, para complicarlo más, la única niña que había nacido ese año en el pueblo. Siempre se había sentido sola, había aprendido a jugar sin compañía, pero el temor a seguir su vida adulta así había hecho que aceptase a Óscar sin plantearse si aquello era verdadero amor o simple compañía. La soledad era un fantasma que acechaba en su cerebro, y estaba convencida de que casarse con él era el mejor camino.

El problema estaba en que el camino había resultado tener una enorme grieta que no era posible sortear. No había puente, ni energía para saltar al otro lado. Se había quedado plantada en el borde, mirando la profundidad del agujero, incapaz de levantar sus ojos para buscar una solución alternativa.

Se dio la vuelta y arrastró las sábanas para cubrir su cuerpo, vestido tan solo con un camisón de tirantes. Cerró los ojos y trató de concentrarse en las palabras de la película que en ese momento pasaban en la televisión. No le interesaban, y el aburrimiento se sumó al cansancio, derrotando a un cerebro traidor que estaba haciéndole mucho daño. Se quedó dormida bien entrada la madrugada.

TOMA 10

Casa de Alberto. Domingo por la mañana.

El teléfono, una vez más, sacó a Alberto de sus sueños. Esa mañana la resaca no eligió su compañía. La presencia de Rocío en la fiesta había modificado su rutina y apenas había probado el alcohol. Sin embargo, el martilleante sonido del aparato le provocó un gruñido. Debería haberlo apagado, pero el terminal era nuevo, comprado el día anterior para sustituir al que había destrozado en el baño, y no lo manejaba demasiado bien. No entendía por qué un aparato que básicamente había sido inventado para hablar tenía que tener doscientas mil funciones más. Lo peor era que, aunque había intentado comprar uno con lo esencial, no había sido capaz. El empleado de la franquicia le ofrecía modelos cada vez más complejos, ignorando sus peticiones. Al final había vuelto a casa con un cabreo monumental, un smartphone y una tarifa de internet que no creía necesitar. No era de escribir mensajes y de navegar en redes sociales, ya había quien manejara sus perfiles públicos por él.

Cuando las sombras del sueño desaparecieron del todo, arrastradas por la alarma, sus pensamientos volvieron al día anterior. Quería ver a Rocío, necesitaba explicarle todo con calma, no era justo que cargase él con toda la culpa de la situación que estaban viviendo. Era verdad que había aceptado el pacto con su representante, pero en ningún momento incluía meter en medio a nadie que no perteneciera a su mundo. Mucho menos a ella. Jamás imaginó que el inútil del fotógrafo acabaría montando semejante espectáculo y jodiéndole la vida a una muchacha. El dinero es el dinero, pero la moral tenía que situarse en algún lugar en aquella condenada historia. Se iba cabreando cada vez más, sintiendo que si no hacía algo pronto las cosas empeorarían. Su cabreo se sincronizó con el tono de su voz cuando se adentró en el pasillo de su casa.

—¡Víctor!

—¡Joder! —dijo el pequeño, saliendo del baño tapado por una exigua toalla—. No me grites que estoy a tu lado...

—¿En qué hotel se alojó Rocío?

—¿Para qué quieres saberlo? Me parece que ayer no tenía muchas más ganas de verte. Es más, creo que yo le gusto más que tú...

—¡No seas imbécil! Dime dónde está.

—Estaba, chaval. Son casi las once de la mañana, seguro que se ha marchado ya de allí. En los hoteles te ahuecan pronto.

—¿Las once?

—Duermes como los angelitos. Seguro que ayer te bebiste hasta el agua de los jarrones.

—Nombre del hotel, última vez —gruñó Alberto, cansado del sarcasmo de Víctor.

—¡Vale!

Hotel. Domingo por la mañana.

Alberto optó por un taxi. Le pareció mucho más rápido que sacar su coche del garaje y, sobre todo, buscar un aparcamiento después. Deshacerse de un coche en una ciudad cada vez era tarea más difícil. Siempre que trataba de aparcar sin éxito pensaba que los coches del futuro, para ser perfectos, tendrían que hacer eso ellos solitos. Y cuando los volvieras a necesitar, solo con apretar un botón tendrían que buscarte a ti. No se dio cuenta de que, mientras su pensamiento absurdo se abría paso por su cerebro, su mano actuó de *motu proprio* parando a un vehículo con la luz verde encendida. Incluso le dio la dirección al taxista sin ser del todo consciente.

El hotel, muy cerca de su casa, estaba tranquilo un domingo a esas horas. El trasiego de clientes no empezaba hasta unas horas después y la empleada de la limpieza se afanaba en dejar relucientes las puertas de los ascensores, que ya resplandecían, pero que ella debía considerar que no estaban lo suficientemente pulidas para hacerse pasar por un espejo. La recepcionista se entretenía con el ordenador y un camarero llevaba unas cajas hacia la cafetería arrastrando un carrito. Alberto se acodó en el mostrador.

—Buenos días —dijo.

—Buenas —contestó la recepcionista sin apartar la vista de la pantalla. Parecía muy interesada en lo que estaba consultando.

—Necesito localizar a una persona que se alojó aquí ayer.

—Perdone —dijo la muchacha sin mirarlo y sin inmutarse—, esa es una información confidencial.

—Verá, es que es muy importante... —siguió él.

—Me da lo mismo... —dijo la mujer. Su frase quedó interrumpida cuando por fin se dignó a mirar y lo reconoció al instante.

—¿Podría localizar a una persona para mí? —repitió Alberto con su mejor sonrisa de estrella cinematográfica.

—No, ya le he dicho que no.

—¿Ni siquiera si te consigo entradas para una fiesta? —dijo, guiñándole un ojo y cambiando el trato a uno más cercano, buscando su empatía.

—Pues... —titubeó—, no sé.
—¿Segura?
La recepcionista, consciente de a quién tenía enfrente, cambió sus primeras reticencias.
—Claro, claro que puedo. Un momento...
Comenzó a manejar el ratón del ordenador antes de que le llegase alguna información sobre la persona a la que tendría que buscar, por lo que Alberto dedujo que su ensimismamiento en la pantalla estaba más relacionado con algún paseo clandestino por una red social que por una aburrida sesión en el programa de gestión del hotel.
—El caso es que no sé el apellido —dijo Alberto, preocupado. Sin el apellido estaba bastante perdido. Solo tenía la descripción de Rocío y su nombre de pila.
—El programa hace búsquedas por apellido, por nombre tendremos que ir cliente por cliente —dijo la muchacha. Su tono denotaba que no le importaba el tiempo que perdiera en ello si lograba que Alberto no se marchase enseguida. No siempre una estrella de cine se paraba a hablar con ella, aunque fuera en el desempeño de sus funciones como recepcionista de hotel, y le ofrecía entradas para una fiesta exclusiva.
—También puedo darte su descripción, a lo mejor la has visto. —Siguió con el tuteo como un arma de persuasión.
—También puede ser una opción —dijo la chica.
—Se aloja aquí al menos desde ayer, que yo sepa, y salió por la noche con un traje de fiesta. O eso creo...
—¿Y se llama...?
—Rocío o Carla...
—¿En qué quedamos? —preguntó desconcertada.
—Pues... que no sé con qué nombre se habrá registrado —sonrió él—. Le gusta el misterio.
La recepcionista recordaba perfectamente a la chica de los zapatos rotos. Si no le hubiera tocado turno doble no la habría visto, pero dio la casualidad que había cam-

biado su horario con una compañera que tenía una cena familiar importante y doblaba turno.

—Está en la 305 —dijo sin dudar.

Alberto se quedó callado un momento. Se le había pasado por la cabeza que Rocío hubiera abandonado el hotel, pero ahí estaba.

A su alcance.

—Toma. —Le dio una tarjeta de visita—. Llama a mi agente esta semana y te conseguirá las entradas.

A la recepcionista, de pronto, le encantó tener que haber trabajado en domingo. Sus amigas se iban a morir de envidia.

Cinco minutos después, Rocío oía desde dentro de su habitación unos suaves golpes en la puerta. Aún sin vestir, estaba recogiendo su equipaje, disponiéndolo todo para dejar el hotel. Decidió que iría a casa de su tía, como le había sugerido su madre, y empezaría a buscar un empleo para volver a rehacer su vida en otro escenario, alejada de la presión que estaba segura la esperaba en Grimiel después de lo que había pasado.

Nada más despertar había buscado su móvil. No quería hablar con Óscar después de la discusión que habían tenido, pero en el fondo esperaba que tratase de ponerse en contacto con ella. Sin embargo, la memoria no mostraba mensajes pendientes ni llamadas perdidas de él, como si los años que habían compartido no hubieran dejado ninguna huella. Parecía que se lo había tragado la tierra, que había obviado que hasta dos días antes estaban comprometidos y a punto de pasar por el altar. Claro que, si lo pensaba fríamente, ella había actuado del mismo modo. En ese momento, más rabiosa por sentirse ignorada que por constatar que aquella relación ya había colgado el cartel de «fin», lanzó el teléfono que le quemaba en las manos.

Aterrizó en la cama mientras ella abría la puerta.

Sabía que eran un poco menos de las doce y dedujo que sería la camarera de pisos que quería cerciorarse de si la habitación ya estaba libre para proceder a su aseo. Los cálculos, aunque basados en su propia experiencia laboral, fallaron estrepitosamente. En lugar de una mujer anónima vestida con una aséptica bata blanca y pertrechada con su carro de limpieza, la imagen con la que tropezó fue la del perfil de Alberto Enríquez, apoyado en el marco de la puerta, con el abrigo colgado del brazo. Durante un instante le pareció que no era real sino uno de esos posters a tamaño natural que adornan los multicines anunciando la última superproducción de moda. Una barba incipiente sombreaba el seductor rostro del actor dándole un atractivo arrebatador. Parecía que aquella mañana no había perdido mucho tiempo en peinarse, pero, aun así, no pudo evitar pensar en que tenía un físico hipnótico. Debería estar ideando cómo echarlo a patadas y en cambio allí se encontraba, idiotizada por la sonrisa de la persona que se juraba que más odiaba en el mundo, ocupando justo el puesto anterior a Óscar.

Antes de que alcanzara a reaccionar, él ya había entrado en la habitación, cerrando la puerta tras de sí.

—No creo haberte invitado a pasar —le dijo cuando logró recobrarse. Ya era tarde para reaccionar. No llevaba encima más que un leve camisón de seda semitransparente: el que debería haber estrenado en su noche de boda. Se cruzó de brazos, tratando de proteger su intimidad de algún modo.

—Tampoco lo contrario —dijo él sin despegar los ojos de Rocío.

—Está bien, no lo he dicho. —Tomó entre sus manos el picaporte de la puerta y lo accionó, abriéndola bruscamente de par en par—. Ahora sí. ¡Vete!

—He venido a hablar contigo, así que no me voy.

Alberto empujó la puerta hasta volver a cerrarla con suavidad. Sus manos se rozaron un segundo, provocando en Rocío otra oleada de desconcierto. Una vez más, frente a él, volvía a percibir que le fallaban las piernas y la voluntad, porque, por más que se decía que tenía que abrir de nuevo y arreglárselas para que saliera de su habitación, su cuerpo sufría un bloqueo. Incluso le costaba respirar.

Para reponerse, soltó un suspiró que acabó delatando su estado de ánimo.

—Veo que no te resulta indiferente mi visita —dijo él, divertido por su reacción.

—Estoy decidiendo cómo te voy a echar, nada más —bufó—. No sé si a patadas, llamando a la seguridad del hotel, a la Policía Nacional o a tu novia, para que venga a buscarte.

—Vaya, he tenido recibimientos mejores en mi vida. —Se internó en la habitación, alejándose de la puerta, dejando el abrigo sobre una silla.

—¿Dónde crees que vas? ¡He dicho que te largues! ¿Cómo has podido encontrarme?

—Creo que ayer no acabamos nuestra conversación.

—¡Ah, claro! ¡Ahora me acuerdo! Tu hermano...

—Ya me he enterado de que has conocido a Víctor.

—Sí, mucho más interesante que tú de lejos.

—Un poco joven para ti, y además no le conoces bien.

—A ti tampoco —dijo ella.

—A eso he venido, no sabes lo que ha pasado.

—¿No? ¡Claro que lo sé! Me has utilizado para lograr publicidad para tu estúpida película. Muy bonito y muy sencillo, engañar a la pobre tonta de turno, inventar una historia para vender a la prensa y después... ¿Después qué? ¡Nada! Olvidarse de esa persona porque no forma parte de tu mundo y no te interesa lo que le suceda. Da igual si la has destrozado, no te va a quitar el sueño porque...

—No ha sido así exactamente así que, si me escuchas...

—¿Que no? ¡Cómo puedes tener tanta cara!

—Oye, espera...

—No, no espero nada, ya sé lo que ha pasado. Sin comerlo ni beberlo me he convertido en portada de revistas y primer plano en la televisión. Te has cargado mi boda y de paso mi vida.

—Yo... —balbuceó Alberto, incapaz de frenar el mal humor de Rocío.

—Espera, ¿cómo es? ¡Ah, sí! Soy un daño colateral, nada importante.

—Si me dejas hablar...

—¿Qué vas a hacer? ¿Convencerme de que eres un mentiroso embaucador? Seré de pueblo, pero no soy imbécil.

Alberto se había ido aproximando a Rocío en la discusión y esta, al sentir que invadía su burbuja, alterada como nunca, hizo el gesto de empujarlo. Los reflejos de él atraparon sus manos y las palabras se quedaron en suspenso, esperando una reacción de alguno de los dos.

Fue él quien la volvió a besar.

Millones de sensaciones explotaron en Rocío, despertándola de nuevo del letargo sentimental en el que vivía de forma permanente. Volvió a rememorar el cosquilleo en el estómago de aquella noche en medio de la nevada y, aunque luchó consigo misma para deshacerse de los brazos que ahora sujetaban su cintura, la razón no fue capaz de contradecir a su instinto.

Había llegado el momento de tomar una decisión: parar aquel impulso o dejarse llevar por el maravilloso olor de Alberto. Las dudas anidaron perezosas en su mente y, mientras ordenaban las ideas, su cuerpo, desobediente, empezó a tomar el mando. No supo en qué momento empezó a desabrochar los botones de la camisa de él. Uno a uno se fueron deshaciendo los nudos imaginarios que la mantenían pegada al cuerpo, dejando espacio a su mano para que acariciase dulcemente el suave torso desnudo. La reacción en ella no se hizo esperar, a pesar del día frío de invierno una oleada de intenso calor se apoderó de Rocío. La camisa de Alberto voló por encima de la cama, en un gesto impaciente de él, que tampoco perdía el tiempo. Sutilmente deslizó los tirantes del camisón. Primero el derecho. Luego el izquierdo. La dócil prenda resbaló hasta el suelo acariciándole las piernas. Alberto separó su cuerpo del de Rocío para observarlo, pero ella, inquieta o vergonzosa, cubierta únicamente por una braguita diminuta, volvió a obligarle a que la besara.

La impaciencia se hizo dueña del momento y Alberto la alzó en sus brazos mientras ella rodeaba su cintura con las piernas sin interrumpir la danza de sus lenguas. Entrelazados cayeron en la cama. Rocío notaba contra su pubis la excitación de él bajo el pantalón y comenzó a desabrocharlo.

El teléfono vibró mientras sonaba alegremente en el bolsillo de Alberto.

La magia se desvaneció.

Rocío se sintió idiota. Se había dejado seducir por un galán del celuloide que, además, le estaba jodiendo la vida, y ella, estúpida, en lugar de apartarlo de una vez, se tiraba a sus brazos a la primera. Desde luego, no era ella esos días. Le dio un firme empujón, obligándolo a separarse.

—¡Lárgate! —dijo enfurecida.

—Rocío, escucha. No será importante.

—¿No? A lo mejor es tu novia... Tú que aún la conservas.

Alberto maldijo el teléfono en silencio, pero obedeció. Recogió su camisa, el abrigo, se metió el móvil que se había callado en el bolsillo y salió de la habitación. En el pasillo, una turista alemana abrió los ojos como platos, quizá porque lo había reconocido o porque sus abdominales perfectos, curtidos en dos horas de gimnasio diarias, la habían dejado en estado de *shock*.

El teléfono, que había enmudecido por unos instantes volvió a sonar y cuando lo sacó del bolsillo y miró la pantalla puso un gesto de fastidio.

—¿Se puede saber qué quieres, Gustavo?

TOMA 11

Hotel. Domingo por la mañana.

Una de las habitaciones de la tercera planta tenía la puerta abierta. La camarera la había dejado así mientras acudía al carrito para reponer material en el armario de limpieza y Alberto aprovechó para colarse en el baño, buscando algo de intimidad. Necesitaba un lugar más discreto que el pasillo para volver a vestirse y de paso averiguar qué era eso tan importante que tenía que decirle su agente.

—Te voy a matar, capullo —le dijo en cuanto echó el pestillo de la puerta.

—¿Se puede saber por qué no me lo cogías?

—Cosas mías, me has pillado en un mal momento. ¿Qué quieres? —preguntó con brusquedad.

—Eres una mina de noticias, tío, la productora no puede estar más contenta contigo, les estás ahorrando una pasta. No descartes que para la próxima película ya te tengan en mente.

—¿Qué pasa ahora? —preguntó él muy enfadado.

—Otra vez estás en boca de todos los programas del corazón, se lo están pasando pipa.

—¿Y ahora qué he hecho?

—Tú sabrás.

Alberto no tenía ni idea de lo que le estaba hablando y

se empezaba a impacientar. Puso el manos libres, dejando el móvil sobre la encimera del baño, para poder vestirse más rápido mientras Gustavo le desgranaba la noticia que había generado sin enterarse. Supuso que lo habían grabado bebido, en alguna de las fiestas de los días anteriores y ahora especularían con alguna adicción. Lo normal para la prensa era exagerarlo todo y la historia que había empezado había que ir alimentándola día a día con nuevas píldoras sensacionalistas, para que los espectadores se mantuvieran enganchados al canal y los anunciantes, atraídos por los índices de audiencia, pagasen sumas astronómicas por exponer sus productos durante veinte segundos.

—No sé nada, así que, si eres tan amable, me lo cuentas —dijo mientras se abrochaba los botones de la camisa.

—Ese Raúl Gil es un hacha. Tiene fotos de la actriz sudamericana, la tal Carla Duarte, discutiendo contigo y está haciendo un buen uso de ellas en su programa.

Pensó en la visita sorpresa de Rocío a la fiesta y dedujo de dónde las había sacado. Tal vez ya sabían que las dos eran la misma persona.

—¿Con Carla? ¿Y ahora qué es lo que cuentan?

—Pues que..., jajaja, ahora tienes a otra preñada reclamándote paternidad.

—¿Qué?

No sabía de dónde podía haber sacado Raúl Gil la noticia, era completamente absurda. A menos que Rocío, para vengarse, hubiera hablado con el periodista lanzando un nuevo rumor. Lo que faltaba.

—No paran de hablar de una de las fotos, una donde ella tiene la mano en la barriga.

—¿Y solo por una mano ha armado tanto lío? —preguntó incrédulo.

—No te lo puedo asegurar, ya sabes que se ponen misteriosos con el tema de las «fuentes» y a saber de dónde ha salido en realidad. He estado chequeando los perfiles en las redes de esa tal Carla y no he visto nada por su parte, aunque, si te digo la verdad, no he encontrado mucho de ella. Mucha paja, pero nada de grano. Me da que es una oportunista en busca del actor de turno para hacerse un hueco en este mundillo, no he sido capaz de localizar ninguna de las películas donde dice que ha trabajado.

—Desmiéntelo y punto —dijo Alberto cada vez más furioso—. Se supone que esto también es parte del trabajo por el que te pago.

—Joder, ¿has dormido mal? Tampoco es para tanto. Si manejamos esto con inteligencia tenemos historia para rato. Puedes incluso vivir del cuento durante el próximo año.

—¡Pero no te das cuenta de que todo es mentira!

—Ya, pero la gente se cree lo que nosotros queremos que crean, al fin y al cabo vivimos de eso, de crear ilusiones y venderlas, de fabricar mentiras...

—Vale, de acuerdo, pero no sé si has caído en un par de detalles. El primero, que la chica del hotel no tiene nada que ver con todo esto, que Cristian la ha metido en el ajo jodiéndola bien.

—Vaya, parece como si te importase y todo, pero creo que no estábamos hablando de esa chica, esa es casi pasado, estamos hablando de la nueva.

Alberto se tomó un segundo para controlar las palabras y no meter más la pata, no quería que a su representante se le pasara ni siquiera por la cabeza que eran la misma. A saber entonces qué otra idea genial se le ocurriría.

—Ya, pero me preocupa porque, aunque para este mundo ya sea pasado, para ella no creo. Es una persona ajena a todo esto, Gustavo. ¡Estaba a punto de casarse, joder!

—Bah, si el novio la quiere de verdad la perdonará y volverá con ella —dijo sin darle la más mínima importancia.

—¡Eres un hijo de puta! ¿Lo sabes?

—Jajaja, de vez en cuando. Si no eres así, te comen la merienda.

—Vamos a dejar el debate ético, no he terminado. ¿Sa-

bes que Lucía no está embarazada? Y te aseguro que la otra tampoco...
—Muy seguro te oigo.
—Completamente, no tengo ni la más mínima duda.
—Bueno, siempre puedes solucionar eso.
—¿Tú no tienes límites? Porque yo sí.
—Vamos, Alberto, tus límites no son tan diferentes a los míos. Accediste a esta mentira.
—Pero con Lucía, creo que hay mucha diferencia. —Se defendió.
—Sigue siendo una mentira, un invento. Y no te importó —le recordó Gus.

Alberto guardó silencio, parte de razón tenía Gustavo. Había estado de acuerdo en que el paparazi hiciera el robado incluso manteniendo a Lucía ignorante de todo, así que muy inocente no era en este enredo. La puerta del baño se empezó a mover al ritmo de unos fuertes golpes que provenían del otro lado.

—¡Un momento! Ya salgo —gritó Alberto.
—¿Dónde estás? —preguntó Gustavo.
—Luego te lo cuento.

Interrumpió la conversación sin ni siquiera tomarse la molestia de decirle adiós a Gustavo.

—*Señor, disculpa, pero no puede estar ahí* —dijo una voz de mujer con acento extranjero.
—Perdón, ya salgo.
—*¡Será mejor no tarda o yo llama mi jefe!* —siguió gritando ella.

Alberto terminó de abrocharse los pantalones, pasó los dedos por el pelo tratando de peinarse un poco y descorrió el pestillo. La camarera llevaba preparada la lista de las primeras palabras, todas tacos, que había aprendido nada más llegar a España, en orden alfabético, pero se quedó la boca atascada en la A cuando su mirada tropezó con Alberto Enríquez en carne y hueso. La mueca que adoptó fue de lo más graciosa.

—Muy limpio todo, la felicito —dijo él mientras salía de la habitación, aprovechando su repentina turbación.

Nada más adentrarse en el pasillo se quedó parado en seco, valorando qué hacer. Tenía que pedirle a Rocío que le explicara si tenía algo que ver con que estuvieran de nuevo en boca de todos, pero, considerando cómo lo había sacado de la habitación, pensó que no iba a conseguir esta vez que le abriera la puerta con tanta facilidad. Lo intentó de todos modos. Golpeó la madera en repetidas ocasiones, pero nadie la abrió. Incluso gritó su nombre, atrayendo la atención de dos clientes que salían de su habitación y lo reconocieron. Antes de marcharse tuvo que firmar autógrafos.

Rocío estaba furiosa consigo misma. En lugar de echar de la habitación a Alberto y eliminarlo de su vida para siempre, sus pasos no habían hecho otra cosa que empujarla hacia él y volver a colocarlos cerca. Tan cerca como que, unos minutos antes, si el teléfono no lo hubiera interrumpido, habrían acabado haciendo el amor.

Agarró el camisón y lo metió en la maleta hecho una bola. Vestida con unos sencillos vaqueros, una camisa y un tres cuartos de lana, salió de la habitación arrastrando la pequeña maleta, directa al ascensor. En el pasillo esquivó el carro de limpieza y pudo fijarse en que la camarera golpeaba la puerta del baño de una de las habitaciones que permanecía abierta.

Ya en recepción, pagó su cuenta, pidió un taxi y se dirigió a casa de su tía.

Inmediaciones de la casa de Alberto. Domingo por la mañana.

Alberto llegó a su calle sumido en sus pensamientos, de los que lo sacaron los periodistas que estaban parapetados en el portal de su casa. Se le echaron encima cuando salió del taxi, poniendo delante de su boca micrófonos y cegándolo con los flashes de las cámaras, que disparaban tan furiosas como si estuvieran en medio del desembarco de Normandía.

—¿Qué tiene que decir en su defensa?

La pregunta de la becaria de turno fue la más nítida que escuchó entre todas las voces que se le echaron encima, pero le pilló con el pie cambiado. No sabía a qué se refería.

—¿Perdón?

—¿Qué opina sobre los rumores que lo acusan del asesinato de Lucía Vega? —insistió un joven cuyo micrófono llevaba el logotipo de una importante cadena de radio.

La sangre de Alberto dejó de circular por su organismo. ¿Lucía, asesinada? Las piernas se negaban a obedecer órdenes y tuvo que hacer un esfuerzo titánico para que lo mantuvieran en pie.

—No sé de lo que me está hablando, ¿le ha pasado algo a Lucía? —preguntó, blanco como la pared encalada de un cortijo andaluz.

—Ha aparecido asesinada en su apartamento...

A la periodista no le dio tiempo a terminar su discurso. Un coche camuflado de la policía, estacionado en la puerta desde hacía más de media hora, dejó salir de su interior a dos hombres de paisano, que se identificaron como inspectores de homicidios. Veloces, se dirigieron a Alberto y casi lo arrastraron dentro del portal.

—Acompáñenos, por favor —dijo uno de ellos con autoridad.

—¿Qué ha pasado?

—Eso es lo que trataremos de averiguar, ¿podemos hablar en su casa?

—Sí, claro.

En el fondo Alberto se alegró de que aparecieran aquellos dos tipos que lo libraron del acoso mediático a golpe de placa. No se había fijado a qué cuerpo pertenecían, tampoco llevaban un uniforme que le sirviera de orientación, pero en esos momentos le daba lo mismo. Solo quería atravesar la puerta y librarse del jaleo que había convertido en palcos de teatro las ventanas de sus vecinos.

En pocos minutos estaba sentado en el salón de su casa, en uno de los sofás, con los dos policías mirándole desde el otro. El silencio se instaló entre ellos durante unos instantes, en los que a Alberto le pareció que ya había coincidido con uno de ellos en alguna parte. Años atrás había protagonizado una película en la que su papel de policía le había llevado a compartir horas de comisaría con policías reales, y pensó que quizá la casualidad hubiera querido que uno de ellos, tiempo después, acabase en su casa interrogándolo como sospechoso de asesinato. ¿Era sospechoso? Esto no podía estar pasando.

—Perdonen, no les he preguntado si quieren tomar algo —dijo, más para tranquilizarse que por ser cortés con los agentes. Las palabras «asesinato» y «Lucía» daban vueltas por su cerebro, incapaces de ajustarse a una misma frase sin provocarle un terrible dolor en el alma, y trataba de distraerlas con lo primero que se le ocurriera.

—No se preocupe, no es necesario —contestó el más alto—. Mi nombre es José Luis Pedraza, inspector de la unidad de homicidios de la Policía Nacional, y mi compañero es Félix Cebrián, subinspector. Estamos aquí para hacerle algunas preguntas. Ya se habrá enterado del asesinato de su... ¿novia?

—Pues no, acabo de saberlo por los periodistas de la puerta y créanme que estoy desconcertado. Me está costando aceptar que es cierto. Ayer me despedí de Lucía y estaba perfectamente...

—Perdone un momento —dijo el subinspector Cebrián sacando el móvil y poniendo en marcha la función de grabadora—. Nuevas tecnologías, ya sabe. Empiece cuando quiera.

—Les digo que ayer me despedí de Lucía en la fiesta.
—¿No acompañó a su novia a casa? —preguntó Pedraza.
—No, ella se quedó más tiempo. Yo estaba cansado, llevamos varios días de promoción y de evento en evento...
—¿Es normal que su novia se quede sola en las fiestas? —dijo Pedraza interrumpiéndole bruscamente.
—Sí, no, no sé..., a veces nos íbamos juntos, otras no...
—Pero, ¿no era su novia? —La pregunta de Cebrián exigía decidir si iba a mentirle al inspector. Pensó que no era el momento de embarcarse en más invenciones. Al fin y al cabo, la policía estaba investigando un asesinato: el asesinato de Lucía. No podía ser cierto lo que le estaban contando, que su amiga estuviera muerta y no fueran a hablar nunca más. La última vez que la había visto se habían despedido como si fueran a volver a verse enseguida, sin darle más importancia a un adiós que para ellos era, como siempre, un «hasta luego».
Alberto escondió el rostro entre las manos, tratando de serenarse delante de los policías. No quería echarse a llorar aunque no le faltaban ganas.
—No era mi novia en realidad —confesó nervioso—. Fingíamos una relación para que la película obtuviera la atención de la prensa sin que la productora se tuviera que arruinar en publicidad.
—Así que era por eso...
La sonrisa de Pedraza no le gustó nada a Alberto, dadas las trágicas circunstancias que le habían sentado en su sofá.
—No es ilegal —se defendió—. Además, ninguno de los dos tiene pareja, así que tampoco es para tanto. Un poco más de espectáculo, que es a lo que nos dedicamos.
—Algo turbio, reconózcalo —dijo Cebrián, volviendo el teléfono hacia sus labios cuando pronunciaba estas palabras.

—¿Y qué hay del embarazo? —preguntó casi al instante el inspector Pedraza.
—¿Qué pasa con eso? —Alberto se sorprendió de la cantidad de información rosa que manejaban los agentes. Debían haberse empapado en internet o en los programas de cotilleos en cuanto supieron que les habían asignado el caso.
—Se sentirá fatal, al saber que también ha perdido a su hijo, aunque se rumorea que no es el único que está usted esperando.
—¿Perdón? —La confusión del actor aumentaba por minutos.
—Se dice que hay otra actriz que también espera un hijo suyo, una con la que discutió en la fiesta anoche. Puede que a ella le interesase quitarse de en medio a la señorita Vega.
—¡Pero…!
Gustavo estaba en lo cierto, había otro rumor que le afectaba.
—Y la otra chica, ¿de cuánto está? —preguntó Cebrián.
—¿Es este embarazo anterior al de Lucía o posterior? —preguntó Pedraza.
Alberto no entendía el atípico interrogatorio. No parecían demasiado preocupados por el asunto que les había llevado en realidad, aclarar las circunstancias de la muerte de una de las estrellas de cine más importantes del país. Ni siquiera le habían contado cómo había sido el asesinato de Lucía y ahí estaban, tratando de sacarle información sobre su otro presunto desliz, como si dieran por sentado que entre ambas historias había una conexión.
—Si no les importa, ¿me pueden decir cómo ha muerto Lucía?
—Asesinada —contestó Pedraza al instante.
—Ya, asesinada, eso me lo han dicho. ¿Cómo? ¿Cuán-

do? ¿Por qué? ¿Quién ha sido? —fue diciendo mientras elevaba el tono de voz.

—Este..., apuñalada —dijo el subinspector—. A eso de las cinco de la madrugada, según ha dicho el forense que le ha practicado la autopsia.

—¿Tan rápido lo saben? ¿Ya le han hecho la autopsia? —Alberto se revolvió al imaginar el cuerpo de Lucía cubierto de las cicatrices que deja en un cadáver una exploración de ese tipo. Se acordó de las series de televisión en las que se investigaban asesinatos, donde la sala de autopsias tenía siempre escenas relevantes, y el estómago le dio un vuelco. Si hubiera pasado menos tiempo desde que había comido por última vez, quizá habría acabado vomitando.

—Ha sido todo muy rápido, como es famosa...

El teléfono fijo de la casa interrumpió la última frase del policía. Alberto se disculpó antes de levantar el auricular. No tenía ganas de hablar con nadie, menos si se trataba de algún medio de comunicación que quería saber detalles del fallecimiento de la actriz. Pero necesitaba urgentemente un respiro, dejar que se marchasen de su mente las truculentas escenas que imaginaban a un tipo vestido de verde con el hígado de Lucía Vega en la mano, pesándolo en una báscula e indagando en él, por si encontraba pruebas concluyentes que lo condujeran al asesino de la chica.

—¿Diga?

—Alberto, soy yo.

Por segunda vez en muy pocos minutos, la sangre de Alberto decidió por su cuenta no seguir el recorrido en el organismo. O estaba muy tonto o aquella que le hablaba era... ¡Lucía!

—¡Eh...! ¿Dónde estás?

—En casa, ¿dónde quieres que esté a estas horas?

—Ya, que tontería..., verás, es que tengo un problema y no podemos hablar mucho rato.

—Bueno, no te voy a entretener. Solo quería recordarte que esta noche tenemos una entrevista en la radio. Me va a venir bien, anoche los zapatos que me puse me hicieron un montón de rozaduras y hoy me apetece descansar de tacones. ¿Sabes lo que está contando la prensa ahora? —Parecía muy divertida.
—Sorpréndeme.
—Dicen que has dejado preñada a la actriz sudamericana que se presentó ayer en la fiesta. ¡Me parto! Son gente muy imaginativa estos periodistas.
—Algo he oído. Te voy a dejar, creo que tengo que solucionar una cosita en casa.
—No te pases con Víctor, es solo un crío.
—Esta vez, aunque sea una excepción, me temo que no ha sido él.

Dejó con parsimonia el aparato en el mueble, mirando con detenimiento a los dos policías. Desde que habían entrado en su casa le habían parecido un poco raros. No sabía demasiado de la Policía, pero una de las cosas que tenía claras era que había que tener una estatura determinada para entrar en el cuerpo, característica que Pedraza no cumplía ni por asomo. Eso o que hubiera encogido en algún momento de su vida, lo que parecía poco probable.

—Perdonen, agentes —dijo con la seguridad que le daba saber que Lucía respiraba, a pesar de que ellos afirmasen que le habían hecho la autopsia—. Acabo de recordar que tengo un primo que es policía, está destinado en el Distrito Centro. Voy a llamarle antes de que sigamos con todo esto. Es también abogado, ya saben, últimamente la gente estudia una cosa y acaba haciendo oposiciones de otra diferente para ganarse la vida. Me van a perdonar, pero es la primera vez que me veo involucrado en un interrogatorio en el que se investiga el asesinato de alguien próximo y me parece que necesito algo de apoyo, tanto profesional como familiar. Quién mejor que él, que reúne en su persona ambas cosas.

A su gesto de levantar de nuevo el teléfono respondió Cebrián con la velocidad de un pistolero del lejano Oeste.

—No se moleste, por nosotros está todo, nos vamos. Si lo necesitamos en las próximas horas, volveremos otra vez. Manténgase localizable.

—Tranquilos, lo estaré. No me pienso ir a ninguna parte.

Los dos hombres abandonaron la casa y Alberto se precipitó hacia la ventana. Los fotógrafos seguían allí, de guardia, pero si Lucía estaba viva no entendía ese despliegue. Tardó dos minutos en comprender: los mismos dos minutos que emplearon los supuestos policías en pagar a los falsos periodistas de la puerta. Entonces Alberto recordó de pronto que la cara de Cebrián, el que le había sonado familiar, la había visto, la noche anterior: en la fiesta.

Era uno de los fotógrafos de Raúl Gil.

—¡Mierda!

Acababa de desmentir su noviazgo con Lucía y el embarazo de esta, y lo tenían todo grabado. Si consideraba que era malo mentir, esto que había hecho complicaba las cosas mucho más. Toda su credibilidad se iría al garete si no pensaba pronto en algo.

Marcó el móvil de Gustavo.

—Gus. Creo que ahora sí tenemos problemas.

TOMA 12

Casa de Gigi. Domingo por la mañana.

La tía de Rocío se llamaba Gisela del Carmen, una combinación que a su madre debió parecerle preciosa el día de su nacimiento y con la que bautizó a la criatura, causándole el primer trauma de su vida. Si a lo inusual del primer nombre se le sumaba la estrambótica combinación —habían incluido el de la abuela paterna para no causar un conflicto familiar—, el resultado eran las constantes burlas que había sufrido en el colegio cuando era una criatura en Grimiel. Por eso, en cuanto la vida le dio una oportunidad para escaparse del pueblo agarró una maleta, diez mil pesetas de las de entonces y se plantó en Madrid, donde encontró su nombre verdadero, ese con el que cada uno se siente cómodo e identificado, y un trabajo en un herbolario. Desde que llegó a la capital era Gigi, y desde que nació Rocío, su única sobrina, la tía Gigi.

Gigi se aproximaba a los cincuenta, pero ni su forma de vestir ni sus maneras, ni tampoco la vitalidad que rezumaba, hacían sospechar a quien se la encontraba por primera vez que estuviera más allá de los cuarenta. Cuidaba mucho su alimentación, esquivaba la química con empecinamiento y no se sabía si por eso o por alguna cuestión de índole genética, las arrugas habían tenido a bien esperar algún tiempo más para hacer acto de presencia en su rostro y sus manos.

Cuando llegó Rocío, Gigi acababa de regresar de su sesión matutina de yoga. Hacía años que el herbolario había pasado a ser de su propiedad y utilizaba el sótano para impartir clases de yoga y pilates. Esto se había convertido en su verdadera fuente de ingresos, relegando el herbolario a un segundo plano.

—¡Cariño! ¿Cómo estás? —Saludó con dos besos en las mejillas, de los que no tienen miedo de dejar rastros de maquillaje, porque esa era una de las cosas de las que Gigi huía siempre. Según ella, estropeaba la armonía del rostro y ocultaba la verdadera belleza.

—He estado mejor —dijo Rocío lacónica, mientras soltaba el asa de la maleta.

—Ay, amor, ya me ha dicho tu madre lo que ha sucedido. Y menos mal que se le ha ocurrido llamar, porque como no veo la televisión no me había enterado de nada. Estaba preparando un viaje.

—Tía, quizá no haya venido en buen momento. —Volvió a agarrar la maleta, haciendo amago de marcharse.

—¡De eso nada! No era importante, unos días de meditación que pueden esperar. —Guiñó un ojo, sonriente.

—¿Cómo me ha podido pasar esto, tía Gigi?

—Pues vamos a pensar en que es cosa del destino, que no quería que alguien tan especial como tú se marchitase en un sitio tan triste como Grimiel.

Esa era otra de las cosas que la caracterizaban: el poco apego que le tenía a su lugar de origen se transformaba en comentarios despectivos en cuanto veía la ocasión. No había vuelto en más de diez ocasiones y siempre empujada por las circunstancias: bodas, bautizos o funerales. Se alegraba infinitamente de no verse obligada a una nueva visita con motivo de la boda de su sobrina.

—Pero yo quería eso. Me iba a casar, tía Gigi…

—¿Cuántos años tienes?
—Veinticinco.
—Bien, calculo que dentro de diez te estarías arrepintiendo de haberte atado con el pescadero.
—Óscar, tía. Se llama Óscar.
—Bueno, Óscar, si quieres. El mundo es demasiado hermoso como para perdérselo, y en Grimiel las fronteras están muy cerca.
—No eres nada objetiva, tía Gigi —dijo Rocío.
—Probablemente, pero de algo estoy segura: lo que te ha pasado, eso que ahora te parece tan terrible, no es más que el principio de algo mejor.
—¿Tú crees? —preguntó Rocío con desconfianza.
—Estoy segura.
La condujo hasta el salón y con un gesto la invitó a tomar asiento.
—No, no, perdona. No te sientes ahí. Mejor aquí.
Rocío no veía ninguna diferencia entre las dos butacas que le parecieron exactamente iguales, pero obedeció a su tía, aunque dejando que su rostro mostrase el desconcierto.
—Es que ese sofá está orientado según la filosofía del Mikj Giplo.
—¿Eh? —Las palabras que salieron de la boca de Gigi sonaron muy extrañas en los oídos de Rocío. Como si su tía, en lugar de hablar, hubiera preparado la garganta para escupir consonantes.
—Es largo de contar, pero, resumiendo, logrará que las malas energías de tu esencia se vayan diluyendo poco a poco. Ya verás, en un suspiro estarás perfecta. Curada del todo.
Soltó la parrafada tan segura que a Rocío le entraron ganas de hacerse fan de la filosofía extraña de la que hablaba su tía, aunque nunca se hubiera planteado nada similar.
—No estoy enferma, tía Gigi.

—Cuando es el corazón el que sufre un daño, estás mucho más enferma de lo que crees, preciosa. ¿Un té?

¿Por qué no? Un té, una tila o una botella de Rioja, le daba lo mismo. El nudo que tenía en el estómago necesitaba diluirse con algún líquido y no tenía claro cuál sería el que mostrase más eficacia. Podía ir probándolos todos y quizá en algún momento acertaría.

—Sí, gracias.

—Ahora mismo te lo traigo.

Mientras su tía se dirigía a la cocina, Rocío cerró los ojos y apoyó su cabeza en el respaldo de la butaca. Respiró profundamente un par de veces, tratando de reorganizar sus ideas, y Alberto se instaló cómodamente en ellas. Si no abría los ojos volvía a rememorar su silueta en la puerta de la habitación e instantes después volvía a sentir el cosquilleo que le habían provocado sus besos y sus caricias.

En la intimidad que ofrecen los pensamientos, ahí donde nadie puede espiarnos, se dejó llevar por las sensaciones de aquella mañana. Recreó en su mente cada uno de los instantes vividos con él y maldijo el sonido del teléfono, que se había llevado la oportunidad de saber dónde hubiera sido capaz de llegar.

La vida brinda a veces oportunidades que nunca más se vuelven a repetir.

—¿Tienes sueño? —le preguntó su tía, que llegaba con un té entre las manos.

—Un poco —mintió.

—Esto hará que te recuperes, me tienes que contar qué fue lo que pasó para que hayas tomado la mejor decisión de tu vida.

Le apretó el brazo en un gesto cómplice mientras Rocío suspiraba. Tía Gigi nunca iba a cambiar de idea con respecto a Grimiel.

***

Casa de Alberto. Domingo por la mañana.

Lucía llegó al apartamento de Alberto media hora después de su conversación telefónica. Él la había vuelto a llamar pidiéndole que se acercara lo más rápido posible a su casa, porque necesitaba solventar una crisis urgente. La premura en su voz hizo pensar a la actriz que aquello era más importante que un simple capricho y se sacudió la pereza. Se vistió por primera vez en mucho tiempo sin preocuparse del atuendo, se maquilló levemente y, en un taxi, recorrió las cuatro manzanas que los separaban. Caminar por la calle no era precisamente fácil para ella, sus paseos se veían siempre interrumpidos por personas que la reconocían y, aunque tuviera que ir a un lugar relativamente cercano, hacía uso de un taxi de manera inexcusable. Lucía conocía a la mitad de los taxistas de Madrid.

—Bueno, pues ya estoy aquí, ¿me cuentas qué pasa? Aparte, claro, de eso que están diciendo de que has dejado embarazada a una actriz que no soy yo —dijo, soltando el bolso encima del sofá y sentándose en uno de los extremos.

—Lucía, no seas idiota, sabes que no es verdad —contestó molesto Alberto.

—¿Qué es verdad en todo esto? Nada. ¡Qué más da otra mentira! ¡Publicidad extra!

—¿Tú también? —Estaba bastante harto de toda aquella situación.

—Vamos, qué puede ser tan malo...

—Pues, por ejemplo, que hace un rato me han engañado como a un panoli.

—Explícate —dijo Lucía mientras se hacía una coleta con su cabello, poniéndose cómoda en el sillón.

—He llegado a la puerta de casa y estaba llena de periodistas. Pensé que me iban a preguntar por la actriz extranjera, por la que apareció en la fiesta, pero no. Era de ti de quien me hablaban.

—¿De mí? A ver —sonrió ella—, ¿y qué era esta vez? ¿Ya saben el sexo del bebé? —Se tocó la barriga bromeando.

—No, me han dicho que habías aparecido asesinada.

—¡Esto se pone interesante! —dijo Lucía sonriente.

—No te rías, me han dado un susto de muerte —bufó Alberto, que tenía muy poco humor para las bromas esa mañana.

—Bueno, pero ya está, solo era un falso rumor... ¡Estoy viva! ¡Tócame si no te lo crees!

—No seas idiota, no he acabado. De pronto han aparecido dos tipos, me han dicho que eran policías de paisano. Querían hablar conmigo.

—¿Policías?

—Espera. Han subido a casa y han sacado un móvil, para grabar la conversación. Me ha parecido raro, pero yo qué sé, la policía se moderniza, ¿no?

—Supongo.

—Me han empezado a hacer preguntas y como he creído que estabas muerta... les he dicho la verdad, que nuestra relación era una farsa de cara a la prensa... Y cuando estaba en ello me has llamado tú.

—¿Y?

—¿Me estás escuchando? Lo primero, ha estado a punto de darme un infarto cuando te he oído y lo segundo, ¡no eran policías, sino periodistas buscando una noticia, y se la he puesto en bandeja!

—Joder, Alberto, ni que fueras nuevo —dijo ella sin dejar de sonreír.

—Ya ves. No lo seré, pero lo parezco. Y no te rías, esto no tiene gracia.

—Perdona. ¿Y ahora qué?

—Estoy esperando a Gustavo, a ver qué se le ocurre, y por eso te he llamado a ti, a ver si entre los tres...

Sonó el timbre en ese instante, interrumpiendo la conversación.

—¡Ya voy yo! —gritó Víctor. Estaba en su cuarto, deseoso de encontrar alguna excusa para salir y unirse a la charla de los adultos.

Gustavo entró en la casa y enfiló directamente hacia el salón. Llevaba el móvil pegado a la oreja, agotando los últimos segundos de una comunicación que le estaba poniendo muy furioso. Colgó y se quedó mirando a Alberto.

—¡Tú eres gilipollas! —El saludo no fue lo que se dice afectuoso.

—¿Qué tal, Gus? ¡Buenos días! —saludó Lucía con bastante ironía.

—Hola, Luchi. El gilipollas es este, no tú. —Le dio dos besos para compensar su torpe entrada en escena.

—Me lo imaginaba. ¿Qué noticias traes?

—Pues el lío que se está formando es monumental. Todo el mundo habla de nuestro chanchullo y estamos quedando fatal por culpa de este bocazas.

—Yo no sabía que esos dos eran periodistas. —Se defendió Alberto.

—Te lo podías haber imaginado, pareces tonto.

—No, no me lo imaginé. Te recuerdo que me acababan de contar que Lucía había sido asesinada, entiende que estuviera afectado. ¡Cualquier persona normal lo estaría! ¿Qué están diciendo ahora?

—Juzga tú.

Le entregó su móvil. En la pantalla aparecía una noticia sobre Alberto Enríquez. El titular no podía ser más sensacionalista: Alberto Enríquez se las tira de tres en tres. El texto tampoco se quedaba atrás. La revista digital de dudoso gusto especulaba con la relación que unía a Alberto Enríquez con la actriz Carla Duarte. Entre una maraña de datos inventados sobre el momento y el lugar donde se conocieron, aparecía la foto que hizo Cristian de

Rocío, y el periodista dejaba caer que Alberto mantenía hasta hacía poco tiempo un idilio con Carla en el que se había cruzado la mujer a la que seguían llamando «la desconocida».

La productora, conocedora del mal carácter de la actriz sudamericana —algo que a todas luces se habían inventado— y su afición por acudir a programas del corazón a airear sus intimidades, había decidido fingir una relación entre Lucía Vega y Alberto Enríquez que, además de beneficiar a la película, cortaría de raíz el escándalo que estaba dispuesta a montar en cuanto se encontrase a la chica de las fotos. El embarazo de Lucía, según habían podido constatar hablando con ella en persona, era completamente falso, una invención de Raúl Gil.

—Yo no he hablado con nadie, para empezar —dijo Lucía—. Y ya puedo llamar a Raúl ahora mismo si no quiero que se enfade conmigo para siempre. No me gustaría tenerlo como enemigo...

—No te preocupes por eso, Raúl sabe que es mentira —dijo Gustavo.

—¿Cómo estás tan seguro? —preguntó Lucía.

—Porque él fundó hace años esta revista, recuerda, y al final lo acabaron echando. Por eso han puesto que el rumor salía de él.

—¡Es que salió de él! —gritó Alberto furioso.

—No te alteres. —Lucía intentó tranquilizarlo.

—¿De dónde sacan toda esta mierda? —preguntó Alberto.

—Tienen que rellenar espacios, cuando no hay noticias se las inventan, y cuando las hay las agrandan todo lo que pueden. Sin más. Cuanto más estrambóticas o morbosas, más visitas acumula la página en cuestión y más posibilidades de obtener ingresos por publicidad —aseguró Gustavo.

—Cojonudo, soy una fuente de ingresos por todas partes.

—Vende mucho más la polémica que las buenas noticias —dijo Lucía.
—Lamentablemente —remató Alberto.
—Me parece que en la entrevista de esta noche vas a hablar más de esto que de otra cosa —vaticinó Gustavo.
—Pues ya me dirás tú qué digo, porque esto que cuentan no tiene ni pies ni cabeza… —dijo Alberto.
—Tú eres el que ha armado este follón, tú lo arreglas —contestó Gustavo.
—¿Yo? Perdona, el que lo ha embarullado todo ha sido quien ha escrito esto y ese retrasado de Cristian, que no sé para qué se tuvo que tomar la libertad de hacer fotos por su cuenta e inventarse una historia para venderlas. En cuanto le pille le voy a partir la cara.
—Seguro —dijo Lucía—. ¡Das un miedo…!
—Tú deja de reírte, que tienes bastante culpa.
—¿Yo? ¿Ahora qué he hecho? —preguntó ella.
—No querer salir a la calle en Grimiel y permitirle a Cristian que pensase por su cuenta. Tú sabías desde el principio… —dijo Alberto.
—Un momento —dijo Gustavo—, ¿tú estabas al tanto de todo desde el primer momento, Lucía?
—Ya ves. No salí del hotel porque sabía que Cristian estaba esperando fuera. Alberto me lo dijo.
—¿Y tú para qué se lo cuentas? —dijo dirigiéndose al actor.
—¡Yo qué sé! Que me ha dado por suicidarme laboralmente…
—Joder, chaval —dijo de pronto Víctor, que estaba presenciando toda la escena en silencio desde la puerta del salón—, para que luego digan que los adolescentes la liamos.
—¡Víctor! ¡Vete a tu habitación! —le gritó Alberto enfurecido. Lo que le faltaba para que el desastre adquiriera tintes de hecatombe era que Víctor aplicase a todo el tema la imaginación que le faltaba para aprobar los exámenes de literatura.

—Sí, hombre. ¿Y perderme el espectáculo? ¡Ni loco!
—Se quedó parado en la puerta del salón, sin intención de moverse de allí.

—¿No deberías estar en el instituto? —preguntó Alberto.

—¿En domingo? No acostumbro a ir, el conserje no va tampoco y para quedarme en la puerta...

—Víctor, no estoy para bromas, vete de aquí, por favor.

—Vale, si me lo pides educadamente me largo, pero que sepáis que estáis todos fatal. Empezando por ti, que ya no sabes ni en qué día vives. ¿Te acuerdas aún de cómo te llamas?

—¡Largo!

La interrupción de Víctor sirvió para que todos tomasen aliento y analizasen de nuevo la situación. Para centrarse leyeron de nuevo la noticia, constatando que, además de contar estupideces, estaba tan mal escrita que dedujeron que el autor o autora era, por lo menos, hijo de la ESO.

Lucía recibió un mensaje en el móvil que iluminó su rostro. Alberto intentó espiar la respuesta, pero solo alcanzó a ver un emoticono sonriente. Rápidamente ella cerró la aplicación, guardó el teléfono y se dispuso a contarles lo que había pensado.

—A ver —dijo Lucía—, esta noche tenemos una entrevista y me temo que esto saldrá en algún momento. Tenemos que pensar qué es lo que vamos a contar.

—¿Y si desmentimos todo? ¿No sería lo mejor? Decimos que la chica de las fotos no tiene nada que ver en este lío, que el romance fue un invento, que la tal Carla no existe...

—Pues para no existir —dijo Gustavo—, ayer me pareció que estaba bastante buena. Para hacerle un favor, o dos. Debajo de ese vestido que llevaba tiene pinta de ocultarse algo muy sabroso...

Alberto miró a Gustavo enfurecido. No le hizo gracia el comentario sobre Rocío. Lo sintió como una patada en el estómago y tuvo que echar mano de su control mental para no partirle la cara. Por un instante, las palabras de Gustavo se transformaron, en su cabeza, en manos que recorrían la suave piel de Rocío, y se alteró por encima de lo que él mismo estaba dispuesto a admitir.

—Lo único que se puede hacer es desmentirlo y contar la verdad de una puta vez.

—Claro, Alberto —dijo Gustavo—, como casi no hemos mentido esta vez nos creerán a pies juntillas. ¡Hay que pensar algo mejor!

—Yo no quiero seguir con todo esto —dijo el actor. Empezó a pasear inquieto por el salón. Si antes estaba confuso, si no era capaz de pensar en algo que les permitiera salir airosos del follón, lo que sentía ahora había acabado de fundirle la última de sus neuronas sanas.

—Pues no te queda más remedio.

—Sí me queda, Gustavo, me puedo largar a la otra punta del mundo hasta que se olviden. Seguro que en poco tiempo se inventan la manera de joder a otro.

—Tienes un contrato que cumplir.

—¿Y si no quiero? —bramó.

—Te cargarás tu reputación del todo como actor y entonces sí que te puedes ir olvidando de volver a trabajar.

—Creo que después de este embrollo no voy a salir bien parado de ninguna de las maneras. Desde luego, no sé por qué te hago caso.

—¡Porque eres subnormal! —gritó Víctor desde la cocina.

—¡Cállate, por favor, no toques los cojones tú también!

Lucía seguía pensando, ajena a las especulaciones de Gustavo y Alberto. Había permanecido silenciosa y le dio tiempo a elaborar un plan.

—¿Y si llamamos a Carla?

—¿A Carla? —preguntó el agente.
—Sí, Gustavo. Podemos decir que... que Carla es realmente su pareja, pero que nos inventamos nuestro noviazgo porque ellos no querían que se supiera todavía. Al menos, no hasta que se acabase la promoción de la película. Que todo eso que dicen, que es una oportunista, se lo han inventado en la revista. Sabes que no tiene demasiado crédito.
—¿Y por qué no iba a querer una actriz desconocida que se la relacione con Alberto Enríquez? ¡No tiene ninguna lógica! Muchas matarían por ello.
—Porque ella tiene algo que ocultar. Por ejemplo, que acaba de terminar con su novio y aún este no sabe quién es su nueva pareja. La idea de fingir que tú y yo tenemos un romance... me la puedo atribuir yo porque... ¡Soy amiga íntima de Carla! Podría ser, ¿no?
—Primero, no sabemos dónde está esa Carla y, segundo, ¿quién sería ese novio con el que acaba de cortar? Debería ser alguien que comprometiera de alguna manera a los dos, a ella y a Alberto, tanto como para que lo quisieran ocultar a toda costa.
—Tú.
Gustavo se quedó clavado en la silla.
—¡Yo he organizado este lío! ¿Quién se va a tragar eso, Lucía? —dijo Gustavo.
—La prensa no lo sabe, ¿verdad?
—Es una idiotez, no vamos a encontrar a Carla.
Alberto no sabía cómo localizar a Rocío ya, del mismo modo sabía que aquello que planteaba Lucía no iba a ser factible. Para esa noche podrían contar la historia pero Rocío, después de lo que le había hecho, no iba a prestarse a ayudarlo a salir del embrollo.
—Si lo contamos —dijo pensando en todos los ángulos de la historia—, tendré que despedirte, Gustavo.
—¡Encima!
—¡Claro, es genial! —dijo Lucía.

—A mí no me parece genial quedarme sin trabajo, Lucía —se quejó Gustavo.
—¡Te lo mereces! —canturreó Víctor desde la cocina.
Alberto se levantó y cerró la puerta del salón para evitar las intromisiones acústicas de la mosca cojonera que era su hermano pequeño.

Casa de Gigi. Domingo a mediodía.

Rocío colocaba sus cosas en la habitación prestada por la tía Gigi. Estaba decorada con montones de diplomas enmarcados, agrupados de tres en tres, obtenidos por Gigi en los cursos a los que periódicamente asistía. Había algunos que la convertían en experta en masajes y otros que la capacitaban como guía de meditación.
Nada más entrar en el cuarto provocaba una sensación curiosa por la extraña disposición del mobiliario. Rocío enseguida fue informada por Gigi de que tenía su explicación en una filosofía oriental de las muchas en las que ella creía. La cama estaba colocada a lo largo de la pared, con una vista clara de la puerta, según su tía para aportar serenidad y tranquilidad al que la ocupase, y la presencia sobre ella de un peluche no era aleatoria. Representaba el animal que se correspondía con el año de nacimiento de la tía, pero le comunicó que, en cuanto averiguase cuál era el de ella, lo remplazaría para que la protegiera con más eficacia.
Sobre el escritorio había una gran piedra de cuarzo para mejorar la capacidad de concentración. Un tazón morado sobre la mesita cumplía la función de hucha y le indicó que debería rellenarlo cada día con las monedas sueltas que encontrase en sus bolsillos. Ante su cara de sorpresa le dijo que eso atraía el dinero y la haría despreocuparse por el tema económico.

—Seguro que encuentras trabajo en un momento si lo haces.

Lo dijo tan convencida que Rocío dejó los céntimos que llevaba en su bolsillo al instante. Quería ser independiente económicamente cuanto antes, aunque eso incluyera hacerse creyente de golpe de cualquier filosofía de nombre impronunciable.

Una planta de bambú, con su tallo retorcido y cuatro hojas, descansaba en un jarrón de vidrio al lado de la piedra y del tazón. Las paredes, pintadas de azul, recordaban al cielo en un día claro y, aunque no estaba segura de que todas las teorías de su tía sirvieran de algo, y mucho menos mezcladas, el caso es que proporcionaba mucha calma al espacio.

El armario, sin embargo, era de lo más normal, y la tía Gigi se había molestado en dejar un gran espacio para que colocase su ropa. Cuando la mujer abandonó el cuarto fue vaciando la maleta y colgando en las perchas la ropa. Cada gesto iba acompañado de un recuerdo que le producía un dolor insoportable. Se acordaba del día en el que había estrenado aquella camisa y lo bien que lo había pasado con Óscar, o del momento en el que había comprado tal vestido para darle una sorpresa a su novio. Ninguno de aquellos recuerdos le hacía bien. Sabía que la extraña situación en la que se había visto envuelta y la reacción de su pareja la obligaban a sacudirse el pasado.

Sin embargo, su corazón todavía se aferraba a la esperanza de que él volviera, al menos para pedirle perdón por haber sido tan cruel con sus palabras. Quería que algo mágico borrase los últimos días que tanto habían cambiado su tranquila vida. Soñaba despierta con que el teléfono le trajera un mensaje en el que se abriera un camino sin tantos baches como veía en el que transitaba ahora.

En ese momento empezó a buscarlo, pensando que quizá se le había pasado escuchar el aviso. Revolvió su bolso, volvió a mirar en la maleta, revisó los bolsillos del abrigo y, asustada, supo que hacía horas que no escuchaba la entrada de un mensaje porque no lo tenía con ella. Salió de la habitación, por si en un descuido se lo había dejado en el salón.

—Tía Gigi, ¿has visto mi móvil?
—No, no lo he visto.
—Es raro, no lo encuentro.
—Bah, muchísimo mejor. Las ondas que emiten esos cacharros no son nada buenas para tu cerebro. Desde que todo el mundo tiene móvil mira cómo estamos, medio locos. Alégrate de haberlo extraviado. Será mejor para tu karma..., ¿o no era el karma? Ay, tantas cosas en la cabeza a veces se me mezclan... —Siguió hablando sola mientras se dirigía hacia uno de los baños con unas barritas de incienso encendidas. Una vez hecha la limpieza de los sanitarios tocaba limpieza del aire para dar por concluida la tarea.

Pero Rocío no se alegraba en absoluto. ¿Dónde lo había visto la última vez? Recordó que lo había lanzado sobre la cama del hotel. Con las prisas por dejar la habitación después de que saliera de ella Alberto, seguro que se había olvidado de cogerlo. Buscó el cartón donde se guardaba la tarjeta que hacía de llave, del que no se había deshecho, y localizó el teléfono del establecimiento. Después de hacer una llamada desde el teléfono fijo de su tía, constató que allí nadie sabía nada de su móvil.

TOMA 13

Casa de Alberto. Domingo a media tarde.

El plan de Lucía no se sostenía, los agujeros resultaban más que obvios y por ellos irían atravesando problemas tarde o temprano. Más temprano que tarde, ya que la entrevista radiofónica de esa misma noche iba a ponerlos a prueba, pero era lo mejor que se les había ocurrido. Deberían sortear el campo de minas que habían sembrado y tratar de que ninguna de las mentiras les explotase en la cara.

Alberto pensó que le encantaría irse de vacaciones a la Antártida. Seis meses por lo menos.

En cuanto despidió a Lucía y Gustavo y se quedó solo en casa, se dejó caer en el sofá, agotado. El encuentro con Rocío en el hotel, la visita de los falsos inspectores a su casa informándole de la muerte de Lucía, la noticia absurda publicada por el diario digital y la necesidad de inventar una película en media hora, que encima debería pasar por algo real, se habían llevado por delante toda su energía. Estaba dudando entre tomarse un ibuprofeno o un whisky bien cargado, cuando su hermano pequeño entró en el salón.

—¿Qué hay de comer? —preguntó Víctor, mientras ponía la televisión en un canal de música a un volumen solo apto para los que necesitan audífono.

—¿Comer? —preguntó Alberto, arrebatándole el mando y bajando el sonido en un nivel más soportable.

—Tú verás, hace tiempo que pasó la hora. ¡Lo que habláis los mayores, total, para no decir nada más que chorradas! Yo por lo único que quiero cumplir años es para que me dejes salir hasta la hora que me dé la gana, porque para acabar como vosotros mejor me quedo como estoy.

—Mira, Víctor, pídete una pizza o lo que quieras, yo no tengo hambre. ¡Y déjame en paz!

—Normal, si es que no dejas de meterte en líos.

—¡Mantente al margen!

—Mira que hablas raro, deberías no creerte tus personajes. ¿Mantente al margen? Nadie dice eso, dicen «no te metas», o «saca tu culo de mis asuntos»...

—Víctor, no estoy para tus tonterías —lo cortó Alberto, hastiado de sus bobadas.

—Mientras me des de comer... —dijo, encogiéndose de brazos.

Alberto, consciente de que con su hermano adolescente hambriento no iba a tener un minuto de paz así como así, sacó el teléfono para llamar a la pizzería de la esquina. Empezó a buscar el número y se extrañó cuando al marcar la P no aparecía. Lo usaba demasiado a menudo para no estar seguro al cien por cien de que lo tenía memorizado. En cambio, otros nombres ajenos a su vida iban desfilando en orden alfabético. Al principio no entendía qué le podía haber pasado al móvil, pensó que el dependiente de la tienda no le había transferido su agenda sino la de otro, hasta que se fijó en que el aparato tenía un golpe en una esquina. Le dio la vuelta y observó que no era nuevo, lo que aumentó su estupor.

—Joder, chaval —dijo Víctor—, lo estás mirando como si jamás hubieras tenido un móvil en la mano.

—Es que creo que no es el mío. —Se palpó los bolsillos y encontró el otro teléfono, el que se acababa de comprar. Con uno en cada mano aumentó su desconcierto.

—¡Pues es igualito! ¿A quién se lo has quitado?
—Tiene que ser el móvil de Rocío.
—¿Quién era Rocío?
—Tú la llamas «la chica de las fotos» —le aclaró.
—Ah, Carla Duarte... ¿Cuándo se lo has birlado?
—Esta mañana, en el hotel lo he visto encima de... —Frenó la lengua antes de confesarle al descerebrado de su hermano una información que podría usar para chantajearle en cualquier momento—. No me acuerdo.

—¡Qué habrás estado haciendo que no te acuerdas! —dijo Víctor, intuyendo que no le estaba contando todo.

—No es asunto tuyo.
—Mira —dijo Víctor cambiando de tema—, ahí tienes la solución, en la mano. Ve a buscarla otra vez, te la camelas y la convences para que siga mintiendo. ¡Es perfecto! Os ahorraría un montón de problemas.

—Justo, como casi no está enfadada conmigo... Además, se habrá ido ya del hotel. Esta mañana estaba haciendo la maleta.

—No le ha dado tiempo a irse muy lejos —razonó el adolescente.

—No tengo ni idea siquiera de su apellido. No sé cómo localizarla de todas maneras —dijo Alberto, considerando por un momento que quizá no era mala idea buscarla, y no solo para devolverle el móvil.

Víctor miró el teléfono y se lo quitó de las manos. Una idea encontró el camino de salida en su cerebro y decidió abrirle la puerta de par en par. Víctor era puro impulso.

—¿Cómo que no? —gritó entusiasmado.
—Como que no... —Alberto le quitó el aparato antes de que hiciera nada.

—Tienes su móvil.
—Claro, literal, tengo su móvil. ¿Cómo la voy a llamar

si lo tengo yo? ¿Lo cojo yo mismo y me contesto? ¿Tú eres el listo de la familia? Ah, no, tú eres el que suspende cinco.

—Eso no tiene nada que ver con la inteligencia y tú lo sabes.

—No creo que papá y mamá opinen lo mismo cuando se enteren —apuntó Alberto.

—Si te saco de este lío, ¿te ahorras informarles de la nota?

Alberto se quedó silencioso unos instantes, dejando que el ofrecimiento de su hermano adoptase otra forma en sus pensamientos que difiriera de la de estupidez, que era lo primero que se le había ocurrido. Si a las dudas les abres el semáforo verde se transforman en la salida de una carrera de Fórmula 1, así que, antes de que Charlie Whiting apretase el botón y aquello se convirtiera en un caos, se permitió un «por qué no» mental. No tenía nada que perder, salvo el poco crédito que tenían sus palabras ya en esos momentos, y, si se complicaba todo, tendría una buena excusa para rebotar a Víctor con sus padres definitivamente.

—Tú sácame y hablamos —le dijo.

—Vale. Puedes llamar a alguien y que te diga dónde está. —Se quedó tan ancho, ante la cara de circunstancias de su hermano que veía con claridad que eso no iba a ser una solución.

—Víctor, genial, llamo y digo: «oiga, mire, soy el imbécil que le ha jodido la vida a Rocío, ¿le puede decir que me llame, que además esta mañana le he robado el móvil y quiero proponerle que siga mintiendo para mí?».

—Así no, claro. ¡Tienes menos luces que una lámpara de Ikea! Y eso que eres el mayor y el responsable...

Le volvió a arrebatar el teléfono. Mientras Víctor se reía de su hermano, recorría las aplicaciones del móvil, buscando una en concreto que no tardó en aparecer. Se introdujo en un grupo de chat que tenía por nombre «Amigos» y envió un mensaje: *Hola*. En menos de un minuto entraron dos respuestas.

Carmen: *Hola, Ro.*
Vanesa: *¡Ro! ¿Dónde estás? Estoy preocupada.*

Solo titubeó unos segundos antes de contestar. Le tentó la idea de hacerse pasar por la chica y pasar un rato divertido tomándole el pelo a las dos que habían aparecido y que según el epígrafe del grupo estaba seguro de que eran las amigas de Rocío. Después se lo pensó mejor y escribió otra cosa: *No soy Ro, tengo su móvil y estoy buscando a quién devolvérselo. Soy Alberto Enríquez.*

Antes de que le diera tiempo a dar a enviar, Alberto, que había visto de refilón el mensaje, le quitó el móvil y lo borró.

—¡Tú eres tonto! ¿Quieres que todo su entorno llegue a la conclusión de que está conmigo definitivamente?

—Trae. —Se lo volvió a quitar—. Es verdad, quito lo de que eres tú.

Envió el mensaje sin la última frase.

Carmen: *¡Vaya, no sé dónde está!*
Vanesa: *Yo tampoco. No contesta a los mensajes desde hace días.*
Carmen: *Puedo preguntar a su madre, si quieres.*
Víctor: *Pregunta*, please.
Carmen: *Voy.*

Víctor fijó su mirada en la pantalla mientras esperaba la respuesta, con los dedos preparados para teclear en cuanto entrase el siguiente mensaje. Estuvo esperando varios minutos y se sobresaltó cuando el móvil empezó a reproducir la melodía del tono de llamada. Era Carmen.

—¿Qué hago? —preguntó a Alberto.
—¡Descuelga! Y pon el manos libres.

—¡Vale! ¿Diga?
—Hola —dijo una voz femenina desde el otro lado—, este... ¿tú eres?
—Víctor, y tú Carmen, ¿no?
—Sí.
—No es que sea mentalista, es que lo pone en la pantalla —bromeó—. ¿Ya sabes cómo localizo al dueño de este móvil? —preguntó, fingiendo que de verdad no sabía de quién era. Le guiñó un ojo a su hermano.
—Dueña. Ro es Rocío.
—Ah, podía ser Rodrigo. O Rodolfo... o Romualdo o Rómulo...
Alberto le dio una colleja suave para que no se fuera por las ramas.
—He hablado con su madre. Dice que está con su tía Gigi, el teléfono de ella está en la memoria.
—Gracias, la llamaré y se lo devuelvo en cuanto pueda. Debe estar muy preocupada.
—¿Dónde lo has encontrado?
—Eh... en un banco del parque —improvisó.
—Pero, ¿dónde?
—Ah, en Madrid.
—Me imaginaba que estaba allí por lo que me acaba de decir su madre. Como no contesta desde hace días estaba preocupada, pero si me dices que había perdido el móvil me quedo más tranquila. Le alegrará que se lo devuelvas.
—Me imagino. Gracias, Carmen. Por cierto, tienes una voz muy bonita, muy sensual.
—Gracias —dijo ella algo desconcertada.
—Me anoto tu número y un día de estos te llamo.
Esta vez la colleja sonó.
—Bueno..., como quieras. —Carmen se quedó tan descolocada que fue lo único que acertó a decir.
Víctor colgó antes de recibir de nuevo otro toque de su hermano.
—Tengamos la fiesta en paz, solo estaba siendo amable.

—¿Amable? Si no te paro intentas quedar con ella, y te recuerdo que, si es amiga de Rocío, será bastante mayor para ti.

—Bah, nimiedades. En unos años estará encantada de que alguien más joven le tire los trastos.

—Y ahora, ¿qué? —preguntó Alberto, ignorando a su hermano.

—Ahora quizá le parezca pronto, aunque nunca se sabe.

—¡Víctor! ¿Qué vas a hacer ahora? Deja de decir idioteces, por favor.

—Voy a buscar a la tía Gigi.

Recorrió la agenda hasta que localizó el teléfono de la tía de Rocío. Antes de pulsar para que el terminal iniciase la llamada se quedó pensando un instante en qué decir. Lo sencillo sería preguntar por Rocío y comunicarle, cuando la tuviera al otro lado, que tenía su teléfono, pero Víctor no solía elegir los caminos fáciles porque le resultaban demasiado aburridos. Alberto se empezó a temer que algo disparatado se le acababa de ocurrir cuando vio un brillo en su mirada que remató con una sonrisa.

—A ver qué haces —le advirtió.

—Shhhh, ¡cállate que me desconcentras!

Uno, dos, tres, cuatro, al quinto tono de llamada alguien descolgó el teléfono.

—¿Diga?

—Hola, buenas tardes. Mire, llamo porque ayer por la mañana no pudimos pasar a revisar la caldera. Se nos complicó un poco la cosa y lo tuvimos que dejar. Nos llamaron porque necesitaba pasar la revisión anual —dijo de manera muy convincente—, pero si no le interesa, allá usted, la multa será cosa suya, y si deja de funcionar de repente por no hacer el mantenimiento no soy yo tampoco el que va a pasar frío.

—Perdón, no sé de qué me habla.

La cara de desconcierto de Rocío combinaba perfectamente con la de Alberto, que tampoco entendía lo que pretendía su hermano. En ese momento Rocío vegetaba en el sofá de la tía Gigi, que se había vuelto a marchar a la clase de pilates dominical que tenía para los socios de la Casa de Andalucía, y se levantó de un salto, pensando que no tenía ni idea de qué decirle al instalador de calderas. Acababa de aterrizar allí y no sabía si estaba rota, necesitaba revisión o había que pagar la cuota anual de mantenimiento. Tampoco si su tía había avisado al servicio de reparación, pero no se le ocurrió dudar del interlocutor que le hablaba desde el otro lado de la línea.

—Entonces qué, ¿vamos mañana?
—Bueno... pues... sí, supongo que sí.
—Perfecto. ¿Por la mañana o por la tarde?
—Da lo mismo, creo que yo estaré aquí para abrir la puerta.
—Perdone, ¿me vuelve a repetir la dirección? Estoy pensando que, si no queda demasiado lejos, quizá pueda pasarme incluso hoy a última hora. Se pueden quedar sin calefacción en cualquier momento, con el frío que hace y, perdone, pero yo soy muy buena persona y me preocupa mucho que la gente pase frío. No me cuesta nada echar un vistazo aunque sea domingo. De todas maneras estoy de guardia en la empresa. ¿Habrá alguien?
—Sí, sí, yo estaré aquí, no voy a salir.
—¿Tienen portero automático?
—Sí.

A Rocío la conversación debería haberle parecido rara, pero en realidad no estaba poniendo atención.

—Mire, es que prefiero preguntar por una persona que decir: «¡caldera!». Cuando me equivoco me dicen cosas muy bordes. ¿Usted se llama...?
—Rocío.
—Bien, Rocío. Confírmeme la dirección y esta tarde a última hora paso.
—¿Qué hora es última hora?

—No más de las diez.
—De acuerdo, no hay problema. Anote.

Rocío mordió el anzuelo y Alberto pensó que, definitivamente, Víctor no necesitaba la ESO para buscarse la vida. Tenía tal seguridad al hablar que conseguía lo que se proponía casi sin pestañear. Mientras él se preguntaba cómo de los mismos padres podían haber salido dos personas tan distintas, Víctor había concluido la conversación y le entregaba un papel con la dirección de la chica.

—Ahí la tienes. Desconfiado.
—Joder, no sé cómo lo haces.
—Pues encanto que tiene uno...
—¿Por qué no le has dicho simplemente que tenías su móvil?
—Porque quieres verla y le vas a pedir que te ayude con la entrevista.
—¿Ah, sí?
—Sí. Y ahora, ¿me pides una pizza? Tengo hambre.

Casa de Gigi. Domingo a media tarde.

Rocío colgó, un tanto desconcertada por la llamada. Estuvo a punto de llamar a su tía a la Casa de Andalucía, pero no sabía el teléfono ni tenía el móvil para consultarlo en internet y, al mirar en el cajón bajo el teléfono fijo, el caos de papeles que la tía Gigi almacenaba era tal que desistió al instante. No quería hurgar en cajones que no eran suyos, igual que no le gustaba que nadie se metiera en sus asuntos. Pensó en su móvil y en la rabia que le daba que en esos momentos, quizá, alguien estuviera cotilleando sus fotos y sus mensajes.

El pensamiento activó otro y recordó un teléfono, las nueve cifras que, después de pulsadas, la pondrían en contacto con Óscar, y empezó a recorrer con los dedos la secuencia. Suavemente, despacito, sin atreverse a descolgar ni a ejercer una presión que transformaría el deseo de escucharlo en una realidad. Óscar había sido su compañero de años, la persona que había elegido para compartir su vida, y aún no se podía creer que todo hubiera terminado de aquella manera por un malentendido.

Abandonó.

Se refugió en el sofá, con las piernas plegadas sobre su pecho y sus manos abrazándolas, intentando recuperar el calor de esos días que eran su pasado reciente y que prometían una vida nueva. Pensó en los hijos con los que había soñado y que se habían desvanecido de pronto, en la casa que esperaba con los muebles intactos para que inauguraran un camino juntos, y unas lágrimas se posaron en sus ojos. Las arrastró, furiosa, con las rodillas, y entonces, clara, apareció la imagen de Alberto. Él tenía la culpa de todo y ella no podía evitar sentir un estremecimiento cuando se colaba en sus pensamientos. Todas las dudas lógicas antes de una nueva vida, antes de emprender un proyecto del que no sabes nada, las había ampliado con el simple contacto de sus labios. Le había mostrado que estaba equivocada, aunque le costase reconocerlo. Le odió un instante, porque sabía que tenía razón, que las palabras que le había dedicado Óscar en su último encuentro no auguraban un buen futuro. No tenía derecho a abrirle los ojos, pero ¿qué había al lado de alguien como Alberto? Un rato de pasión, quizá, como el que se había desatado esa mañana en el hotel sin que fuera capaz de entender por qué no había hecho nada antes para pararlo.

Respiró y se prometió que ya estaba bien, que Alberto Enríquez solo había sido un tropezón en su vida y que, a partir de ese momento, no se iba a permitir ni siquiera pensar en él. Aunque tuviera que pelearse consigo misma.

***

Casa de Alberto. Domingo por la tarde.

Alberto jugueteaba con el móvil, tentado de abrir las aplicaciones y husmear en ellas. Rocío, de naturaleza confiada, pensando que normalmente a nadie le interesaban sus cosas, no había establecido un bloqueo y el acceso era libre para cualquiera que no tuviera escrúpulos en adentrarse en los secretos que esconde un teléfono móvil. Al final le pudo la curiosidad, pero no se permitió más que una breve intromisión en la música, lo justo para cotillear nombres. Quería saber de ella, empaparse de su mundo, y le pareció que conocer sus gustos musicales no era invadir demasiado su espacio íntimo. No sería, ni mucho menos, como leer sus mensajes, se decía para justificarse ante sí mismo.

La aplicación de música se abrió, desplegando el menú. Aparecieron un montón de canciones en orden alfabético, algunas de las cuales no le sonaban de nada, así que pulsó la zona de la pantalla donde se agrupaban por autores, por si aquello le aclaraba algo. Recorrió rápidamente la lista con la mirada, memorizando solo algunos de ellos: Bruno Mars, The Script, Ryan Star, Snap In The Bath, Imagine Dragons, Olly Murs... Justo los que había escuchado alguna vez o sabía algo de ellos por haberlos visto en programas musicales.

—¿Qué? —dijo Víctor—. ¿También vas a empezar a controlarla a ella? Mal vas así si te la quieres tirar, chaval.

—Víctor, no estoy haciendo nada... —Se defendió Alberto.

—¡Qué va! —El sutil tono de ironía que quería imprimirle a la frase le quedó muy poco sutil.

—Bueno, además, ¡a ti qué te importa!

—Nada, el teléfono no es mío. Si lo fuera te dejaría de hablar inmediatamente.

—Menos mal —dijo Alberto—, hace un rato has estado mandando mensajes con él...
—No compares, era una emergencia —respondió Víctor, tirándose en el sofá y enterrándose bajo los cojines.
—¿Tú sabes cómo suena Ryan Star? —preguntó Alberto, pensando que no merecía la pena discutir con su hermano porque siempre acababa ganándole la partida.
—Sí: mal. Vamos, que no me va, es de tías. ¿Eso es lo que estabas haciendo? ¿Intentando saber qué música le gusta? Joder, chaval, tú estás pillado del todo.
—¡Deja de llamarme «chaval», me pones nervioso! —gritó.
—Vale, vale. ¿Sabes lo patético que es eso?
—¿El qué?
—Intentar acoplarse a los gustos de alguien. Puede que seas capaz de fingir un tiempo, y de ti no lo dudo porque eres actor, pero al final se acaba notando. —La seguridad de sus palabras dejó a Alberto un momento mudo, valorando si aquello que le decía tenía su parte de razón.
—¡No voy a intentar acoplarme a sus gustos! Solo quería saber algo más de ella.
—Espero que no se te vaya la pinza tanto, resulta lamentable ver a alguien asintiendo a todo lo que dice otra persona solo porque se la quiere zumbar.
—¡Cómo cansas!
—Pues anda que tú... ¿Vas a devolvérselo ya o no?
—Sí, me voy.
—Suerte. La vas a necesitar.
Media hora después, el timbre de la casa de tía Gigi despertaba a Rocío, que dormitaba en el sofá.

TOMA 14

Casa de Gigi. Domingo por la tarde.

Por segunda vez en el mismo día Rocío abría la puerta y se topaba de frente con Alberto Enríquez. Pestañeó dos veces, pensando que no se había levantado aún del sofá y que su mente le estaba jugando una mala pasada.
—Hola.
Una sola palabra de él la devolvió a la realidad, confirmándole que era cierto: el actor estaba de nuevo plantado en una puerta frente a ella. La escena se estaba volviendo repetitiva.
—¿Qué haces aquí?
—He venido a devolverte tu móvil.
—¿Lo tenías tú? —Recordó que lo había lanzado a la cama antes de que él se presentase en su habitación del hotel. Ese era el último lugar donde lo había visto.
—Me lo llevé, es igual que el mío —se excusó él.
—¿Y cómo sabías dónde encontrarme? —De pronto un pensamiento tomó cuerpo en su mente—. ¡Te has inventado todo ese rollo de la caldera para averiguar dónde estaba!
Colérica, le entraron ganas de liarse a puñetazos con el actor, pero recordó su mano posada en el firme pecho de Alberto, horas antes, y decidió que no era demasiado inteligente. Seguro que se acabaría haciendo daño ella o

el puñetazo mutaría en una caricia que la devolvería a la habitación del hotel y al maremágnum de sensaciones que la habían invadido entonces. Optó por serenarse y pedirle que le devolviera el móvil y se marchase al instante. A ser posible, para siempre.

—No fui yo, fue mi hermano Víctor.

—Sí, supongo que tú no eres tan listo como él —atacó Rocío.

—Quiero hablar contigo.

—¿Hablar? No, ya sé dónde acaban tus conversaciones y no me apetece. ¡Dámelo!

—Ni hablar, escúchame y después te lo devolveré.

La puerta de la vecina del piso de enfrente se abrió de pronto. Junto a ella, un perro de raza indefinida danzaba inquieto, contento por salir a la calle a dar su paseo vespertino. Rocío cambió de idea. No quería dar ni un solo motivo más para que gente desconocida especulase sobre ella.

—Pasa. Tienes cinco minutos.

—Bien, la última vez me diste solo treinta segundos. Vamos mejorando.

Alberto la siguió hasta el salón. No pudo evitar fijarse en la peculiar decoración de la casa, pero abandonó la tentación de emitir un comentario al respecto. Los cinco minutos que le otorgaba Rocío empezaban a correr y debía darse prisa. Se quedó de pie delante del sofá.

—¿Puedo? —preguntó, pidiendo permiso para sentarse.

—Tú mismo —dijo ella con indiferencia, parada de pie, a su lado.

—Estaríamos más cómodos si te sientas a mi lado.

—Es que contigo he comprobado que es mejor no relajarse. Empieza.

Tomó aire y empezó su relato, intentando ser sintético. Le pidió disculpas por el error con el teléfono y después comenzó a relatarle el tropiezo con los paparazis disfrazados de policías en la puerta de su casa y el susto que le habían dado cuando lo convencieron de la falsa muerte de Lucía.

—¿Han sido capaces de eso? —preguntó Rocío, venciendo su primera reticencia y sentándose a su lado.

—¿De qué te extrañas? Ya has visto lo que hicieron contigo. Y eso que no perteneces a este mundillo. Mira, todo se ha complicado hasta lo insoportable y no vemos la manera de salir del embrollo, así que lo único que se nos ha ocurrido es seguir mintiendo. Para eso te necesito.

—¿Perdón? ¿Me estás pidiendo que te saque yo de este lío? —preguntó alucinada.

—Más o menos.

—¡Cómo puedes tener tanta cara después de lo que me has hecho!

—Escucha, te compensaré. No sé cómo, pero lo haré.

No se le ocurrió de qué manera pretendía compensarla. Los gastos de la boda, el dinero invertido en ella que se había escurrido por el retrete no era lo que más le importaba y no se imaginaba qué otra compensación podría ofrecerle.

—¿Y qué pretendes que haga? —preguntó. Ya que estaba ahí, quería escuchar sus planes.

—Seguir siendo Carla Duarte. Esta noche, en la entrevista de la radio. Mira, nadie te verá, solo tienes que acompañarme y allí…

—Yo no voy contigo ni a la puerta —se apresuró a decir.

—Rocío, escucha. Tendrías que decir solo que tú y yo tenemos una relación, que no queríamos hacerla pública por la película y porque…

—¿Por qué iba a hacer eso? A ver, sorpréndeme…

—Porque eras la novia de mi representante hasta hace poco. —Suspiró tras decir la última frase, convencido de que ella era demasiado sensata para seguirlo.

—Ay, Dios. ¿Y luego?

—Luego fingiremos una ruptura, desapareces y punto. Total, Carla no existe. Borramos la historia con Lucía y continuamos con nuestras vidas.

—¡Pero eso no hay ser humano cuerdo que se lo crea!

Rocío no entendía nada. La historia era rocambolesca por donde se mirase y no comprendía cómo se les podía haber ocurrido algo tan ridículo. Pensó en las historias que contaban en los programas de cotilleos, algunas tan absurdas que era imposible entenderlas sin manual de instrucciones y, por un momento, dudó, aunque enseguida se recuperó de sus propias vacilaciones.

—Mira, no. Carla nació ayer y murió el mismo día, no me voy a hacer pasar por alguien nunca más, y menos por una muchacha de honor distraído como ella. ¡Bastante mala fama me has creado en Grimiel con lo de las fotos! Si se sabe que Carla soy yo no podré volver nunca más a mi pueblo y, aunque ahora mismo no tenga ganas, es allí donde tengo mis raíces. Marcharme ha sido muy duro, quiero poder volver alguna vez, aunque sea de visita.

—¿Has dicho honor distraído? —la interrumpió Alberto.

—¿De todo lo que te he dicho solo has procesado eso? ¡Mira, vete! Yo no sé para qué te he escuchado.

—Perdón, perdón —se disculpó riendo—, es que nunca había escuchado esa expresión.

—No voy a ser Carla nunca más —dijo mirándole muy seria.

—No quiero que seas Carla más allá de mañana —dijo él sin despegar sus ojos de los de Rocío.

—Pues no hay nada más que hablar. —El tono de Rocío se iba desinflando a medida que la frase avanzaba.

—Es una pena.

Un silencio extraño se puso cómodo entre los dos, mirándolos alternativamente, esperando que alguno de ellos osara espantarlo.

—¡Ya estoy en casa!

La cantarina voz de la tía Gigi entró danzando en el salón, precediendo a su propietaria, disolviendo el instante. Venía desembarazándose de tres pañuelos que llevaba al cuello y el abrigo, y los colgó en el perchero que había detrás de la puerta, al lado del sofá, sin ser consciente de que su sobrina no estaba sola. Una bolsa de plástico iba pasando ágilmente de una mano a otra.

—He pasado por el centro comercial, porque he pensado que para cenar... —iba diciendo, cuando se percató de la presencia del actor al girarse—. Perdona, no te había visto. ¿Tú quién eres? ¿Un amigo de Ro?

—Buenas noches, señora. Me llamo Alberto —dijo él mientras se levantaba y le tendía la mano, que la tía Gigi ignoró para plantarle un par de sonoros besos en las mejillas.

—Tía, ya se va. Tenía mi teléfono y ha venido a devolverlo. —Rocío lo agarró de la manga arrastrándolo hacia la salida de la casa.

—Pues es una pena porque la cena que tengo en mente es un plato finlandés delicioso. Pescado, claro, en Finlandia hay mucha tradición. Tuve un novio nórdico... casi tan guapo como tú. Y tan cachas —dijo mirando atentamente a Alberto—, pero se fue un día y no volvió. En fin. ¿Te quedas?

—No, no se queda —dijo Rocío, espantada ante la invitación de su tía. Lo agarró más fuerte del brazo para reorientarlo hacia la puerta de salida.

—Gracias, pero no puedo, tengo que trabajar —se excusó él, deshaciéndose de la mano de Rocío.

Ese gesto suave volvió a activar mil sensaciones en ella. Por más que le pesara no podía contenerse ante el delicioso contacto de su piel, y Alberto lo notó al instante.

—Seguro —dijo Rocío bajito, aunque Alberto la escuchó y recriminó su comentario con una mirada sonriente.

—Es trabajo.
—Ya. Buenas noches, Alberto. Que te vaya bien en la vida. Ahí está la puerta.

Rocío casi lo empujó fuera de la casa y a él solo le dio tiempo a pronunciar una palabra de despedida mientras le devolvía el teléfono.

—Cualquiera diría que te estabas despidiendo de él para siempre —dijo su tía cuando la vio entrar en el salón—. Y es una pena, niña, porque por lo que he podido captar tiene un aura estupenda. Es más, me atrevería a decir que encaja perfectamente con la tuya.

—Tía Gigi, no digas tonterías —dijo Rocío espantada.

—Sí, tonterías, eso dice todo el mundo. Al principio... —Sonrió a su sobrina y se encaminó a la cocina con los ingredientes de la cena en la bolsa.

Taxi. Domingo por la noche.

Alberto se cambió de ropa y comió algo ligero antes de salir rumbo a la emisora de radio. Al volver a casa había indicado al taxista que parase dos calles antes y completó el trayecto andando, espiando la entrada de su casa, por si esta vez también tenía paparazis en la puerta, pero tuvo suerte. Parecía que con la carnaza que les había lanzado por la mañana tenían el estómago y el bolsillo llenos por ese día.

Después, desde el taxi en el que se encontraba en ese momento, llamó a su compañera de reparto para informarle de su conversación con la chica de Grimiel.

—Lucía —dijo hablándole al teléfono—. Rocío se niega a ayudarnos.

—¿No la has convencido?

—No, creo que no quiere saber nada de mí después del follón en el que la he metido.

—Pues... no se me ocurre... —Lucía interrumpió la frase—. ¿Tienes su número?

Claro que lo tenía, antes de devolverle el teléfono a Rocío se había encargado de memorizarlo en el suyo. De alguna manera quería mantener una vía de contacto abierta con ella y no estaba seguro de que, en el caso de que se lo pidiera, ella accediera a dárselo. Más bien pensaba en lo contrario, en que se negaría en redondo, así que optó por anotarlo sin darle opciones.

—¿Para qué lo quieres?

—Porque a lo mejor yo sí la convenzo. Dámelo —dijo Lucía.

—Te lo envío. Pero te advierto que no hay nada que hacer.

El resto del trayecto fue pensando en si Lucía lograría vencer la negativa de la chica. No le extrañaba en absoluto que se negase, ella no tenía por qué seguir exponiéndose a las mentiras que en el mundo del espectáculo se disfrazaban de noticias verdaderas, y bastante daño le habían hecho ya. No sabía ni cómo había accedido a proponerle que siguiera el juego, pero a veces, en la desesperación, la capacidad de raciocinio se desconecta y nos conduce a cometer los disparates más gordos.

Emisora de radio. Domingo por la noche.

El taxi frenó a las puertas del edificio que albergaba la emisora de radio y Alberto descendió de él, temeroso de encontrarse con más prensa. Hubo suerte, apenas lo reconocieron un par de mujeres que pasaban por la calle, que le pidieron que les firmase un autógrafo en lo que tenían más a mano: un billete de metro. Hizo malabares con su firma, apoyado en la espalda de una de ellas, para no acabar pintándole de bolígrafo la blusa. Un par de be-

sos, unas fotos con el móvil y dos sonrisas después estaba listo para subir en el ascensor. Lucía, su representante y Gustavo ya estaban en la emisora cuando traspasó el umbral de la puerta.
—¿Y la chica? —preguntó el agente de Lucía, que ya estaba al tanto de los planes que habían trazado horas antes.
—Como suponía, no está tan loca como nosotros y no ha querido venir —dijo el actor.
—¿Cómo que no, Alberto? Pero si es una oportunidad de oro para empezar a ser conocida en este mundillo... Hay algunas tontas que tienen delante de sus narices el futuro y no lo ven —remarcó Gustavo.
—Gus, a lo mejor no es tonta, a lo mejor tiene principios.
—Pues ya verás dónde te conducen a ti sus principios.
—Ya averiguaremos cómo salir de esta. Lo que deberíamos hacer es empezar a desenredar todo este lío. Por ejemplo, deberíamos desmentir nuestro romance, Lucía. —Alberto estaba cansado de tener que recordar qué era verdad en esta historia y qué era mentira, y sabía que si no dejaban de lado el tema, tarde o temprano, se le acabaría escapando quién era Carla en realidad.
—No va a hacer falta, ya lo has hecho tú esta mañana, querido, ¿no te acuerdas? —dijo Lucía—. Y ya no somos pareja —añadió con un gesto de fastidio.
—Parece que te molesta —señaló él.
—Era divertido.
Lucía se encogió de hombros mientras sonreía con franqueza. De todos era la que mejor se lo estaba pasando con todo el follón que habían montado en su afán de conseguir publicidad. El objetivo, aunque les estuviera causando muchos trastornos, estaba ampliamente logrado porque la peli batía récords de taquilla en los primeros días.
—¿Y si hablamos de la película? Para variar, digo...
—Alberto, sin embargo, no se estaba divirtiendo nada.

—Lo intentaremos, aunque creo que el tema va a salir queramos o no. Incrementa la audiencia y eso es lo que más importa. Aunque no te guste.

Gustavo se apartó un poco para hablar con el representante de Lucía, Sebastián Orca, que había acompañado a la actriz.

—¿Has hablado con Rocío? —preguntó Alberto a Lucía.

—Claro, ¿para qué te he pedido el teléfono si no?

—¿Y?

—Ya verás.

El locutor de la emisora invitó a la pareja a pasar al pequeño estudio. La pecera tenía un cristal que comunicaba el espacio visualmente con el técnico de sonido. Gracias a ello, el locutor podía comunicarse a través de gestos con su ayudante. El lugar privilegiado de la diminuta habitación enmoquetada hasta el techo lo ocupaba una mesa redonda de cuyo centro salía un armazón de brazos metálico con varios micrófonos colgantes. El locutor indicó a Lucía y Alberto sus asientos, mientras que Gustavo y Sebastián esperaban fuera junto al técnico de sonido. Se colocaron los auriculares momentos antes de que la alegre sintonía del programa anunciase el principio de la emisión en directo.

El locutor inició la presentación del espacio, cuyo tema principal era la entrevista con los dos actores de moda. Antes, para dar tiempo a que los oyentes se acomodaran en casa y, de paso, para meter un par de cuñas de la publicidad que mantenía a la emisora, presentó una canción perteneciente a la banda sonora del film.

—Plantearemos la entrevista así —les dijo mientras una luz señalaba que no estaban en el aire—, primero yo contaré el argumento de la película y después pasaré a preguntaros por los detalles, el casting que tuvisteis que pasar, los escenarios donde se rodó... Lo típico, vamos.

—De acuerdo —dijo Lucía.

—Y al final —remató con algo que Alberto se temía—, hablaremos un poco de toda esa polémica que ha surgido en torno a vuestra relación. Tenéis el escenario perfecto para dar vuestra versión.

Alberto no prestó atención al locutor mientras hacía su particular disección de la trama y tampoco escuchó las preguntas a las que invariablemente contestaba Lucía, siempre con un tono desenfadado y jovial. Su mente había decidido reservar energía para cuando entrasen en el meollo de la cuestión, cuando el locutor se apuntara al rosa como color de moda y se olvidara de lo que realmente les había llevado hasta allí. Diez o doce preguntas después él seguía sin despegar los labios, y así hubiera continuado, de no ser porque la puerta del estudio se abrió, interrumpiendo a Lucía que en ese momento alababa el trabajo del equipo de vestuario.

Una impresionante Rocío, maquillada y vestida para hacerse pasar por Carla, ocupó la silla vacía del estudio, junto a Alberto, quien la miró estupefacto a la vez que volvía sus ojos hacia Lucía, sin poder articular una sola palabra.

Al otro lado del cristal, Gustavo y Sebastián esperaban, impacientes por averiguar qué iba a pasar. Contenían el aliento para que aquello no se les fuera aún más de las manos.

TOMA 15

Emisora de radio. Domingo por la noche.

El locutor de radio había realizado un buen trabajo de documentación. Las horas previas a la entrevista las pasó buceando en las redes, averiguando datos sobre la trayectoria de Alberto y Lucía con los que confeccionar el cuestionario y, al encontrarse con el escándalo que se había formado, también anotó todo lo que iba surgiendo en torno a la actriz Carla Duarte. Pensó en todo momento en que no estaba teniendo mucha suerte, porque lo que encontraba no le decía absolutamente nada, pero el caso es que, con el nombre de la chica y los rumores que la prensa repetía hasta la saciedad, tenía más que suficiente para ponerlos en un aprieto. Le extrañaba mucho que no le sonase ninguna de las producciones en las que se decía que ella había participado, pero dedujo que, al ser sudamericana, lo único que pasaba era que él no conocía nada de ese mercado.

Cuando vio entrar a la mujer, sentarse en la silla, colocarse los auriculares como si lo hubiera estado haciendo toda la vida y sonreír a Lucía, el desconcierto le obligó a levantar la mano, en un gesto que el técnico de sonido interpretó como la señal para que una canción ocupase las ondas durante algunos minutos. Mientras, miraba de reojo a Alberto, que se estaba poniendo muy nervioso.

Lucía le explicó que la que acababa de llegar era Carla Duarte, para que cambiase la cara de estupor por una más acorde con el nuevo rumbo que tomaba el programa para la audiencia, y el locutor se frotó mentalmente las manos, sabedor de que aquello dispararía los contadores de oyentes. Ninguna buena historia vendía más que el morbo y la polémica.

—Estamos de nuevo aquí, con la presencia en el programa de esta noche de Alberto Enríquez y Lucía Vega —comenzó a decir cuando la canción terminó—, pero tengo que decirles, señores oyentes, que acabamos de recibir una grata visita. Se ha unido a nuestra tertulia una invitada inesperada, la actriz Carla Duarte, de quien habrán oído hablar estos días. Buenas noches, Carla.

—Buenas noches. Encantada de estar con ustedes —contestó Rocío.

—Encantados de tenerte en nuestro programa —respondió el locutor—. Carla, se dice que mantienes una relación con Alberto y que además estás embarazada, pero a la vez se hablaba de que él mantenía un noviazgo con Lucía. ¿Puedes explicarnos qué es lo que pasa en realidad? La prensa no habla de otra cosa en estos días.

El locutor no se anduvo con rodeos, abordando el tema sin preliminares. Cuanto antes entraran en materia, antes empezarían a subir los oyentes.

—Es muy sencillo y muy breve —dijo Rocío—. Lo primero, no estoy esperando ningún bebé y, lo segundo, tampoco tengo una relación con él.

—Entonces, ¿desmientes la noticia?

—Sí, absolutamente.

—Los medios especulan sobre ello porque se os vio discutir acaloradamente en una fiesta...

—Lo sé. Es cierto que discutimos. —Rocío fingía el acento lo mejor que podía—. Pero la verdad es que no tenía nada que ver con nosotros dos, con Alberto Enríquez y Carla Duarte.

Gustavo, desde el otro lado del cristal, esperaba ansioso a que la chica contase su versión. De lo que soltara en esos minutos dependía que Alberto le despidiera, como había amenazado, o conservara su trabajo.

—Entonces, ¿qué es lo que sucede?

—Estaba enfadada con él por otro motivo —dijo ella.

—¿Nos vas a contar cuál? —preguntó Alberto sin poder contenerse. Tampoco tenía ni idea de lo que Rocío pretendía decir.

—¿Se te ha olvidado? —En su pregunta, en el tono, flotaban briznas de rabia que trataba de disimular, pero que a él no le pasaban desapercibidas—. Estos días han circulado unas fotografías de este señor con alguien a quien aprecio mucho, alguien que no pertenece a su círculo, y que han provocado un terremoto en su vida.

—Es cierto —dijo el locutor—, la chica del pueblo donde os alojasteis... —apuntó, volviendo su cara hacia los actores, invitándoles a continuar con el relato.

—Le recriminaba —interrumpió Rocío—, que no tuviera el valor necesario para confesar la verdad a la prensa.

Alberto abrió la boca. Era su momento, tenía que contar algo que apartase a Rocío de los focos si quería volver a sentir un mínimo respeto por él mismo, pero a la patada de Lucía, por debajo de la mesa, se unió la de Ro, y cambió su intención de hablar por una mueca de dolor. Ninguna de las dos había sido suave.

—Esa chica es amiga nuestra —dijo Lucía—. De las dos.

—¿La conocéis? —preguntó el locutor, interesado en dar la exclusiva. Hasta el momento nadie sabía su nombre y si se decía en su programa sería otro tanto para él.

—Claro que sí. Es una excelente persona —dijo Rocío sin dejar de mirar a Alberto.

—Educadísima, muy buena gente —añadió Lucía, que casi no podía contener la risa mientras observaba como Alberto no dejaba de mover las piernas nervioso.

—¿Saben que estaba a punto de casarse cuando este memo se cruzó en su vida? —dijo Rocío.
—Perdona, yo no te he insultado.
—Reconócelo, Alberto, muy bien no te portaste, te mereces algo más fuerte que memo —dijo Lucía.
—Ahora su futuro es aire por tu culpa. Lo que he venido a decirte, ahora que está escuchando mucha gente, es que no se le puede hacer algo así a nadie. No se puede uno levantar un día y obligar a una persona a replantearse su futuro, simplemente por diversión. No se puede irrumpir en la vida de alguien por las bravas, pasando sin llamar, trastocarlo todo y después marcharse tan tranquilo a continuar tu vida sin que eso tenga consecuencias.
—Ya las ha tenido.
—Sí, para ella sí. Tú todavía estás vivo. No se puede prometer lo que sabes que jamás vas a cumplir.
—Pero yo no le prometí nada y, que yo sepa, no está muerta.
—Aparentemente.
—Un momento. —El locutor se estaba perdiendo—. ¿La chica de las fotos ha muerto?
—No, pero se iba a casar, y toda esta polvareda que ha levantado la prensa, inventando una relación que no hay, ha provocado la cancelación de su boda. Muy bien no se siente cuando se está especulando sobre lo que ha hecho o dejado de hacer.
—Tú lo has dicho, la prensa, yo no he…
—¿De verdad, Alberto? ¿De verdad no has tenido nada que ver? Hubiera sido muy sencillo emitir un comunicado desmintiéndolo, desvinculándola del escándalo. No tienes una relación con ella, por muy bien que te venga que hablen de ti para que, de paso, la gente recuerde que acabas de estrenar una película.
—Desde fuera parece fácil —dijo Alberto.
—Era fácil, solo tenías que ponerte delante de una cámara y decir que es mentira. Has tenido más de una opor-

tunidad y, aunque hubieras quedado mal, a la gente se le hubiera acabado olvidando, mientras que a ella le habrías dado la opción de seguir con su vida.

—Creo que hay algunas cosas que nos deberíamos replantear —interrumpió Lucía—. ¿Hasta qué punto son éticas algunas estrategias de publicidad que usamos?

—Interesante debate —dijo el locutor, aprovechando las palabras de la actriz para reconducir el programa y descargar parte de la tensión que se cortaba con cuchillo en el estudio.

—Mentimos —continuó Lucía—. Todos, desde el primero al último. Inventamos historias que se venden, en fotos, con rumores disparados en internet, de cualquier manera que se nos ocurra y a ello se suma la prensa, los tertulianos de la televisión, las redes sociales —añadió.

—Y en medio de todo esto —continuó Rocío—, muy poca gente se para a pensar qué es cierto y qué no, y mucho menos el daño que se puede causar a personas que nada tienen que ver con todo este mundo, y que de vez en cuando se encuentran en medio de los flashes.

—Pero no me negaréis que hay gente que se sube al carro —apuntó el locutor.

—Mucha, por supuesto —dijo Rocío—. Todos esos que hacen castings para aparecer en *realities* de dudoso gusto, cuyo objetivo es, después de un tiempo en pantalla, aparecer en pelotas en una revista y sumarse a este circo mediático como tertulianos de tercera y hacer toda la caja que les sea posible en tiempo récord, pero la diferencia es que lo eligen. Que quieren estar ahí porque buscan un dinero que hay medios de comunicación que están dispuestos a pagar.

—Nosotros nos equivocamos. —Lucía empezó con sus disculpas—. Pido perdón a la gente que nos sigue por haber participado en este juego de fingir una relación que no existía. Es verdad que al principio yo no sabía nada de las fotos que se pretendían vender a la prensa y, si finalmente me presté, fue porque me pareció un divertimento. No hacíamos daño a nadie, qué más daba que la gente pensase que tengo un romance con un amigo si yo estoy libre y él también. Pero hay una línea que no se debe atravesar y reconozco que esta vez la cruzamos. Nadie que no esté dispuesto a entrar en este juego debería ser empujado a entrar a la fuerza.

—Pues no —añadió Rocío—. Además hay un artículo en la Constitución, el 18, que garantiza el derecho al honor, a la intimidad personal y familiar y a la propia imagen. No es que simplemente alguien no quiera jugar a este juego, es que, además, tiene derecho a no querer.

—¿A qué te referías con eso que has dicho antes de que Alberto obligó a esa chica a replantearse sus planes? —Aunque el diálogo entre las dos mujeres estaba cargado de razón, el locutor rescató algo que no había entendido muy bien al principio.

Un extraño silencio se instaló en la pecera y Rocío, el pez más inexperto en ese mundo radiofónico, abrió la boca para respirar. La bocanada de aire trajo una respuesta sincera.

—El beso que publicó la prensa no era real. Era tan mentira como todo lo que se contaba, porque nadie preguntó a ninguno de los protagonistas. Dieron por hecho que lo que veían era cierto —dijo Rocío, que a estas alturas ya no se molestaba en fingir ser de otro país con un acento impostado—. Pero hubo otro beso que sí lo fue y que ninguna cámara recogió. Un beso que fue un robo y él es el ladrón.

Lucía, que desconocía ese detalle, miró a Alberto, pendiente de su reacción. Supo al instante que Rocío no estaba mintiendo.

—¿Y eso se lo ha contado su amiga? —preguntó el locutor.

—Sois torpes hasta para ver que Carla Duarte es la misma persona que la chica de las fotos.

A Gustavo, al otro lado del cristal, estuvo a punto de darle un infarto de la emoción. Al final había una historia que contar, nada que se pareciera a lo planeado ni a lo inventado por la prensa y con la ventaja de que esta vez era todo muy real. Como la mayoría, no se había dado cuenta del parecido de la desconocida con Carla Duarte, porque, en su aparición fingiendo ser la actriz, el maquillaje había actuado como un disfraz, pero una vez sacudida la verdad delante de sus ojos no era difícil descubrir que el parecido no era una coincidencia.

Alberto hizo esfuerzos por que se lo tragara la silla, pero no lo consiguió.

El locutor observó los gestos que el técnico de control le hacía desde su posición y presentó un bloque publicitario. El teléfono había sonado en varias ocasiones y parecía que las noticias que traía eran importantes, por lo que salió del estudio rumbo al control, para que le dijera qué pasaba.

—¿Por qué lo has contado? —preguntó Alberto cuando estuvieron a salvo de los oídos del periodista.

—Porque ya me da lo mismo —contestó Rocío.

—Se va a armar una buena, pero seguro que hay alguna solución. Mira, esta semana no tenemos nada hasta el viernes, las entrevistas para los blogs las puedes contestar desde cualquier parte, incluso desde el móvil, y, si no, lo hará cualquiera de la oficina de prensa en tu nombre —dijo Lucía—. Pero los dos tenéis que desaparecer un tiempo, hasta que todo se tranquilice.

—Ya me dirás cómo. No puedo cruzar la esquina sin que me reconozcan.

Alberto tenía razón, su cara era tan conocida que apenas podía hacer la compra tranquilo en su barrio, así que las posibilidades de esconderse se reducían a no salir de su casa en una buena temporada. Imaginó lo que sería soportar a Víctor todo el día y no le hizo mucha gracia.

—Chicos, me dicen que hay una buena armada ahí

abajo —dijo el locutor, volviendo a colocarse los auriculares—. Hay fotógrafos esperando a que salgáis.

Rocío palideció. Había aceptado la proposición de Lucía de contar la verdad de una vez pensando que con ello no se libraría del escándalo, pero sí reduciría las especulaciones en torno a ella y podría hacer desaparecer a Carla. No contó con que la prensa era una fiera hambrienta a todas horas, necesitada de carnaza con la que alimentar audímetros, y lo que les había puesto en bandeja no eran aperitivos, sino un primer plato contundente. No se iban a quedar con ello, irían a por el segundo, el postre y el café.

El periodista despidió la entrevista alegando que el tiempo estaba agotado y, cuando salieron del estudio, Gustavo les comunicó lo que ya sabían: que no había manera de abandonar el edificio sin que les siguieran.

—Quizás yo pueda ayudaros —dijo el técnico de control.

TOMA 16

Emisora de radio. Domingo por la noche.

Todos volvieron la mirada hacia el veinteañero de gafas de pasta negra, pelo revuelto y aire ausente. Manejaba la mesa de control en la emisora sin intervenir apenas en las conversaciones, por lo que nadie le prestaba atención. Su frase captó el interés, sobre todo, del periodista que conducía el espacio siguiente. Acababa de ocupar su lugar en el estudio y temía quedarse sin poder contarles a sus escasos oyentes el grave problema que tenía la ciudad cuando se atascaban los canalones de los edificios por culpa de las cagadas de las palomas. Era el tema estrella de la noche en su programa, que empezó siendo de denuncia social y había degenerado en una parodia de sí mismo, relegado al peor horario de la parrilla.

—Tendréis que esperar a que termine lo que empieza ahora —dijo, y se escuchó el suspiro del locutor a través del micrófono que se había quedado abierto. Podría debatir con Segundo, un oyente que le llamaba tratase el tema que tratase, sobre el problemón de los canalones.

—¿Cómo nos vas a sacar de aquí? —preguntó Alberto.

—Sencillo —dijo, apagando el micrófono para impedir que el locutor escuchase el plan. No era alguien que *a priori* resultase peligroso, más bien vivía en su mundo, pero supuso que no estaba de más algo de prudencia—. Mi padre es fontanero.

La respuesta los dejó pasmados porque, sin más explicaciones, parecía bastante absurda. Rocío empezó a imaginarse que el chico conocía los interiores del edificio y pretendía sacarlos por alguna alcantarilla. Se le pasó por la cabeza que sería mucho mejor exponerse a las ratas que a la prensa.

—Quiero decir —siguió el muchacho, tras sonreír por el desconcierto que había causado en todos—, que me ha dejado la furgoneta para venir a trabajar y la tengo abajo, en el aparcamiento. Podéis meteros en la parte de detrás. No tiene ventanas y supongo que a los paparazis no les dará por pensar que estáis ahí. Os puedo dejar en alguna parte más tranquila de la ciudad, pero no podemos irnos hasta dentro de una hora.

Rocío suspiró aliviada al descartar la idea de un paseo nocturno entre roedores.

—Por mí, bien —dijo.

—Yo bajaré ahora —añadió Lucía— y entretendré a los periodistas.

—Tengo el coche en el garaje —dijo Gustavo—. Puedo salir fingiendo que vosotros dos, Alberto y Rocío, vais conmigo y a lo mejor me siguen y los despistamos.

—No va a haber más remedio, no tengo ganas de seguir contestando preguntas. —Alberto empezó a pensar que necesitaba un lugar tranquilo para ocultarse. Otro escondite que nadie conociera—. ¿A tu tía le importará si paso la noche en su casa? —le preguntó a la chica.

—A ella no, pero yo no quiero.

—Tu tía estará encantada de volver a verme —dijo sin hacer caso a sus últimas palabras, recordando a la tía Gigi y su caluroso saludo.

—¿Cuándo he dicho que sí?

—¿Puedo ir o no? —preguntó.

—Qué remedio —dijo ella sin sonreír—. Pero mañana te buscas otro sitio.
—Te debo una.
—¿Una solo?
—¿Y Víctor? —preguntó de pronto Lucía, acordándose de que el chico estaba solo.
—Joder, el niño. Gustavo, llévatelo a tu casa esta noche, es tan imprevisible que es capaz de salir a dar una rueda de prensa si se aburre. Y que coja la mochila, que mañana es lunes. Por favor, tiene tanto morro que si no estás encima de él te dirá que no puede ir al instituto porque no tiene libros. ¡Ni que los abriera!
—No sé si me apetece hacer de niñera —contestó Gustavo.
—Entra dentro del sueldo de hoy.
Lucía arrastró a Rocío del brazo para hablar con ella aparte, mientras Alberto seguía dando instrucciones a Gustavo y el locutor del programa empezaba con el tema que le había sentado esa noche en la silla del estudio.
—No seas demasiado dura con él —le dijo Lucía a Rocío—. Creo que la exclusiva de la culpa no es suya.
—Podría haber hecho algo...
—No solo él, deberíamos haber hecho algo antes de que todo se descontrolara, pero ya está. No hay vuelta atrás.
—¿Dónde nos vamos a meter ahora? Tarde o temprano averiguarán que estamos en casa de mi tía y, si no lo hacen, tampoco quiero estar encerrada con Alberto.
—No te preocupes, si hay un mundo donde todo es efímero es este. Créeme, se olvidarán muy pronto de la historia, justo cuando tengan otra mejor que contar, otra más truculenta o morbosa. Pasa siempre.
—De todas maneras, una noche con Alberto ya me parece mucho.
—¿A qué tienes miedo?
Rocío no contestó. Sabía perfectamente que el actor

activaba partes de su cuerpo y su cerebro que procuraba mantener cerradas con llave y que le provocaban una incomodidad que se resistía a sentir. Le hablaban de errores cometidos y abrían pensamientos y deseos inquietantes. Después de las palabras de Óscar, del desprecio con el que la había insultado, se había jurado que no iba a volver a consentir que un hombre irrumpiese en su vida. Conservaría la puerta cerrada, aunque con Alberto tenía la sensación de que con un cerrojo o dos no bastaba, se tenía que esforzar en empujarla para no dejarlo entrar.

—Voy a tratar de encontrar un sitio para que nadie os moleste, algún lugar donde a la prensa ni se le ocurra buscaros. Tranquila, seguro que lo consigo.

—¿Por qué haces esto?

—Porque, estando en tu lugar, querría que alguien lo hiciera por mí. Y porque me caes bien. Además, cualquier día yo necesitaré pedirte un favor.

—¿A mí?

—Seguro. Y espero que estés conmigo entonces.

Le dio dos besos que dejaron a Rocío estupefacta, cruzada de brazos en la sala de control de la emisora. No entendía qué clase de favor podría hacerle ella a Lucía Vega, qué estaría en sus manos que ella sola no pudiera conseguir.

Lucía, que se manejaba muy bien con la prensa, entretuvo a los periodistas con evasivas en la puerta del edificio mientras Gustavo salía con su vehículo del garaje. Como habían previsto, algunos de ellos cayeron en la trampa y siguieron al coche del representante del actor, pero otros, más avispados o menos previsores, se quedaron allí, a la espera de ver salir a Alberto Enríquez y a la que ya sabían que era la chica de las fotografías tomadas por Cristian Perales.

La hora de espera se les hizo eterna. Parecía que nunca iba a terminar el tedioso debate con Segundo que, como no podía ser de otro modo, había llamado al programa para expresar su opinión. Rocío no quería pensar en nada y procuró centrarse en el programa, pero el tema no ayudaba. Además, se sentía incómoda, tenía sueño y en su estómago una sensación molesta, que se empeñaba en decirse a sí misma que era hambre, pero que estaba segura de que tenía mucho más que ver con la proximidad de Alberto que con la lejanía de un bocadillo.

—Bueno, ya está. Por cierto, me llamo Jaime —dijo el técnico cuando terminó de dejar dispuesta la programación de la emisora para esa noche. La crisis se había llevado por delante gran parte del presupuesto y habían tenido que recurrir a un programa de ordenador que seleccionaba aleatoriamente los temas musicales y los iba disparando uno tras otro hasta las seis de la mañana, hora en la que empezaba el primer turno de día. Incluso las intervenciones del locutor para presentar la canción eran las mismas, noche tras noche.

—Gracias por tu ayuda, Jaime —dijo Rocío.

—No es nada, esto es divertido. Me apetece ponérselo difícil a esos carroñeros.

—Por favor, no le cuentes a nadie dónde estamos —dijo ella, aterrada ante la idea de que el chico pretendiera hacer negocio también con la información privilegiada que tendría al dejarlos en casa de su tía.

—No te preocupes, esto es un asco, me repatea todo lo que tiene que ver con la prensa rosa, y el tiempo y el dinero que se emplea en ello, mientras que a lo importante no se le dedican recursos.

—Vaya, un tipo con conciencia —ironizó Alberto.

—Eso de lo que tú no has oído hablar —contestó Jaime—. Que sepas que esto no lo hago por ti, sino por ella. A ti te podían dar por el culo, no me gusta la gente como tú.

—¿Como yo?

—Guaperas de revista —dijo Jaime.

—A mí tampoco me gustan tus pintas y me callo.

—Pues eso lo he oído.

—Será que tienes poderes para leer la mente, tienes pinta de superhéroe en horas bajas, seguro que lees muchos cómics.

—¿A que te quedas aquí? —gruñó Jaime, cada vez más enfadado.

—No le hagas caso —intervino Rocío—. Alberto, es conmigo con quien tienes un problema, no con él, así que haz el favor de dejarle en paz.

—Pero si ha sido él el que se ha metido conmigo...

—¡Has sido tú! —gruñó Jaime.

—Ya, por favor —pidió Rocío, casi sin energía—. Vámonos, es muy tarde.

Garaje de la emisora. Lunes de madrugada.

Bajaron las siete plantas que separaban el garaje de la emisora a pie, sin encender las luces, guiados solo por el reflejo de la luna que a intervalos se colaba por las ventanas de la escalera. Al pasar por el portal vieron que allí seguían todavía los representantes de algunos medios, tiritando de frío. Seguro que eran becarios, pringados a los que las agencias mandaban a molestar a famosos, gente dispuesta a lo que fuera por poder cambiar algún día el micro de la calle por un cómodo sofá en un plató con calefacción, para lo que había que hacer todos los méritos posibles.

En el garaje, Jaime abrió la parte de detrás de la furgoneta.

—No va a ser cómodo —advirtió.

Cuando entraron empujó el portón dando varios golpes hasta que logró que se quedase cerrada.

—¿No se abrirá por el camino? —preguntó Alberto, temeroso, mientras se sentaba encima de una caja de herramientas.

—No caerá esa breva —contestó Jaime mientras arrancaba el motor, que se resistió dos o tres veces antes de decidir que tenía ganas de ponerse en marcha—. Perdona, no lo decía por ti, guapa.

—Creo que los dos te hemos entendido —señaló Alberto.

Rocío apartó unos tubos y se sentó como pudo, entre extintores, un soplete, el taladro y repuestos varios que no fue capaz de identificar. Antes de darle la verdadera dirección de su tía, pensó que era más sensato, aunque el chico parecía de fiar, que los dejara solo cerca. Recordó la parada de metro que estaba a tres calles del portal de Gigi y le pidió que parase allí.

Furgoneta de Jaime. Lunes de madrugada.

El trayecto empezó siendo tranquilo, nadie en la puerta imaginó que en la parte trasera de la furgoneta rotulada como *Hermanos Pérez, Fontaneros* iban las personas a las que buscaban. Jaime condujo por las calles semidesiertas de la ciudad con calma. Hasta que se animó. Puso música, la misma que había programado en la emisora que se oía a través de la radio, y en pocos minutos sincronizó el acelerador con el ritmo machacón de la canción. Dos o tres veces, Alberto y Rocío acabaron abandonando el primer sitio que habían ocupado en la parte trasera del atestado furgón. Una, incluso, hizo que ella aterrizara en los brazos de Alberto, al girar bruscamente en una intersección para evitar tener que detenerse en un semáforo que parpadeaba en ámbar. Fue un instante, un breve momento en el que ambos se sintieron turbados al notar de nuevo el roce de sus cuerpos. Ni los gruesos abrigos que los protegían del invierno sirvieron de escudo protector para que Rocío dejase de notar las manos de Alberto posadas en su espalda sujetándola firmemente y sus pechos, pegados, respirando al compás. Sus bocas, a milímetros de distancia, tuvieron la tentación de unirse en un beso de nuevo, pero solo fue un segundo. Cruzaron las miradas, secuestrando de manera consciente la corriente de sensaciones que siempre fluía entre los dos, y el instante se desvaneció entre las notas de la canción de fondo.

—¿Puedes ir más despacio? —le gritó Alberto al conductor cuando Rocío se apartó de él—. ¿Te has hecho daño?

—No, estoy bien —mintió ella, que, al volver de nuevo a su sitio, se había clavado en el culo el enchufe de la radial. Intentó ser muy seca, distanciar con palabras toscas esa atracción irresistible que sentía por el actor.

—Perdón, perdón —se disculpó Jaime—. Ya estamos llegando.

Descendieron del vehículo observando con cautela los alrededores. La noche, el frío y la hora se aliaron para que apenas se tropezaran con dos transeúntes que no repararon en su presencia.

En diez minutos estaban sentados en el sofá de tía Gigi, que no acababa de entender qué hacía Alberto de nuevo en su casa. Por la despedida de la tarde había deducido, de manera errónea, como comprobaba ahora, que no volvería a encontrárselo en el salón.

TOMA 17

Casa de Gigi. Madrugada del lunes.

Gigi esperó despierta a Rocío mientras paseaba sus ojos por las páginas de un libro, *El poder de la meditación: mantener tu mente en estado alfa*. La máxima de *Sátiras*, de Juvenal —*mens sana in corpore sano*—, la llevaba a rajatabla y en cuanto veía un manual que incluía la frase en la sinopsis no podía evitar incorporarlo a su biblioteca. Antes de buscar un sitio físico para cada libro se preocupaba mucho de empaparse de todo su contenido. Esa noche la estaba dedicando a visualizar su vida ideal, como sugería el tratado, analizando punto por punto sus sueños y estableciendo metas futuras que alcanzar. Sin embargo, la repentina salida de su sobrina mantenía su mente más dispersa de lo necesario. No lograba concentrarse en la lectura ni siquiera con la suave melodía zen que flotaba en el aire, procedente del equipo de música. Las metas se iban desdibujando, mutaban de minuto en minuto, y a punto estuvo de dejar el libro cuatro o cinco veces, aterrada porque su tranquila vida se convirtiera en un caos.

Cuando vio a Rocío ponerse el abrigo unas horas antes, no preguntó a dónde se dirigía. Era de la opinión de que, cuanto menos se intervenga en la vida de las personas, más libres se sienten para querer estar a tu lado, así que lo único que hizo fue observarla. Una llamada telefónica hizo palidecer el semblante de la chica, vio que cerraba los ojos y respiraba profundamente, citándose con la persona que estaba al otro lado de la línea en una dirección que anotó con rapidez en la agenda que siempre llevaba en el bolso. Supuso que se trataba de algo que tenía que ver con la situación que la había sacado de Grimiel, porque estaba demasiado abatida como para decidir de pronto salir de juerga esa noche con sus amigas de la época universitaria.

Gigi intuía que Rocío se estaba guardando algo, que algún detalle no había contado cuando se sinceró con ella. La anulación de la boda era motivo más que suficiente para que se sintiera mal, pero quitarse de encima un cenutrio como Óscar, desde su punto de vista, era más causa de celebración que de otra cosa. Su instinto le decía que tenía más que ver con ese guapísimo joven que se había encontrado cuando llegó a casa. Aunque su sobrina fuera incapaz de reconocerlo, ni siquiera ante sí misma, Gigi pudo ver que entre ellos fluía algo. Cuando descubrió que era Alberto Enríquez supo enseguida que era mucho más que el malentendido de las fotos. Rocío había sido parca en las explicaciones y no le había revelado sentimiento alguno hacia él, pero captaba que la tensión entre los dos no se debía solamente al enredo en el que estaban envueltos. Captaba un hilo de energía que los mantenía unidos mucho más fuerte que la necesidad de Rocío de acabar con todo aquello cuanto antes.

El sonido de la cerradura girando predijo que su espera se terminaba y cerró el libro, colocándolo en la estantería.

—Necesita un sitio para pasar la noche y pensamos que aquí nadie le buscará de momento —terminó Rocío de explicar a su tía mientras Alberto y ella se quitaban los abrigos.

—Ningún problema —dijo Gigi sin perder la sonrisa. Miró a Alberto—. Tendrás que dormir en el sofá, no tengo más habitaciones de invitados, pero si no te importa, a mí tampoco.

—Solo será esta noche —matizó Rocío.

—No se preocupe, el sofá es perfecto y me marcharé en cuanto puedan venir a buscarme.

—No es necesario que te marches, puedes quedarte el tiempo que necesites. Sobre la perfección de ese sofá —añadió—, mañana me lo contarás tú mismo. Voy a prepararos algo, seguro que estáis hambrientos. Poneos cómodos.

Se dirigió a la cocina tarareando la melodía relajante que envolvía el ambiente, mientras los chicos esperaban en el salón. El silencio entre ambos empezaba a ser incómodo.

—Muy bonita la casa de tu tía —dijo Alberto, tratando de suavizar la tensión. La música sola no lo estaba logrando.

—Haz el favor de no burlarte —lo cortó Rocío, seca.

—No me estoy burlando, es…, peculiar, pero me gusta la combinación de colores y todas estas cosas tan raras que tiene tu tía. —Cogió una vela con una forma extraña que no logró identificar.

—No es necesario que hagas la pelota a nadie, ya te ha dicho que te puedes quedar, ¿no? Pues ya está. —Se la quitó de las manos y volvió a ponerla en su sitio.

—¿Cuándo vas a perdonarme?

—Creo que nunca.

—¿No puedo hacer nada para que cambies de idea? —dijo acercándose a ella.

—No.

Rocío, incómoda por su proximidad, dejó a Alberto solo en el salón y se dirigió a su habitación. Se puso un pijama de invierno que le había cedido su tía, con un estampado donde unos gatos rosas adquirían el protagonismo absoluto, y encendió su teléfono móvil, que llevaba en silencio desde que llegó a la emisora. Tenía de nuevo mensajes de sus amigos, el grupo de chat en el que estaba se había llenado de preguntas que no le apetecía contestar, por lo que optó por silenciar incluso las notificaciones. También tenía otros mensajes privados de Daniel, preocupándose por su estado de ánimo, y de algunas de sus amigas, pero prefirió no dar más explicaciones. Un mensaje de Carlos, el dependiente del supermercado, llamó su atención. Estuvo a punto de abrirlo, por lo inusual de que él se quisiera poner en contacto con ella, pero supuso que los cotilleos sobre todo lo que le estaba pasando habrían campado a sus anchas en la tienda y lo borró sin darse la opción de averiguar qué quería.

Sin embargo, de Óscar seguía sin haber nada. Parecía que, con la breve conversación a gritos que habían tenido la última vez que se vieron, daba por zanjada su relación para siempre. Después de la confesión en la radio, supo que las posibilidades de que él volviera a buscarla se habían evaporado y no sabía cómo sentirse. Por una parte entendía que era mucho mejor no empezar una vida en común con alguien que te generaba tantas dudas y que era capaz de insultarte antes de enfrentar un problema, pero estaban los años juntos, el pasado, los planes que en muy poco tiempo se iban a convertir en su futuro y que, aun hechos añicos delante de sus ojos, significaban todavía mucho para ella. No podían acabar así, al menos deberían darse la oportunidad de cerrar la relación de otra manera más civilizada. Ella tampoco había dado un paso adelante y comenzó a marcar su teléfono.

—Rocío —dijo tía Gigi asomando la cabeza por la puerta de la habitación—, tienes algo para picar en el salón. A estas horas he pensado que un vaso de leche con galletas y un sándwich es suficiente. Ven a comerlo allí, no es buena idea contaminar el espacio de reposo con olores de comida.

Dejó el teléfono sobre la cama, borrando antes los números marcados, no eran horas de llamadas. Siguió a su tía, pensando en las veces que se había tomado vasos de leche con galletas en la cama sin que se le pasara por la cabeza que eso pudiera contaminar su reposo. Más bien, a altas horas, un colacao tenía efectos mágicos para el sueño.

En el salón se bebió la leche de un trago, ignorando el resto del escaso menú. Quería volver cuanto antes a la intimidad de su habitación.

—Te quedaba mejor el camisón de esta mañana —le dijo Alberto cuando estuvo seguro de que la tía Gigi no le escuchaba.

—Gracias —contestó ella—, me da exactamente igual lo que opines.

Dejó el vaso encima de la mesa, al lado de las galletas y el sándwich que no había tocado y se giró para marcharse.

—Buenas noches.

Ni siquiera se molestó en ser amable. No contestó.

Casa de Gigi. Lunes por la mañana.

La noche resultó ser más larga de lo que Alberto esperaba. Llevaba razón la tía Gigi, el sofá no era demasiado cómodo y las mil vueltas para encontrar una postura le causaron un tremendo dolor de cuello. Intentó mitigarlo en cuanto se despertó a base de movimientos laterales de la cabeza. Como no conseguía mejoría puso las manos en la parte de atrás del cuello y desde allí obligó a sus dedos a moverse en círculos por la clavícula, presionando los músculos para desentumecerlos, mientras rotaba los hombros.

—Abrázate.

La palabra de la tía Gigi, que había entrado en el salón silenciosa como un gato, lo desconcertó.

—¿Perdón?

—Que tienes que abrazarte para estirar bien los músculos.
—¿Así? —Alberto rodeó su torso con los brazos.
—Mucho más enérgico, como si quisieras aplastar a la persona que tienes frente a ti, aunque en este caso eres tú mismo.
—Siento que se relajan los brazos, pero el cuello me sigue molestando. Mucho. Casi no lo puedo mover sin ver las estrellas.
—Te lo dije, ese sofá engaña mucho.
—¿Cuánto rato tengo que abrazarme? —preguntó. Los brazos permanecían asidos a su espalda.
—No te sueltes nunca —dijo Rocío entrando en el salón—. No sé si cuando la gente se entera de lo capullo que eres le quedan ganas de abrazarte. Mejor que lo hagas tú solito y así no lo echarás de menos nunca.
—Buenos días, princesa —dijo él sarcásticamente.
—No soy una princesa y mucho menos para ti. He dormido a pierna suelta, sin notar guisantes debajo del colchón ni nada parecido. —En realidad no había sido capaz de pegar ojo, pero no estaba dispuesta a confesarlo.
—Rocío, cariño, no seas así con él. Paz. Ven, te enseñaré cómo puedes darle un masaje, yo ahora me tengo que marchar y no tengo tiempo. No hay nada mejor para empezar el día. Pero a ver..., hay que buscar un sitio donde puedas tumbarte boca abajo. Necesitamos una crema para que las manos se deslicen con más suavidad por la espalda... Ve quitándote la camisa.
Alberto obedeció a tía Gigi, divertido ante la situación mientras Rocío, medio dormida, no acababa de reaccionar. El torso musculado de Alberto dejó noqueadas a sus neuronas, que patinaron todas al unísono y se olvidaron de realizar las funciones más básicas: no mandaron órdenes al cerebro para que detuviera los pensamientos que se cruzaban por él a un ritmo frenético, ni tampoco a su corazón,

al que le dio por acelerar más de lo aconsejable. Las responsables de mandar estímulos a la región del habla se unieron a la huelga y se quedó muda. Las únicas obedientes eran las que se encargaban de la vista, que estaban disfrutando como enanas con el espectáculo que suponía el pecho del actor desnudo. Sintió un escalofrío que le erizó el vello y las piernas a punto estuvieron de perder su capacidad para sujetarla.

—A ver…, creo que tendrá que ser en la cama de Rocío.

Tía Gigi, ajena por completo a la parálisis que había sufrido de pronto su sobrina, seguía a lo suyo.

—Por mí ningún problema —dijo Alberto, que sí se había dado cuenta de que ella lo estaba mirando embobada. Por primera vez desde que se conocían veía en ella la misma mirada que muchas veces había confirmado en las mujeres que se cruzaban con él. Le estaba haciendo gracia, porque siempre había detectado en ella una resistencia que ahora se deshacía como niebla a media mañana.

—Tendrás que empezar masajeando a ambos lados de la columna, primero despacio, para relajarla…

Rocío despertó de pronto de su ensoñación involuntaria.

—¿Me estás hablando a mí?
—Hace rato, sí —dijo Gigi.
—Pues lo siento, yo a este no le toco ni loca.

Alberto abrió la boca para hacer un comentario, pero se quedó con el aire suspendido a mitad de camino. Rocío ya había salido de la habitación y su móvil empezó a danzar encima de la mesa al ritmo de la vibración.

—Lucía, ¿cómo estás? … Sí, bien, llegamos sin problema. Perdón, se me olvidó avisar. Le mandé un mensaje a Víctor para que supiera que Gustavo lo iría a buscar… Sí… No, no me he asomado a la puerta. —Apartó el teléfono de su oreja y le preguntó a la tía Gigi—: ¿Se ve el portal desde alguna ventana?

—Desde la terraza puedes verlo.
—¿Me puede hacer un favor? ¿Puede asomarse a ver si hay prensa?
—Sí, claro. ¿Cómo los distingo?
—Son muchos y llevan cámaras —dijo Alberto, sorprendido por el despiste que mostraba siempre la mujer.
—Oh, claro.
La tía Gigi se asomó al balcón. Atisbó a uno y otro lado y no le pareció que hubiera nada anormal en los alrededores. Entró de nuevo en el salón, arrastrando con ella el viento frío de la mañana.
—Despejado. No hay nadie... sospechoso. —Se lo estaba pasando muy bien con aquello que a ella le parecía más un juego que la realidad.
—Lucía, me dicen que no hay nadie... Bien, entonces eso es lo que haré. ¿Ella? No creo que quiera, pero se lo diré... ¿La dirección? Espera. —Alberto le pidió que le diera la dirección exacta de su casa a la tía de Rocío, que se la facilitó gustosa. Él la repitió en el teléfono—. Muchas gracias, te debo una, Luchi. Ciao.
Se volvió hacia tía Gigi, que esperaba impaciente que le contase algo de la conversación, enterarse al menos de algún detalle que le aclarara por qué necesitaba saber su dirección.
—¿Y bien? —preguntó.
—Podemos irnos. En un rato me volverán a llamar. Me van a dejar las llaves de un coche de alquiler en el buzón y una nota con el destino que tomaremos.
—¿Rocío también?
—No tardarán mucho en averiguar que está aquí, es mejor que ella tampoco esté y no de pie a que la molesten. Son difíciles de manejar incluso sabiéndose sus trucos. —Se acordó de la trampa que le habían tendido un día antes y lo fácil que cayó en ella.
—¿Tendrá que irse contigo?
—Sí, claro. Es lo mejor.

—Me parece que te va a costar convencerla.
Costó.

Rocío no tenía ninguna intención de ir a ninguna parte con Alberto, pero tía Gigi la persuadió. Los argumentos que empleó tenían que ver con su tranquilidad, pero en el fondo quería empujarla a que le diera una oportunidad. Había que estar muy ciego para no percibir que entre los dos había algo a punto de estallar y no era bueno ir dejando por la vida bombas cargadas.

Si no haces algo a tiempo, te explotan en la cara en el momento más inoportuno.

TOMA 18

Casa de Gigi. Lunes a media mañana.

Gigi abandonó la casa a media mañana para acudir al herbolario, dejando a los jóvenes solos. Rocío protestó, pero no consiguió que su tía se quedase con ellos. Lo único que le faltó para tratar de convencerla fue agarrarse una rabieta, como cuando era una niña, y colgarse de su falda dejando que arrastrase su cuerpo por el pasillo de la casa. Para evitar quedarse a solas con Alberto en el salón, se metió en la habitación, cerró la puerta y la atrancó con una silla, pero al rato empezó a sentirse como un león enjaulado. La habitación tenía pocas opciones de diversión.

Contó varias veces las monedas que llevaba acumuladas en el bote.

Miró por la ventana.

Se sentó en el suelo.

Se sentó en la cama.

Se levantó y alisó la colcha.

Miró otra vez por la ventana.

Cuando el aburrimiento empezaba a superarla decidió ordenar el armario, pero la ropa era tan escasa que terminó en un cuarto de hora. Luego recordó que tendría que marcharse con Alberto en cuanto el coche estuviera aparcado en la puerta y sacó todo del armario para colocarlo en su maleta.

Por su parte, Alberto se entretuvo un rato zapeando con el mando a distancia. Como suponía, los programas matinales se hacían eco de la entrevista en el programa de radio, pero no quiso escuchar lo que contaban. Seguro que estaban plagados de imaginación y, entre ella, alguna verdad a medias que no le apetecía escuchar. En lugar de eso siguió pulsando botones e interrumpió la búsqueda en un canal en el que ponían varios capítulos seguidos de una serie documental sobre crímenes. Cada vez que exponían un caso nuevo, constataba que le recordaba sospechosamente a un capítulo de CSI, por lo que pensó que los guionistas de la serie habían tirado de realidad para construir la ficción de manera verosímil sin romperse demasiado la cabeza. Justo lo contrario que estaba haciendo con él la prensa rosa: a partir de la ficción que ellos mismos inventaban estaban vendiendo una realidad distorsionada, y se preguntaba en qué se ha convertido una sociedad que acaba acatando como cierta cada una de las noticias que llegan a través de la prensa, sin tomarse la molestia ni siquiera de ponerla en duda. Pensando en esos días pidió en silencio que a ningún genio de la pequeña pantalla se le pasara por la cabeza hacer un documental de investigación sobre él. A saber si en breve acababa convertida su presunta vida en un telefilme de serie B.

El teléfono interrumpió el principio del tercer capítulo.

—¿Diga?

—Alberto —se oyó a Gustavo al otro lado de la línea—. Un mensajero ha dejado las llaves del coche en el buzón.

—Ok, gracias, Gus. ¿Dónde voy?

—Lucía me ha dicho que tienes que llamarla antes de salir. Es ella la que sabe dónde iréis y te dirá también dónde está aparcado el coche, el modelo, el color y la matrícula.

—¿Por qué no te lo ha dicho a ti? —preguntó intrigado.
—Dice que no se fía.
—¿De ti? Bueno, en el fondo no me extraña...
—De nadie, de que estén escuchándonos ahora tampoco —añadió Gustavo—. Por eso yo no sé más.
—Una cosa, no sé si sabes que no llevo más ropa encima que la puesta y en esta casa solo viven mujeres que no me van a poder prestar nada. —Alberto había pensado de pronto que si tenía que salir de viaje por tiempo indefinido al menos necesitaría algo para cambiarse. Parar en una tienda a comprar algo no era la mejor idea del mundo.
—En el coche hay una maleta, a Lucía no se le escapa un detalle.
—Espero que no tarde, me empiezo a aburrir aquí.
—Pues por lo que sé estás bien acompañado —dijo Gustavo—, la camarera está muy buena... Yo si tuviera ese cuerpo que tienes tú me las arreglaría para entretener las horas de espera de manera muy placentera. Seguro que no te cuesta nada, por lo que dijo ya te ha probado...
—Gus, déjalo, por favor —dijo Alberto, enfadándose por el tono de su representante.
—Vale, vale, lo que quieras.
—Por cierto, ¿qué has hecho con Víctor?
—Está en el instituto, no te preocupes. Le he llevado yo mismo y le recogerá una persona de confianza a la salida, yo no puedo. Antes de entrar no ha hablado con nadie, de hecho ha entrado muy cabreado porque lo he acompañado hasta la misma puerta y lo único que ha hecho ha sido renegar. Por cierto, he necesitado a Lucía para que lo convenciera de que tiene que quedarse conmigo.
—¿Lucía?
—Es la única capaz de convencer a Víctor para que

no hable con la prensa, tienes un hermano un pelín capullo.

—Más que un pelín —dijo Alberto con disgusto—. Oye, te dejo, quiero que la línea esté disponible para hablar si llama Lucía.

—Tienes un teléfono de última generación, puedes coger una llamada mientras retienes otra —comentó Gustavo con sorna.

—Tengo un teléfono desde hace unos días que no sé manejar, así que deja que me las arregle del modo tradicional. Además, me acabas de insinuar que podrían estar escuchando tu llamada. Hagámoslo breve. Hasta luego.

Colgó.

No le apetecía escuchar a Gustavo más tiempo. El comentario que había hecho sobre Rocío le había irritado. Sintió una punzada en el abdomen y se le revolvió el estómago. Pensó que bebiendo un vaso de agua se le pasaría.

Cocina de Gigi. Lunes a media mañana.

En la cocina, Rocío, que había salido de la habitación también en busca de agua, apuraba las últimas gotas de su vaso.

—¡El que faltaba! —dijo al verlo entrar. Depositó el vaso en el fregadero dispuesta a salir cuanto antes de allí. Mientras examinaba la mejor trayectoria para abandonar la cocina sin rozarle, bajó la guardia y le dejó espacio para iniciar una conversación.

—No sabía que estabas aquí, pensaba que seguías atrincherada en tu cuarto.

—¡No estaba atrincherada! —protestó con una energía innecesaria.

—Has cerrado la puerta de un portazo y me juego lo que quieras a que has echado hasta el pestillo.
—¡No tiene pestillo! —En el mismo momento que pronunció esas palabras se empezó a poner colorada, recordando el respaldo de la silla atrancado bajo la manilla de la puerta, lo que hizo estallar una carcajada en Alberto.
—¡Te has encerrado! —La provocó.
—No.
—Sí, lo has hecho. —Siguió riendo divertido.
—¡Te he dicho que no!
—Lo que tú quieras, princesa.
—No me llames princesa, que tengo el cajón de los cuchillos a mano.
—Ok, no te llamaré princesa, princesa.
Un cuchillo no le lanzó, pero a mano tenía un temporizador con forma de huevo que acabó impactando contra el pecho del actor.
—Vale, vale —dijo riendo—. Creo que esta mañana te has levantado con muy poco sentido del humor. ¿Dónde están los vasos?
—En el armario. —Estuvo a punto de dejarlo con la palabra en la boca y que adivinara en qué armario, pero la estrechez de la cocina impedía salir sin pedirle que se apartase de la puerta o hacer una pirueta para que sus cuerpos no acabaran tropezando. Decidió dárselo ella misma—. Espera.
Rocío abrió la puerta del armario que quedaba encima del fregadero y le entregó un vaso con unos dibujos de Monster High que no pegaban nada con el resto de la decoración de la casa de tía Gigi. Una de las pasiones de la mujer era la Nocilla y tenía una colección de vasos de los más diversos temas: corazones, motivos étnicos, series de dibujos animados e incluso había uno de motitas naranjas irregulares que Rocío recordaba en aquella casa desde que era muy pequeña.

—Estos dibujos monstruosos no me gustan nada —dijo Alberto—. ¿No te parecen demasiado delgadas? Además, ¿monstruos? Un concepto de entretenimiento para niñas muy inquietante...

—Seguro que tú preferirías Heidi —dijo Rocío cortante.

—Hombre, no soy tan mayor como para ser de los tiempos de Heidi. —Se defendió él.

—Has podido ver la serie, la han repetido mil veces... La he visto hasta yo.

—¿Cuántos años tienes? —preguntó él, tratando de normalizar la conversación, mientras pasaba el dedo índice por el borde del vaso.

—A ti qué te importa.

Rocío no parecía demasiado de acuerdo con normalizar la conversación ni la cordialidad con él.

—Es solo por hablar. ¿Dónde está el agua?

—¿Ves eso? Se llama frigorífico —empezó a decir ella—. Agarras el tirador, haces fuerza hacia ti, no mucha, tampoco hace falta que te lo cargues, y se abre. Luego miras dentro, buscas la botella y te sirves.

—Eres muy simpática cuando te da la gana —ironizó.

—Gracias.

—Menos mal que después lo compensas siendo profundamente antipática conmigo. —Sonrió.

Rocío lo miró echando chispas por los ojos. El tono tranquilo de la conversación estaba consiguiendo que se pusiera aún más nerviosa que si hubieran empezado a gritarse como locos.

—¿Quieres que lo compense? —preguntó.

—Si es como ayer por la mañana, encantado.

Alberto se acercó a Rocío. Ella dio media vuelta, abrió el frigorífico y le dio la botella de agua bruscamente.

—Toma, bien fría, me parece que te hace falta.

Y salió por la puerta de la cocina sin importarle esta

vez el encontronazo físico, que procuró que no fuera suave y que se produjo justo en el momento en el que empezaba a sonar un silbido en el móvil del actor.

Salón de Gigi. Lunes a media mañana.

El mensaje contenía la palabra «tres» y el teléfono del cual procedía no estaba en su agenda. Pensó que quizá podría tratarse de alguien que se había equivocado y a quien se le había deslizado el dedo a enviar antes de terminar de escribir. Cerró la aplicación sin darle importancia.
Inmediatamente entró otro mensaje: *MEGA*.
¿«Mega»? ¿«Tres MEGA»? Otra vez el mismo número desconocido. Volvió a cerrar y dejó el teléfono encima de la mesita de tía Gigi. Se sentó en el sofá, pero antes de que le diera tiempo a acomodarse el teléfono silbó de nuevo: *Cuatro. NE.*
¿Qué demonios eran esos mensajes? ¿Quién se los estaba mandando? Se mantuvo unos momentos mirando la pantalla, pero esta se bloqueó y volvió a negro. El teléfono recuperó la calma y así se mantuvo cinco minutos. Hasta que la función de vibrado se unió al silbido y le hizo cosquillas en la mano: *Siete. Gris.*
—¡Rocío! ¡Tienes que venir! —gritó mientras sostenía la pantalla a treinta centímetros de su rostro. Esperaba por si volvía a sonar.
—¿Algo se está quemando? —preguntó ella, entrando en el salón con desgana.
—Es que estoy recibiendo unos mensajes que no entiendo y a lo mejor me podrías ayudar a encontrar una explicación.
—A ver...
—Mira.

La pantalla repetía lo que ya había leído Alberto.

—«Tres. MEGA. Cuatro. NE. Siete. Gris» —dijo Rocío en voz alta—. ¿Quién te los manda?

—No lo sé.

—Pues seguro que no serán para ti.

El teléfono dejó visibles dos palabras más: *Cinco. Plata.*

Los dos se miraron perplejos. Antes de que les diera tiempo a reaccionar, tres silbidos trajeron tres nuevos mensajes misteriosos:

H.
C.
E.

—Han comido elefante —dijo Rocío.

—¿Quiénes?

—Es un juego —dijo ella—. Es que cuando tenía que memorizar características estudiando, solía repasar las primeras letras de cada una en mis apuntes y me inventaba una frase para que no se me olvidara ni una en el examen. HCE: han comido elefante.

—Interesante manera de no olvidar, aunque no creo que me haga falta usarla. Tengo buena memoria. Siempre se me dieron bien los exámenes.

—Y eres actor. La memoria es importante.

—Para el cine no es muy necesaria, no te creas, pero a mí lo que me gusta de verdad, por lo que me metí en todo esto, es porque me encantaba el teatro.

—¿Por qué no te dedicaste a él?

—Porque el teatro te da vida, pero de él no se vive.

—Ya veo, el dinero.

—No estoy hablando de eso. Puede que ahora me vaya bien en el cine, pero estas son rachas, algo pasajero. Hay temporadas que ganas un montón de pasta, es cierto, pero después te pasas años sin que nadie se acuerde de ti. Eso sucede en el teatro, con la diferencia de que a veces allí no se gana nada más que lo justo para ir tirando. Y en las malas rachas puedes pasarlo realmente mal. Mira, si te soy sincero, mientras sea joven intentaré aprovechar el tirón de mi físico en el cine y el teatro lo dejaré para después, o para algo esporádico.

El teléfono dejó entrar un nuevo mensaje: *Pegaso*.

—Números, letras, ahora mitología... ¿qué es esto? —se preguntó Alberto.

—Alguien que se lo está pasando pipa a tu costa.

—Bueno, y a la tuya, que estás mirando igual que yo —dijo él.

La melodía del móvil anunció una llamada que, esta vez, sí traía nombre.

—¡Lucía!

—Hola. ¿Todo bien?

—Sí.

—Vale, ya te he hecho llegar la información que necesitabas. El destino está en un papel, en la guantera del coche.

—¿De qué información hablas? —preguntó Alberto.

—No hablemos más, ya la tienes, ¿no? ¡Suerte!

La comunicación se cortó.

—¿De qué me estaba hablando?

—Era Lucía, ¿no?

—Sí, se supone que ella debería decirme en qué coche nos tenemos que ir. Las llaves están en el buzón desde hace rato, pero no sé qué coche es, ni dónde está... Dice que ya me ha mandado la información y tendremos que ir a un lugar anotado en un papel que está en la guantera del coche. ¿Qué coche? ¿Dónde está la información? Cuando Lucía se pone así me desconcierta.

—¿Así cómo?

—Misteriosa —dijo él—. Le encanta jugar, a veces parece que no ha crecido. A saber dónde habrá escondido la información.

—A lo mejor están en el buzón las instrucciones —propuso Rocío.

—No, Gus dice que ahí solo dejaron las llaves.

—Voy a ver.
—No, si bajas alguien podría verte —dijo Alberto preocupado, sujetándola por el brazo cuando ella se puso de pie.
—Mira, si no bajo me dará algo por seguir aquí encerrada contigo, así que voy.
Se las arregló para soltarse de su mano y antes de que Alberto reaccionara, ella estaba bajando las escaleras.

Portal de Gigi. Lunes por la mañana.

Rocío se acercó sigilosa al portal. No se veía a nadie en la puerta de la calle, pero de todos modos se dio prisa en introducir la llave en el buzón. Esta, quizá confabulada con su nerviosismo, se atascó a mitad de recorrido, impidiéndole realizar la maniobra con premura. Al fin logró deshacerse de los nervios y abrir la cerradura, y allí encontró una llave de coche, pero ni rastro de una nota que les condujera a él. Subió rápidamente las escaleras.

Salón de Gigi. Lunes por la mañana.

Un par de minutos después se sentaba sin resuello al lado de Alberto. Al notar lo cerca que estaban se separó unos centímetros.
—No había nada más que esta llave.
Él la tomó en sus manos y observó el logotipo. Eran las llaves de un Renault, al menos ya sabían que podrían ir descartando el resto de las marcas de coches aparcados en las calles de Madrid. Menos era nada.
—Tendré que volver a llamar a Lucía, no sé dónde pretende que vayamos ni qué coche abre esta llave.

—Oye... —dijo Rocío—. Se me está ocurriendo una cosa. Déjame ver de nuevo tu móvil.

Alberto le cedió el teléfono abierto por la aplicación que mostraba la secuencia de los curiosos mensajes que había ido recibiendo. Rocío se quedó mirando las palabras unos minutos y sonrió.

—Ya sé qué coche es y dónde está.

—¿Sí? —miró de nuevo el móvil sin comprender.

—Lo pone todo aquí, lo que no sé es por qué te ha mandado la información fragmentada. Hubiera sido más sencillo que todos hubieran llegado juntos.

—Me dijo Gustavo que a Lucía le da miedo que alguien esté controlando mi teléfono.

—¿Eso se puede hacer?

—Me temo que sí, que cualquiera con un poco de habilidad puede entrar en el móvil de otra persona y averiguar el contenido de los mensajes que envía y recibe. Procuro no usar mucho esto, hay quien se ha llevado desagradables sorpresas viendo cómo se invadía impunemente su intimidad.

—¡No me digas! ¿Tú preocupándote por la intimidad de alguien? Te recuerdo que...

—Vale, no me lo recuerdes, que ya sé lo que me vas a decir. ¿Qué has averiguado?

—Que el coche es un Renault Megane gris plata y está aparcado en la calle Pegaso, que está aquí al lado. Y la matrícula es 3475 HCE.

Alberto la miró desconcertado. Volvió a repasar los mensajes y concluyó que lo que decía tenía sentido. Pudiera ser que, después de todo, Lucía no estuviera tan tonta, y se alegró de que Rocío la hubiera entendido a la primera, porque a él no se le había pasado por la cabeza la idea de que eran fragmentos del mismo texto. Fue a decir algo, pero Rocío lo interrumpió.

—Ha sido por el logo de la llave. Estaba pensando en que lo que te habían enviado eran coordenadas de algo, incluso pensé en que teníamos que dirigirnos hacia el noreste, hasta que me di cuenta de que «mega» y «ne» formaban parte del modelo de un Renault. Lo de color y la matrícula ha venido solo.

—¿Y la calle? No sabía que conocieras tanto la ciudad.

—Me he acordado de que cerca hay una calle que se llama Pegaso porque de pequeña, un día mi tía me llevó de paseo y al recorrerla me recitó de un poema de Machado: «Pegasos, lindos pegasos, / caballitos de madera... / Yo conocí siendo niño, / la alegría de dar vueltas / sobre un corcel colorado, / en una noche de fiesta...».

Lo recitaba con una voz suave, cadenciosa, disfrutando cada palabra que escapaba de su boca mientras Alberto la miraba fascinado, hasta que sintió vergüenza e interrumpió los versos a la mitad.

—¿Lo recuerdas aún? ¿Sin trucos de memoria?

—Adoro esa poesía —se defendió ella, cambiando el tono.

—Vale, perdona, no debería haber dicho eso.

—Era pequeña y me gustó mucho, hice que me lo repitiera mil veces.

—Pues entonces, ya tenemos lo que necesitamos, podemos empezar a prepararnos para salir.

—¿Comemos algo antes?

—Sí, no sé dónde vamos, así que creo que es mejor que comamos, por si el viaje es largo. Me temo que no será discreto que paremos en ninguna parte.

En la cocina inspeccionaron los ingredientes de la despensa de la tía Gigi y empezaron a preparar un sencillo menú a base de arroz. Con perfecta coordinación, fueron añadiendo los ingredientes, vigilaron el tiempo de cocción minuciosamente y pusieron la mesa. En todo el tiempo que les llevó no chocaron, algo que tranquilizó mucho a Alberto. Rocío se mostraba tensa a su lado y no sabía cuánto tiempo tendrían que compartir a partir de entonces. La sola idea de que se la pasaran discutiendo a cada momento se le hacía cuesta arriba, así que, al verla relajada, empezó a relajarse también él y se prometió que haría todo lo posible por no soltar otro de sus comentarios. Cuando estaban terminando se oyó la voz cantarina de la tía Gigi.

—¿Hay alguien en casa?
—Tía, estamos en la cocina —gritó Rocío.
—Hola, chicos —dijo ella, desembarazándose del abrigo—. ¿Todavía estáis aquí? Bueno, qué tontería, ya veo que sí. ¡Qué mañana! No ha parado de entrar gente en el herbolario buscando algo con lo que conseguir dormir. Si esta crisis no se acaba pronto creo que la sociedad entera enfermará de estrés. En cuanto termine de comer pienso dedicar un par de horas a hacer unos ejercicios de relajación, que me están haciendo mucha falta.
—Te hemos preparado algo para comer, no sé si te gustará —dijo Rocío. Los ingredientes estrella de la tía Gigi los habían descartado en su plato por no saber, en la mayoría de los casos, qué hacer con ellos: el jengibre, el salvado, la avena... Seguro que eran muy beneficiosos para el organismo, pero no supieron cómo combinarlos con el arroz.
—Cualquier cosa estará bien, no os preocupéis. Después me tomo un té desintoxicante y listo.

Alberto hizo un amago de reírse del comentario, que fue respondido con una patada por debajo de la mesa de Rocío. Justo en la espinilla.

—¿Cuándo os vais? No estoy tratando de echaros —añadió Gigi—, es solo curiosidad.
—Ahora, después de comer —dijo Alberto.
—Mala idea.
—¿Por qué es mala idea, tía?
—Bueno, porque a él lo reconocen, ¿no? Esperad hasta las seis, ya será de noche y os costará menos pasar desapercibidos en la calle. Tú no te preocupes, tengo un go-

rro, una bufanda y unos guantes que te pueden venir muy bien para disimular tu aspecto, pero es mejor que salgáis de noche.

—Si tú lo dices.

Rocío comenzó a recoger los platos y enseguida Alberto se ofreció para fregarlos. Ante su mueca de extrañeza, comento:

—¿Eres de las que piensan que los chicos no sabemos qué hacer con un plato sucio?

—¡Pues claro que no, idiota! Fregar los platos no requiere un máster. Simplemente me ha parecido que no te pegaba nada ponerte a recoger la mesa.

—Vivo solo, bueno, con un adolescente a mi cargo. Nadie hace estas cosas por mí.

—Suponía que las superestrellas teníais servicio...

—No lo tengo. Hasta limpio la casa yo solito.

—Tienes que estar monísimo con los guantes de goma y el delantal.

—Eso está bien —interrumpió tía Gigi, parando el conato de discusión—. Hay que ser autosuficiente en esta vida. Me voy a meditar un poco, ¿os importa recoger también lo mío?

—Claro que no —contestó Alberto.

—Gracias.

Sigilosamente, Gigi se acercó al oído de Rocío.

—Me gusta este chico.

Rocío quiso contestar algo, pero las palabras que su cerebro procesó como respuesta contradecían a las de su corazón y prefirió guardar silencio.

A las seis y diez Alberto llevaba puesto un gorro de lana rojo a juego con una bufanda y unos guantes. El abrigo, abrochado hasta arriba, pretendía completar el disfraz que buscaba espantar tanto al frío como a los posibles fans que pudieran reconocerlo.

—Creo que con esto llamo más la atención que si no me lo pongo —le dijo a Rocío, en un momento en el que

Gigi no estaba escuchando, mientras se miraba en el espejo del aseo de invitados.

—La verdad es que estás... para hacerte fotos —dijo sin poder contener una carcajada.

—No te rías.

—Mi atuendo no es mejor. Ya verás...

Empezó a ponerse una bufanda de mil colores, un gorro amarillo y unos guantes verdes. Seguro que como personaje de un cuento infantil iba monísima, pero como persona normal y corriente llamaba mucho la atención.

—Sí, al menos yo voy conjuntado. Dame tu maleta, yo la bajo.

—No, mi maleta la llevo yo —respondió ella—, gracias.

—Ya veo, marcando distancia. Está bien, llévala tú —dijo Alberto. Al menos esta vez no había sido tan borde.

Se despidieron de la tía de Rocío con dos besos y bajaron las escaleras del edificio.

Inmediaciones de la casa de Gigi. Lunes por la tarde.

Rocío se asomó al portal y no vio nada sospechoso, así que le hizo un gesto a Alberto para que la siguiera. Ella sabía dónde estaba la calle Pegaso, así que él se dejó guiar por la ciudad. Cruzaron calles, esperaron en semáforos y ninguna de las personas con las que tropezaron hizo amago de reconocerlos. En la calle que señalaba el mensaje había una enorme fila de coches aparcados, pegados a la acera de enfrente. Decidieron seguir buscando sin cruzar la calle, aprovechando la perspectiva visual que les daba esa mínima distancia, ya que la calle era bastante estrecha. Les permitiría disimular un poco el rastreo.

—Espero que lleves razón, que sea un Megane gris plata y que esta sea la calle. Parecemos dos turistas perdidos en la ciudad arrastrando una maleta.

—¿Te acuerdas de la matrícula? —preguntó Rocío, ignorándole.
—Sí, los números eran tres, cuatro, siete, cinco... Y las letras...
—Hemos comido elefante —añadió ella—. Allí hay un coche gris.
Se acercaron al vehículo que resultó ser un Opel Corsa. Siguieron andando por la acera, observando cada uno de los coches aparcados y cuatro vehículos más adelante había otro coche gris, pero esta vez era un Golf.
—Joder, qué frío hace, espero que lo encontremos pronto —dijo él.
—Ahí —señaló Rocío.
Al fondo de la calle vio un Megane gris con las letras HCE en su matrícula. Esperaron a que pasasen dos vehículos y cruzaron. Un rápido vistazo a la matrícula confirmó que se trataba del vehículo correcto, puesto que coincidían todos los números. Alberto pulsó el mando y al instante las cuatro luces de emergencia parpadearon uniéndose al coro un sonido metálico que indicó que el bloqueo de las puertas había sido liberado. Rocío abrió el maletero, dejó dentro la maleta y entró en el vehículo por la puerta del copiloto. Alberto ya estaba sentado en el asiento del conductor y arrancó. Buscó el climatizador y lo subió hasta veintiséis grados para que la calefacción caldease el coche cuanto antes.
—En la guantera estará el destino —dijo.
Rocío la abrió y, encima de los papeles del seguro, había una nota manuscrita.
Casa Rural Las Dos Esquinas. Grimiel. La llave está entre la persiana de la ventana que está junto a la puerta.
—¡Esto tiene que ser una broma! —gruñó Rocío.
—¿Grimiel?
—¿Cómo pretenden que vuelva allí? ¡Ni hablar, me voy a casa de mi tía!
—Espera —dijo Alberto, tratando de retenerla—, puede que no sea mala idea. Todo el mundo piensa que te has

ido, si no salimos de la casa y llegamos en medio de la noche nadie sabrá que estás de nuevo en el pueblo. Pero no podrás ir a ver a tus padres, eso tienes que tenerlo claro.

—No quiero volver —dijo con la voz a punto de quebrarse.

—¿A qué tienes miedo?

—¿Tú qué crees? Óscar estará allí…

Aunque para Alberto el novio de Rocío no significase nada, hasta hacía un tiempo, ella se iba a casar con él en las siguientes semanas, así que no tenía que ser agradable volver a un lugar que le recordaría constantemente que eso ya no podría ser.

—Es temporal, vamos, no pasa nada. No se enterará de que has vuelto.

—Ya, pero yo sí.

La maniobra de salida del aparcamiento fue un poco problemática, porque el coche estaba literalmente empotrado entre los dos que lo flanqueaban. Quizá por ello, o por las ganas de marcharse, no notaron que un coche que abandonaba también el estacionamiento no perdía de vista al Renault Megane gris plata.

PARTE III
Grimiel

TOMA 19

Renault gris plata. Lunes por la noche.

Finas gotas de agua se sumaron por sorpresa a la excursión nocturna y el tráfico urbano, en cuestión de minutos, se volvió insoportable. Siempre que llovía, todo el mundo parecía ponerse de acuerdo para apresurarse a sacar el coche, aunque no fuera nada más que para llegar a la esquina, organizando un atasco.

Alberto, aburrido por el mutismo de Rocío, que miraba ausente por la ventanilla, encendió el equipo de sonido del coche. En la pantalla del cuadro de mandos apareció un menú que tenía carpetas con el nombre de grupos y solistas.

—¿Te apetece escuchar algo en especial? —le preguntó mientras movía la ruleta investigando el contenido musical.

—No, me da lo mismo —respondió ella sin apartar la mirada del cristal.

Un reflejo inoportuno le mostró a Alberto que lloraba en silencio. Aceptar tener que volver a Grimiel, de donde había salido huyendo, no era fácil sin pagar algún peaje. Las lágrimas eran solo la antesala de unos sentimientos convulsos que batallaban en su cerebro, de los recuerdos que devolvían a Rocío al escenario presuntamente feliz en el que el teatro de su vida había transcurrido un par de semanas atrás.

No quiso insistir. De la lista seleccionó él mismo la carpeta titulada *Varios*, y *Mirrors*, de Justin Timberlake, esparció sus notas y silenció en parte el sonido del limpiaparabrisas, que era lo único que se escuchaba en el coche. A esta canción le siguieron *Impossible*, de James Arthur, *When I was your man*, de Bruno Mars, *Let her go*, de Passenger y algunas más que se sucedieron sin dejar ninguna huella en su memoria.

Cuando abandonaron cualquier rastro urbano eran más de las siete y apenas unos cuantos coches seguían su misma ruta. Alberto conocía el camino, al fin y al cabo no había pasado mucho tiempo desde que había hecho el mismo recorrido con Lucía, pero le estaba preocupando el silencio de Rocío y a ratos le pedía que le confirmara si iban bien con cualquier cuestión trivial.

—Era tuya —dijo Alberto, más o menos a mitad de camino, sacándola de sus pensamientos.

—¿Mía? ¿De qué hablas?

—De la escultura del hotel. La hiciste tú, no una amiga tuya.

—¿Cómo sabes...?

—En casa de tu tía había otra. Entre aquel maremágnum de cosas imposibles que tiene, vi una pequeña escultura de una mujer desnuda, tumbada boca abajo sobre algo que simulaba ser arena de playa.

—Pudo hacerla ella, ¿no? —dijo Rocío, volviéndose hacia la ventana.

—Es tuya. Estoy seguro. Actuaste de un modo muy protector cuando la toqué.

—¿Y qué si lo es?

—Te lo dije en el hotel, eres muy buena.

—No me hagas la pelota, por favor. No lo necesito.

—¿Qué sientes cuando esculpes? —curioseó Alberto, ignorando sus palabras. Le apetecía saber algo más de ella, traspasar la barrera que se interponía entre los dos.

Rocío se mantuvo en silencio durante unos minutos,

tantos que Alberto perdió la esperanza de que contestase a lo que le había preguntado. Se había vuelto a concentrar en la carretera cuando la chica empezó a hablar:

—Magia. Siento que las cosas pueden ser perfectas, tal y como las imagino, porque me permite retocar y retocar hasta que se ajustan a lo que soñé. Y si no está bien... siempre puedo volver a empezar, si no me gusta cómo ha quedado vuelvo a humedecer el barro y repito el proceso. No pasa nada.

—La vida es como barro. La vamos esculpiendo día a día, ¿no crees?

—En la vida —dijo, mirándolo—, los errores se quedan. No admiten retoques.

—No estoy de acuerdo. Siempre se puede volver a empezar. Desde el principio.

—Eso no es verdad. Cuando te equivocas con alguien ya no hay vuelta atrás. Se acabó. Nada se parece a lo que era —dijo ella, adentrando su mirada en la oscuridad de la lluviosa noche.

—Cambia entonces al personaje.

Rocío se miró las manos, sus herramientas de trabajo, con las que se sentía tan segura, y después fijó los ojos en la carretera. Inspiró profundamente antes de seguir hablando.

—No es tan sencillo.

—¿Tú crees? Es más fácil de lo que piensas. Con tu discurso solo estás diciéndome que eres una miedosa.

—¿Y qué si lo soy? —gruñó, enfadándose—. Nadie me ha pedido que sea perfecta.

—Claro que no te lo ha pedido nadie, pero lo intentas, todo el tiempo. ¿De verdad que no te has dado cuenta? Perfecta en tu trabajo, buscas las perfección en tus esculturas e incluso tratabas de montar la vida perfecta con tu novio de toda la vida.

—Y tropecé contigo, para que la estropeases.

—No la estropeé, la cambié.

—¿Con qué derecho? —preguntó furiosa. Tuvo que obligarse a recuperar el control.

—Con ninguno, lo sé. Y te vuelvo a pedir perdón por todo el lío en el que te he metido, pero no pienso pedirte perdón por haberte hecho pensar en ello.

Otra vez el silencio se hizo un hueco entre los dos asientos y durante varios kilómetros fue el rey absoluto, hasta que Alberto decidió que quería seguir conociéndola. Volvió a las esculturas porque era el tema del que menos le costaba hablar.

—¿Por qué empezaste a esculpir?

La pausa entre la pregunta y la respuesta, esta vez, fue mucho más breve.

—Vino a vivir al pueblo un señor que había dado clase en la Universidad. Se quedó viudo y pensó que Grimiel le ayudaría a superar el bache. Pensó que los largos paseos por el campo, la soledad, la tranquilidad, actuarían como un bálsamo para él, pero en seis meses estaba más que aburrido y decidió montar un pequeño taller para enseñar a los niños. Nos apuntamos un montón, pero se fueron borrando poco a poco hasta que solo quedé yo, y eso que al principio no quería ir, me llevaba mi madre casi arrastrándome. Me enseñó todo lo que sé.

—Ir a esas clases fue una buena decisión, entonces.

—La mejor que he tomado en mi vida.

Alberto volvió su atención a la carretera. La lluvia arreció en ese instante, reduciendo la visibilidad y provocando que no viera a tiempo una curva. Por fortuna no era demasiado pronunciada y solo fue un susto. Corrigió la trayectoria y siguieron adelante. Durante unos momentos se olvidó de las preguntas y centró los sentidos en conducir más despacio. Quería que llegasen a salvo a su destino.

—¿Qué es lo que hace que un día agarres un trozo de arcilla y empieces a darle forma? –preguntó cuando volvió a sentir que tenía el control de la conducción.

—Cada proyecto surge de una idea y, hasta que no lo termino, no soy capaz de apartarlo de mi mente. Me absorbe por completo, me siento yo misma. Me relaja. Me olvido del mundo cuando tengo barro entre los dedos, no me importan las horas.
—Desde que aprendiste, ¿has pasado algún tiempo sin esculpir?
—Estos días de locos que llevamos. Y estoy empezando a pensar en que mi estado de ánimo también tiene que ver con ello. Me falta algo.
—¿Nunca te has planteado dedicarte a ello? Ya sé que vendes tus esculturas, pero digo en serio, no en el hotel.
—No, es solo una manera de expresarme.
—Tus deseos —dijo el actor después de un rato.
—¿Qué?
—Vi otras esculturas en el hotel y todas se parecían, transmitían lo mismo. Una mujer desnuda con un niño en brazos, un torso masculino, una pareja abrazada... Son tus deseos. Lo que sueñas y no tienes.
—No sabes nada de mis deseos.
El silencio, pertinaz, volvió a ocupar la primera fila. Eran muchas las noches que Rocío llevaba durmiendo mal y el vaivén de la carretera acabó ejerciendo en ella un efecto sedante. Se quedó dormida.

Las Dos Esquinas. Lunes por la noche.

Poco antes de las nueve, Alberto tropezó con el cartel indicador que anunciaba que quedaba un kilómetro para llegar a Grimiel. La lluvia había concentrado todos sus esfuerzos en descargar con furia contra el coche gris plata, y sintió alivio cuando comprobó que ya estaban llegando. Tenía el cuello agarrotado desde la mañana y conducir en tensión no había ayudado a mejorarlo. Su vista también llegó cansada de tanto forzarla para poder ver a través de la cortina de agua. Y después le molestaron las luces de un vehículo que seguía la misma ruta, que disparaban su reflejo desde el espejo retrovisor. En una ocasión el otro coche le adelantó y condujo bastantes kilómetros por delante del Megane, pero, en un momento en el que las nubes descargaron con una fuerza inusitada, bajó tanto la velocidad que se vio obligado a rebasarlo. Alberto no conseguía ir tan despacio como para abrir una distancia adecuada entre los dos que le permitiera no tragarse todo el *spray* que disparaban las ruedas, así que, a pesar de lo poco que se veía, lo rebasó.

Al llegar a la plaza del pueblo reconoció la silueta del hotel frente a la iglesia. Su estancia en el pueblo y las conversaciones con las personas con las que se habían reunido alrededor de la chimenea le sirvieron como referencia para saber dónde estaba la casa rural, aun cuando nunca la había visto. Siguió recto, atravesando la plaza y contó las calles que se iban presentando a su derecha. Cuando intuyó la llegada de la tercera puso el intermitente y giró. Veinte metros más adelante la calle se bifurcaba en dos y, en el centro del cruce, una casa con una fachada peculiar sostenía un azulejo con una leyenda: *Las Dos Esquinas*.

Aparcó en una de las calles laterales y despertó a Rocío.

—Ya hemos llegado —le dijo suavemente.

Ella abrió los ojos despacio, desconcertada porque no sabía exactamente dónde se encontraba. A pesar de la noche, la luz dudosa de una farola que parpadeaba le ayudó a reconocer su pueblo. Instintivamente se escurrió en el asiento mientras se desabrochaba el cinturón de seguridad.

—No hay nadie, tranquila.

—¿Estás seguro?

—Creo que sí, pero, de todos modos, no te preocupes.

En cuanto deje de llover un poco bajaré del coche y buscaré la llave. Luego solo tienes que entrar corriendo.

—Está a la derecha, debajo de la persiana —dijo Rocío con mucha seguridad.

—¿Cómo lo sabes? No lo ponía en la nota tan claro.

—Esta casa es de Carlos, de sus padres. Algunas veces, cuando éramos adolescentes y queríamos montar una juerga, cuando aún no estaba de moda el turismo rural y esto era solo una casa vieja, Carlos escondía ahí una llave y en invierno veníamos por las noches.

—¿Carlos y tú?

—No —sonrió ella—. Todos los amigos. Botellón disimulado, aquí no toleran bien el ruido en las calles y las botellas desparramadas. Si hubiéramos ido detrás de la iglesia, o al arroyo o a las eras, seguro que nuestros padres habrían mandado a la Guardia Civil a detenernos. Por eso nos encerrábamos aquí y ni siquiera poníamos música para que no nos oyeran. Entonces hubieran descubierto dónde nos metíamos.

—¿Qué clase de fiesta hacíais entonces? —preguntó sorprendido.

—Una en la que lo imprescindible era hablar, beber de más, reír y... —paró—, divertirnos.

—Ya... —añadió él sonriente.

—¿Qué significa ese «ya»?

—Que me imagino la diversión perfectamente.

—No seas tan listo —dijo ella a la defensiva, adivinando que él estaba pensando que se trataba de sexo—, vas a descubrir el frío que hace ahí dentro muy pronto. Te entran poquitas ganas de deshacerte de la ropa.

—Pero con un poco de ayuda en forma de ron, música y besos se pasa el frío a toda velocidad.

—¿Quieres dejarlo y mirar si está la llave? Ha parado de llover.

No era verdad, la lluvia caía, aunque con menos intensidad, pero Rocío no quería seguir por el sendero que había tomado la conversación. Si pensaba que le iba a contar lo que hacían en esa casa en sus fiestas nocturnas lo llevaba claro.

La llave, efectivamente, esperaba donde Rocío había indicado. Alberto la introdujo en la cerradura y sin esfuerzo la puerta se abrió. Entonces ella bajó del coche, abrió el capó trasero y extrajo las dos maletas. Ninguna era demasiado pesada, así que le hizo un gesto a él para que ni se le ocurriera ir a socorrerla. Desde su posición, resguardado en la portada de la casa, accionó el mando a distancia y cerró el vehículo. Cuando Rocío llegó a su altura, recogió la maleta que le había hecho preparar Lucía para él y le cedió espacio a Rocio para que entrase en la casa.

Ella se sorprendió por la calidez que la envolvió al instante.

—No parece que haga mucho frío —dijo Alberto, recordando sus palabras.

—No, es cierto. Se está de maravilla.

Caminaron juntos hacia el salón de la casa donde una luz oscilante los atrajo como si fueran un par de polillas. En cuanto se asomaron a la estancia descubrieron la razón: la chimenea estaba encendida. Alguien había entrado en la casa y la había preparado para que estuviera caldeada cuando llegaran.

—¡Vaya! ¡Qué bonita es! —dijo Rocío sin poderse contener.

—¿No habías estado ya aquí?

—Mil veces, pero nunca desde que la rehabilitaron. No se parece en nada a lo que recordaba.

El salón de Las Dos Esquinas se situaba al fondo. Tenía una forma un tanto peculiar, debido a que la casa no era rectangular ni cuadrada, sino un trapecio que se abría desde una fachada mínima, ocupada por la puerta de entrada y la ventana del diminuto aseo de la planta baja. La casa estaba situada en la confluencia de dos calles que formaban una «y griega» y esa era la causa de la extraña disposición. El salón y la cocina tenían cada uno una pared oblicua y compartían espacio, pero separados por un pasillo virtual, que se dibujaba en la mente del observador con el respaldo de uno de los sofás y la encimera de la cocina americana, y que desembocaba en la puerta del patio.

—¿Qué hay ahí? —preguntó Alberto, señalándola.

—El huerto. Bueno, eso era antes, ahora es el jardín más bonito del pueblo. Se ve desde la tercera planta del hotel y Marcos se pasa la vida diciendo que algo así se le tenía que haber ocurrido cuando lo construyó. La verdad es que, sabiendo cómo es el patio, debería haber imaginado el resto de la casa.

La chimenea, construida en piedra, ocupaba la mitad izquierda de la enorme pared. A ambos lados de la zona reservada para la lumbre habían dejado dos espacios diáfanos que se rellenaban con leña. Encima de uno de ellos había un pequeño televisor y, frente al fuego, una mesa de café flanqueada por tres enormes sofás colocados en forma de U, atestados de cálidos cojines. Los tonos teja y negro se combinaban en el suelo y los muebles, y la madera de las altas ventanas, cerradas por dentro con paneles, armonizaban el ambiente que se completaba con unas vigas rústicas en el techo. Bajo la pequeña mesa había mantas en color beis y blanco, perfectas para arroparse y perderse con un libro. Hasta en eso habían pensado, porque, en el amplio espacio debajo de la ventana de la izquierda, había un extraño estante metálico con libros que se retorcía en sí mismo un par de vueltas para después dibujar un trazo sutil por la pared, como la rúbrica de una firma imaginaria. Mirándolo de lado, a Rocío le recordó la forma de un caballito de mar.

—No hemos encendido aún la luz —señaló Alberto.

—Mejor, tampoco abriremos las contraventanas —dijo Rocío—, cuanto menos llamemos la atención, más tranquilos estaremos.

—No vamos a llamar nada la atención, esto es una casa rural que supongo que se alquilará a menudo. Somos simples turistas.

—Supones mal. ¿Sabes qué día es hoy? Lunes por la noche. ¿Cuántos clientes había cuando llegasteis Lucía y tú al hotel la semana pasada?

—Ninguno, es verdad —dijo él.

—Esto no es una ciudad donde siempre haya reservas, es un pueblo perdido, pero estamos en invierno y el frío barre el encanto y el trabajo entre semana para quienes nos dedicamos al turismo. Seguro que, en cuanto vean las luces en la casa, alguien se asomará a las ventanas para especular, para hablar sobre algo que mitigue el aburrimiento.

—Entonces es algo parecido a lo que hacen los programas de la tele —dijo Alberto, sentándose en uno de los sofás y abandonando al lado su maleta.

—¿Tú crees? —preguntó ella, imitándole.

—Piénsalo, en el fondo es lo mismo, hablar de los demás. Entrometerse en sus vidas, diseccionarlas.

—Sí, pero…

—¿Inventan? —la interrumpió.

—¿Cómo?

—Lo que cuentan en tu pueblo, ¿es verdad? ¿O se lo inventan sobre la marcha y lo difunden sin contrastar información?

—Pues…, claro que inventan. Rellenan los datos que faltan de la ficha que le abren a cada persona. Puede que haya una pequeña base de verdad, pero los detalles tienen mucha imaginación la mayoría de las veces.

—Es lo mismo que hace la televisión, la diferencia está en la trascendencia. Aquí, los rumores se quedan cobijados en las fronteras de Grimiel, mientras que en la televisión nunca sabes dónde llegarán.

—La prensa rosa hace mucho daño —sentenció Rocío.

—¿Y esto no? Recapacita sobre ello y verás que no es tan distinto. Además, en mi mundo, el tiempo se mueve a un ritmo diferente.

—No te entiendo, el tiempo es igual en todas partes. Los relojes no funcionan de manera diferente en Grimiel.

—No hablo de relojes. ¿Conoces una historia morbosa de algún famoso que dure meses en antena, con la audiencia disparada?

—No veo esos programas, me molestan, me parecen basura.

—Lo son, pero no son más basura que esa que se lanza en ámbitos más privados y que encima permanece, que no la borra de un plumazo el sucesivo rumor la semana siguiente. Es más, lo que se cuenta en televisión llega a todos, pero lo que se lanza así, entre vecinos, lo acaba conociendo todo el mundo menos el propio interesado. Vamos, seguro que sabes historias de gente de Grimiel que los mismos protagonistas ignoran. Y no historias de la semana pasada, sino alguna que quizá haga años que conoces.

Rocío se quedó pensativa unos instantes.

—Amelia, una de mis amigas, no sabe que la llaman la Tabla del Uno.

—¿Y tú sí?

—Sí, claro, como todo el mundo. Es porque, cuando tenía trece o catorce, se enrolló con todos los adolescentes que se pusieron a tiro. No sé qué pretendía demostrar, si quería que pensásemos que era muy interesante, o más madura que las demás, pero el caso es que lo hizo y desde ese momento comenzaron a llamarla así, por lo fácil. Nadie se lo dice a la cara, siempre que alguien se refiere a ella y está presente, usan su nombre. O, en todo caso, el otro mote, el amable, el que conoce porque es el de la familia y con el que se identifica, pero nunca la llaman la Tabla del Uno.

—¿Ese es tu miedo? ¿Que te acaben atizando un mote molesto?

—En parte, sí. Sé que están diciendo burradas de mí, que todo lo que ha salido en la tele lo van a adornar, a estirar, a agrandar y a convertir en una cruz que cargaré para siempre.

—Demuéstrales que no te importa lo que estén diciendo.

—¿Cómo? ¡Me importa! Es imposible librarse de esto.

—Tendrás que dejar de esconderte algún día.

—Da igual ya, se nota que nunca has vivido en un pueblo, la verdad no importa porque suele ser menos interesante que una mentira bien adornada. No sabes lo que les gusta a algunos ser los primeros en poder hablar de los males ajenos. No hay nada como sentarse en el bar, frente a unas cartas, lanzando mierda contra quien toque ese día.

—Te parece imposible luchar contra Grimiel, ¿verdad?

—Una batalla perdida —dijo Rocío.

—Eso es lo que me pasa a mí con la prensa.

—Pero estuviste de acuerdo en que mintieran para sacar un beneficio, para que los cines se llenaran.

—Considéralo parte de mi compensación por todo lo que hablan sin que yo pueda controlarlo. ¿Sabes lo difícil que me resulta llevar una vida normal? Supongo que ahora empiezas a darte cuenta, pero créeme, es mucho más complicado de lo que puedas estar pensando. Constantemente la gente me para en la calle. Quieren un autógrafo o una foto para colgar en sus perfiles de las redes sociales. Hay días que estás de humor y aceptas, pero no me puedo permitir los malos porque se vuelven contra mí. Si digo que no, pasamos de la admiración al insulto en décimas de segundo.

»Acepto a pesar de que, algunas veces, el resultado de esa foto cazada al vuelo en la calle sea que el listo de turno la cuelgue en su restaurante, presumiendo de cliente VIP, aunque jamás haya puesto un pie en su negocio. Aunque sienta rabia porque me están utilizando.

»Me gusta mi profesión, me apasiona, pero tiene otra cara muy poco agradable. Por eso creo que me sentí tan a gusto en el hotel, hubo muy pocos momentos incómodos, muy poca gente que viera al actor y no a la persona. Y por eso también tú llamaste mi atención. Mi posición no te impresionó en ningún momento, al menos no dejaste que yo lo viera.

Rocío giró el rostro hacia la cocina americana. Buscaba separar sus ojos de los de Alberto, eliminar la intimidad que el cálido ambiente y la conversación estaba creando entre los dos. Se sentía cómoda con él, pero se negaba a aceptarlo. Alberto era la persona que había puesto su vida en el disparadero, el que con su presencia alteró todas las convicciones que había construido para sostener su mundo. Se había cargado su futuro, y no solo por haberla convertido en el epicentro de un terremoto por culpa de las fotos, sino porque había tocado un resorte interno que había hecho saltar sus sentimientos por los aires. Le estaba dando mucho más miedo lo que sentía por él, un desconocido tan solo una semana antes, que lo que estuvieran hablando detrás de cada casa en Grimiel.

—¿Qué es eso? —preguntó con los ojos fijos en la encimera.

—¿Qué es qué? —preguntó a su vez él, siguiendo su mirada.

En la cocina había una cesta. Ambos se levantaron para inspeccionar su contenido. De un rápido vistazo identificaron varios víveres: leche, galletas, pan de molde, mermelada y una nota.

En el frigorífico tenéis algunas cosas más. Mañana intentaré que os traigan más comida. Lucía os manda saludos. Carlos.

—¿Carlos? —se preguntó Rocío en voz alta—. ¿Cómo ha conseguido Lucía contactar con él? Bueno, supongo que lo ha hecho, esta casa es suya al fin y al cabo, pero no sabía que tuviera su teléfono.

—Lucía siempre consigue lo que quiere.

—Voy a tener que pedirle que me dé lecciones —dijo ella.

—No es ningún misterio. Intercambiaron sus correos antes de que nos marchásemos. Pero ahora eso es lo de menos —susurró Alberto, acercándose al oído de Rocío más de lo necesario para que lo oyera—. Mi cuerpo hace rato que está recordándome que tengo hambre.

—Yo también tengo hambre —señaló ella apartándose y abriendo la nevera—. Aquí hay queso, jamón y salchichas. Y una botella de vino.

—Perfecto, me apetece una copa. ¿Me acompañas?

—Sí, a mí también me apetece, pero prefiero dejarla para después de cenar, si no te importa. No me gusta beber con el estómago vacío porque suele sentarme mal.

—¿Tú siempre tomas precauciones para todo?

—¿A qué te refieres?

—Me refiero a que si, alguna vez, arriesgando, haces algo de manera espontánea y sin pensar en las consecuencias.

—No. Nunca.

Él sonrió pensando que quizá era cierto, pero que el día anterior a punto había estado de conseguir que se dejase llevar por sus besos. Estaban solos, tenían todo el tiempo del mundo, una botella de vino y una chimenea encendida. No iba a perder la ocasión de provocar que fuera espontánea.

Hotel. Lunes por la noche.

Cristian Perales atravesó la puerta del hotel de Grimiel después de asegurarse de que las fotos que había hecho en la puerta de Las Dos Esquinas tenían la suficiente calidad como para ser publicadas. Le había costado un triunfo seguir a la pareja en medio de la tormenta sin llamar mucho la atención, había tenido incluso que adelantarlos en la carretera, fiándose de su instinto que le estaba gritando que se dirigían al pueblo de ella. Pero cuando se acercaban se había dejado rebasar por el coche de alquiler que conducían. No quería estar equivocado y perderlos en un despiste.

Cristian sonrió con suficiencia mientras se sentaba en uno de los taburetes frente a la barra, recordando que siempre tenía sus mecanismos para averiguar. Había seguido al representante de Alberto cuando llevaba a Víctor al instituto y había atravesado la puerta con los alumnos, simulando ser un padre que necesitaba asesoramiento para matricular a su hijo en el siguiente trimestre. Mientras fingía esperar frente a la puerta de secretaría, mirando en un tablón la distribución de las aulas, la suerte se puso de su lado y Víctor apareció por el pasillo, seguido por dos chicos de su edad, con los que charlaba animadamente. Iban camino de los aseos y le preguntaban por el lío en el que estaba inmerso el actor. Él, sin reparos, soltó la información que Cristian necesitaba: Alberto estaba escondido hasta que pasara el chaparrón y Lucía le conseguiría un coche para que saliera de la ciudad de forma discreta.

Perales ya tenía por dónde empezar. Abandonó el centro a toda prisa y llegó a la puerta de la casa de la actriz con la suerte de nuevo como compañera, justo a tiempo de ver como Lucía se montaba en su coche después de firmar un par de autógrafos. La siguió hasta una agencia de alquiler donde ella reservó un coche para Alberto. La chica de la agencia salió con ella a la calle para indicarle dónde estaba aparcado el que había elegido y señaló el modelo: un Megane gris plata. Lucía entró en el coche y Cristian se preparó para seguirla, pero la actriz se bajó en menos de un minuto. Le devolvió las llaves a la mujer, que le pidió hacerse una foto con ella, y tras acceder con una sonrisa, se marchó de nuevo.

Perales decidió esperar. Tenía un sexto sentido para intuir cuándo los famosos jugaban al despiste. No pasó mucho hasta que otro joven, al que no había visto nunca, recogió el coche. Lucía debió pensar ingenuamente que nadie sospecharía al verla devolver las llaves, pero él no era un becario sin experiencia. El chico condujo hasta la calle Pegaso y dejó estacionado el coche. Cristian aparcó muy cerca y esperó, durante horas, sin perderlo de vista.

También era un experto en esperas eternas.

Al final resultó que no estaba equivocado. Alberto apareció con la camarera y solo tuvo que seguirlos con cuidado de no ser detectado hasta que llegasen a su destino.

—¿Todavía dan cenas? —preguntó cuando finalmente alguien apareció al otro lado de la barra.

—¿A estas horas? ¿Un lunes? —gruñó Luisa, que salía con un trapo en las manos, lista para dar un último repaso a la cafetera. Marcos había tenido que retirarse pronto, debido a que le había sentado mal algo en la comida, y otra vez se había tenido que quedar, perdiéndose su serie favorita, así que no estaba de buen humor. Nunca estaba de buen humor, a decir verdad, pero ese lunes menos.

—Algo sencillo me servirá —dijo el fotógrafo. Llevaba tantas horas comiendo tan solo barritas de chocolate que le hubiera servido con un simple caldo que mitigara la acidez de su estómago.

—Los pinchos que han sobrado.

Luisa le puso delante unas aceitunas, unos torreznos y pan con tomate y jamón, las sobras del día que minutos antes a punto había estado de arrojar a la basura. Sin ninguna delicadeza. Una de las aceitunas abandonó el plato y rodó por la barra hasta precipitarse al suelo. El pimentón

con el que las regaba Daniel, el cocinero, junto con el chorrito de aceite de oliva que mejoraba su sabor, dejaron una pequeña mancha en el pantalón de Cristian. Iba a protestar cuando Luisa lo interrumpió.
—¿Bebida? —preguntó, escueta como solía ser.
—Una cerveza, por favor.
—Vino. Se ha acabado el barril.
—Pero yo quiero cerveza —protestó—. ¿No tienen botellines?
—En el almacén y no pienso bajar a estas horas a por ellos.
—Está bien. Vino entonces.
Cuando le estaba sirviendo la copa, algo cohibido por la actitud de la mujer, pero deseoso de meterse en una bañera caliente en cuanto pudiera, preguntó por el alojamiento.
—¿Tienen habitaciones libres?
—No.
—¿No? —Era algo con lo que no contaba.
—Sí, habitaciones libres hay. Todas, de hecho, pero esta noche no se alquilan.
—Pero...
—Hay una pensión, si quiere le digo dónde. Son cuatro con veinte y dese prisa que cierro en cinco minutos.
Cristian pagó la cuenta, engulló los pinchos y se marchó malhumorado a la pensión sin preguntar a Luisa dónde estaba. Total, ya lo sabía.

Las Dos Esquinas. Lunes por la noche.

Los jóvenes volvieron a cocinar juntos por segunda vez el mismo día, aunque esta vez se limitaron a preparar unos sencillos bocadillos con pan de molde y un plato con queso.

—¿Quieres un vaso de leche? —preguntó Rocío desde el espacio de la cocina, mientras terminaba de cerrar el último sándwich.

Alberto colocaba el plato con el queso sobre la mesa frente a la chimenea y se volvió para contestar:

—No, prefiero el vino. ¿Has visto si hay copas?

—Sí, están aquí, en la alacena. Cógelas tú, tengo las manos ocupadas. —Llevaba en cada una un plato en los que había colocado los bocadillos—. En el cajón de los cubiertos he visto un sacacorchos.

Se cruzaron en el pasillo imaginario y sus miradas se enredaron un instante. Rocío logró desenmarañarlas y buscó el botón para ralentizar los latidos, pero se acordó de que no existía algo así.

—Toma.

Alberto, que había descorchado la botella de vino blanco, le ofrecía una de las copas a Rocío, que ya estaba sentada en el sofá, frente al fuego.

—Te dije que después.

—¡Cobarde!

—Anda, trae…

Acercó la copa a su nariz e inhaló el aroma, como hacía siempre Marcos frente a los clientes en el restaurante. Olía muy bien, aunque no encontró la manera de definirlo: no le olía a madera ni a frutas, ni a nada que no fuera simplemente vino. Estaba convencida de que los sumilleres —y sobre todo Marcos—, se inventaban esas parrafadas tan bonitas para definirlos como una argucia con la que impresionar a los clientes y meterles una clavada de las gordas en la factura. La mayoría las recibía como quien acepta el consejo de un sabio porque, como ella, no captaban nada. Asumirlo en público era otra cosa. Preferían pagar a reconocer que no tenían ni idea.

—Está bueno —dijo Alberto que se saltó el paso de olfatearlo y directamente lo probó.

—Sí —asintió ella sonriendo por el gesto. Eso le gustaba, ni siquiera había hecho amago de presumir de entendido.

—¿Qué miras?
—Nada, estaba pensando en algo.
—¿En qué? —preguntó él, acomodándose en el sofá. Dobló una rodilla, apartó un cojín que los separaba y se situó frente a ella.
—No es importante —dijo Rocío, dejando la copa en la mesa.
—¿No brindamos? —Alzó la copa hasta situarla frente a sus ojos y el fuego la llenó de reflejos dorados.
—Dame una razón.
—Estamos aquí, solos, sin prensa, sin rumores. Sin nadie que nos moleste. Vas a poder dormir después de tantos días...

Rocío no supo qué contestar y para ahorrarse la respuesta mordió el pan. Siguió comiendo mientras miraba las llamas danzando en la chimenea y Alberto, ante eso, decidió hacer lo mismo.

—¿Quieres más? —le preguntó cuando ella terminó su copa.
—Sí, gracias.

Sirvió las dos copas y apoyó el brazo sobre el respaldo del sofá. Su mano se quedó a centímetros del pelo de Rocío, que había recostado la cabeza y cerrado los ojos. Despacio, con miedo a romper la tranquilidad que habían construido desde que llegaron, Alberto empezó a enredar sus dedos en el pelo largo de la camarera. Cuando ella fue consciente, sus músculos se tensaron y su respiración comenzó a agitarse. Se desprendió del contacto buscando el mando a distancia de la televisión, que apretó sin prestar atención al canal elegido. Solo pretendía tener una excusa para distanciarse de la turbación que sentía.

—¿Sabes qué vas a hacer a partir de ahora? —preguntó él, interrumpiendo el silencio entre los dos que ni siquiera las palabras que salían de la pequeña pantalla lograban rellenar.

—No, no tengo ni idea —dijo ella, bebiendo un poco más—. Supongo que volver a casa de mi tía y tratar de empezar de nuevo cuando todo esto pase.

—Pasará. Antes de lo que te imaginas. Ya te lo he dicho, este mundo es así, los rumores cobran vida, engordan, explotan y al cabo de muy poco tiempo la onda expansiva se difumina a favor de otro recién nacido, algo con lo que alimentar a la masa, sedienta de las emociones que no tienen en sus vidas.

—Maldita la gracia que me ha hecho a mí encontrarme en el disparadero. He perdido muchas cosas por el camino.

—A lo mejor no.

—¿Qué gano yo con todo esto, dime? —preguntó enfurecida—. Iba a casarme en muy poco tiempo, tenía mi vida encauzada, estaba preparada para empezar una nueva etapa y ahora tengo que volver a construirlo todo. Una semana ha bastado para cargarse mi esfuerzo. Una miserable foto contigo que ni siquiera reflejaba la verdad.

—¿Hubieras preferido que las fotos fueran de lo que sí pasó?

Rocío se levantó del sofá dejando la copa en la mesa y aproximándose al fuego. No quería mirarle a los ojos y que descubriera que dentro de ella había un pequeño rincón en el que guardaba ese beso del callejón como el más especial de su vida. Le había descubierto sensaciones que desconocía y, sobre todo, ahora sabía que Óscar nunca había logrado que su cuerpo reaccionara con esa violencia. Óscar era la única relación seria de su vida y ahora sabía que se había agarrado a ella para no tener que pensar, para no quedarse sola en Grimiel. Se había acomodado, simplemente, sin pelear nada más que lo justo, quizá porque desconocía que había algo mejor por descubrir. Sin embargo, Alberto no parecía alguien para ella. No tenían nada en común, venían de mundos diferentes, apenas se conocían y su corazón, idiota, se había rendido a sus encantos. No quería que él lo supiera.

Alberto dejó su copa y se levantó.

—Qué más te da ya lo que piensen.

Se atrevió a mirarlo a los ojos y otra vez la invadieron las sensaciones que su proximidad excitaba. Alberto aprovechó su debilidad para acercarse de nuevo. Esta vez, consciente de que las prisas solo volverían a asustarla, rozó suavemente su mejilla con el dorso de los dedos, trazando un sendero con el pulgar por su mandíbula. Acarició su cara también con la mirada, deteniéndose en cada detalle de su rostro. Después, lentamente, tomó una de las manos de Rocío con la suya y la arrastró hacia el sofá. Ella se dejó, vencida, sin saber muy bien hasta dónde llegarían aquella vez.

Los dedos de Alberto se entrelazaron con los de Rocío, iniciando una danza sutil a la que ella se sumó. La mano derecha de él acarició la izquierda de ella. Se soltaron, volvieron a hacerse prisioneras de caricias suaves que pusieron en marcha todos los sentidos. Un dedo de Alberto recorrió la palma de Rocío haciéndole cosquillas y ella trazó otro sendero por cada uno de sus dedos. Después, ambas manos se agarraron con fuerza para volver a soltarse e iniciar de nuevo una pelea de caricias. El baile de sus manos fue acompasándose con los latidos de su corazón, las defensas de Rocío se convirtieron en deseo y esta vez, cuando se besaron, no fue un robado, ni una pose. Fue un beso compartido, real y recíproco, que fue acelerándose.

El calor se multiplicó y las ropas empezaron a molestar. Una a una fueron ocupando en desorden el suelo, los sofás, la mesa, hasta que la única barrera entre sus almas fue piel que acariciar. Primero fueron despacio, como si temieran que acelerando la pasión se rompiera el hechizo. Las miradas hicieron de avanzadilla provocando gemidos de sorpresa ante la intensa reacción de sus cuerpos. Las manos, exploradoras en busca de un edén prometido, conquistaron cada centímetro de su piel.

Días antes, Rocío estaba convencida de que eso que estaba viviendo jamás sucedería entre los dos. Por más que su respiración se alterase cuando lo tenía tan cerca, no creyó que alguna vez acabarían desnudos frente al fuego de una chimenea. La entrega y la rendición no formaban parte de sus planes, pero una cosa es lo que dicta la razón y otra muy diferente intentar doblegar al corazón, intentar decirle a todo tu ser que no sienta. Su cuerpo reaccionaba pidiéndole a gritos que no pusiera resistencia, y el rencor por lo vivido por su culpa la última semana se disipó junto al humo de la chimenea.

Alberto posó con suavidad las manos en el pecho de ella y provocó una explosión de sensaciones. La piel se irguió orgullosa y todo su ser se preparó para recibirlo. Sin embargo, todavía quedaba un resquicio de miedo, o de orgullo o de prudencia, y lo apartó.

—No —dijo, empujándolo, posando sus manos en el fuerte torso del actor.

—Sí —susurró él, atrayéndola de nuevo.

Incrementaron las caricias, los besos conquistaron el territorio de sus cuellos, los suspiros hicieron cosquillas en el alma y ya no se supo quién susurraba, quién besaba, quién gemía. No supieron tampoco cuánto tiempo pasó. A la pasión le sobran los relojes.

Rendidos y entrelazados, los alcanzó el sueño.

Amaneció y el nudo no se había deshecho.

TOMA 20

Patio de Las Dos Esquinas. Martes por la mañana.

La niebla tomó el relevo a la lluvia. Un manto difuso de nubes bajas arropó a Grimiel al amanecer, creando un espectáculo extraordinario en el huerto de Las Dos Esquinas. Alberto se había despertado temprano y, con cuidado para no perturbar su sueño, se deshizo de los brazos de Rocío. Puso un par de troncos sobre las brasas que seguían encendidas, para que la casa recuperase el calor, y decidió preparar el desayuno, pero antes abrió la puerta del patio.

Rocío no había exagerado cuando le habló del jardín. Las paredes que delimitaban el espacio estaban recubiertas por el verde de las enredaderas y salpicadas de bellos ejemplares de rosal de la pasión. Varias tinajas de barro de enormes dimensiones, repletas de caléndulas y pensamientos, ponían un punto extra de color. La mesa de madera de teca, con cuatro bancos alrededor, descansaba bajo un cenador custodiado por antorchas que se apoyaban en los cuatro pilares que lo sostenían. Bajo él se dibujaba un enorme círculo de cantos rodados blancos y grises con los que habían creado un suelo que se organizaba en torno a una espiral. El brazo de esta escapaba del anillo, se abría y se prolongaba serpenteando, creando un camino en el césped hasta la puerta que comunicaba con la casa. Dos madroños crecían orgullosos, escoltándola, rebasando en belleza al olivo, al magnolio y a varios abetos rojos que salpicaban la hierba en aparente desorden. Y en medio de todo aquello, la niebla que empezaba a levantar creaba una atmósfera etérea.

—Es perfecto, ¿verdad? —dijo Rocío a su espalda.
—Hola. ¿Te he despertado?
—Creo que ya iba siendo hora.

Alberto la agarró por la cintura y estampó un beso en sus labios que se prolongó más allá del pretendido saludo matinal.

—¿Desayunamos? —preguntó él cuando sus bocas se separaron y sus frentes se apoyaron la una en la otra.

—Se me ocurre otra cosa —dijo ella, arrastrándole hacia el interior de la casa.

Ninguno de los dos fue consciente de que no estaban solos. Detrás de las ramas del olivo, encaramado al muro del patio de la casa rural, un paparazi experto en hacer las fotos más comprometidas había registrado la escena en una secuencia de fotografías que, estaba seguro, vendería muy bien. Su trabajo en Grimiel estaba terminado. Empezó a bajarse del muro, con cuidado para no dañar la cámara, concentrado en no perder el material tan valioso que contenía.

—¿Qué? —preguntó un anciano que paseaba sosteniéndose, tambaleante, en su bastón—. ¿Le ha gustado el jardín?

—Eh... Muy bonito —dijo él, apurado por haber sido pillado.

—Lárguese de aquí —amenazó el hombre, levantando el bastón—, si no quiere que le dé una paliza de la que no se recuperará en su vida.

Cristian bajó lo más rápido que pudo. No estaba intimidado por la amenaza viniendo de una persona que apenas se sostenía de pie, sino por los gritos del hombre que podrían alertar a cualquiera que pusiera en peligro la misión que le había llevado al pueblo. Si le quitaban la cámara, adiós negocio.

—Ya me voy, no grite.

—¡Que no grite! ¡*Mecagüen* la hostia! Se va a enterar.

Avanzó unos vacilantes pasos hacia él y el fotógrafo aprovechó para correr hacia el coche, lo puso en marcha y enfiló rumbo a la pensión.

—Porque ha corrido y la artrosis me mata que si no…

—Braulio, ¿con quién hablas? —preguntó una mujer que acababa de doblar la esquina con una bolsa de pan en las manos. No llegó a ver a nadie.

—Un tipo se estaba colando en Las Dos Esquinas. Yo creo que venía a robar, pero le he hecho salir corriendo.

—Sí, claro —dijo la mujer, pensando que fantaseaba, como siempre.

—Me voy al cuartelillo, los guardias tienen que saber que tenemos ladrones por aquí cerca. Yo creo que eran una banda de rumanos.

—¿No has dicho que era uno?

—¿Uno? ¡Por lo menos eran tres!

—Ah, pues tendremos cuidado entonces. Ya no se puede estar tranquilo ni en casa.

—No te preocupes, que se han ido ya, pero sí, debemos estar alerta, que nunca se sabe.

Las Dos Esquinas. Lunes por la mañana.

El agua de la ducha salpicaba de gotas el cuerpo de Rocío mientras ella era incapaz de borrar una sonrisa de su rostro. Las emociones que aleteaban en su alma ejercían un efecto calmante y, por primera vez en la última semana, se sentía plena. Los preparativos de la boda, que habían ocupado el lugar central en su rutina reciente, se iban alejando, como si hubieran formado parte de un sueño del que se distanciaba poco a poco. Las caricias de Alberto, sus cuerpos compartidos y el vínculo que se ataba entre los dos cuando cruzaban las miradas habían expulsado de una patada a Óscar y trasladado su pasado al trastero de la mente. Incluso juraría que le estaban empezando a salir telarañas. La escena en la que habían roto su compromiso le parecía como un mal capítulo de una telenovela de las que Celia, su madre, consumía por las tardes, ajena por completo a lo que sentía ahora. No entendía cómo los sentimientos podían mutar tanto en tan poco tiempo, pero le daba lo mismo. De lo que estaba segura era de que nunca se había sentido tan feliz.

Cerró el grifo y se cubrió con una toalla. Apenas se tomó tiempo en secarse el pelo y vestirse, impaciente como estaba por regresar junto a él. Había dejado a Alberto en la planta baja de la casa rural, preparando el desayuno. Se moría por averiguar qué había hecho y, sobre todo, necesitaba volver a besar sus labios. Además, había estado pergeñando unas cuantas estrategias para pasar el encierro involuntario sin echar de menos en absoluto la calle.

—¡Alberto! —gritó mientras bajaba las escaleras, sintiendo un leve cosquilleo en el estómago. Era la primera vez que pronunciaba su nombre en voz alta.

Nadie contestó.

Recorrió la diáfana estancia con la mirada, entró en el pequeño aseo, pero ni rastro del actor. Abrió la puerta del jardín: allí lo único que encontró fue que la niebla se había terminado de dispersar. Subió de nuevo las escaleras, inspeccionó una a una las habitaciones y se impacientó cuando fue consciente de que realmente no estaba. Volvió a bajar y vio el desayuno en la encimera. Quizá había considerado que necesitaba algo, algún ingrediente que le resultara imprescindible, pero tenían instrucciones de no abandonar la casa y no le parecía viable que eso le hubiera hecho salir.

Al ritmo acelerado de sus latidos, corrió a asomarse por la ventana del aseo y confirmó que el coche tampoco estaba donde lo habían aparcado. Su cuerpo empezó a ser víctima de un colapso y tuvo que sentarse para recobrar el aliento.

Otra vez se la había jugado, aunque esta vez era peor porque se había dejado llevar. Recogió del suelo la nota que había llegado en la cesta de Carlos, la arrugó y la arrojó al fuego, furiosa.

La mañana se movió a una velocidad anormalmente lenta para Rocío. Llamó varias veces por teléfono a Alberto, pero ninguna de ellas obtuvo respuesta. Finalmente, en un arranque de rabia, borró el número. Sentada en el sofá, envuelta en la manta que aún conservaba el olor de él, pasó las horas mirando cómo se consumían los leños en el fuego, sin poder dejar de pensar que le gustaría que algo la hiciera desaparecer del mismo modo.

Se ahogó, lloró, dejó de hacerlo a ratos, pero lo que no logró que cambiara fue la sensación de ser completamente tonta. Se había enamorado de un actor, de alguien que no era de su mundo, y eso no podía tener otra consecuencia que acabar sola y engañada.

Algo después de las dos, la puerta de la casa rural se abrió. Rocío se dio la vuelta con la esperanza de que fuera él, pero era Luisa, la ayudante de cocina del hotel, que venía cargada con unas bolsas.

—¿Qué tal? —le preguntó en un tono neutro.

—Luisa...

—Ay, niña, qué mal suenas —dijo ella al escuchar el susurro que se había escapado de los labios de Rocío. Miró alrededor—. ¿Dónde está el mozo?

—No lo sé. —Se echó a llorar de nuevo, hundiendo la cara entre las rodillas, avergonzada por sentirse tan vulnerable. El abrazo con el que la arropó Luisa la pilló completamente desprevenida.

—A ver, cuéntame qué ha pasado.

—¿Qué haces tú aquí, Luisa?
—Ah, nada. Carlos me contó que estabais escondidos aquí y me pidió que fuera yo quien os trajera esto —dijo, señalando los víveres que reposaban en las bolsas—. No te preocupes, ese chico es discreto. No lo sabe nadie más.
—¿Por qué no ha venido él?
—Porque no está en Grimiel, se ha tenido que marchar y no quería alertar a su madre, ya sabes cómo es de cotilla. Se habría dado cuenta de que pasa algo. No te digo yo que no acabe viniendo cuando vea el humo de la chimenea. Da gracias a que viven en la otra punta del pueblo y hace tanto frío que no entran ganas de asomar la nariz por aquí, si no ya lo sabría todo el mundo. ¿Qué ha pasado con el actor?
—Se ha ido, Luisa, y no sé por qué, parecía que todo estaba bien. Estoy... Me siento... ¿Cómo he podido confiar en él? —Las frases le salían inconexas, escapándose entre los resquicios que dejaba el llanto.
—Vamos a colocar estas cosas en la cocina. Y tú además deberías peinarte, tienes unos pelos horribles. —Fue la escueta respuesta de la mujer.
Rocío se levantó del sillón y ayudó a Luisa a colocar los víveres. Después esta se sentó en el sofá, frente a la chimenea. Permaneció en silencio durante varios minutos, aparentemente absorta en las llamas que danzaban entre los troncos de encina.
—Niña, hay cosas que no se pueden dejar correr, porque entonces te persiguen siempre —dijo de pronto, sin dejar de mirar de frente.
—¿A qué te refieres? —preguntó Rocío, sonándose los mocos con un pañuelo de papel que empezaba a dar síntomas de estar concluyendo su vida laboral.
—A lo que sea que ha hecho que tengas esas ojeras y que te hayas pasado horas llorando.
—Luisa... —Rocío no sabía cómo hablar con Luisa, que siempre le había parecido una mujer muy extraña,

pero necesitaba compartir con alguien lo que martilleaba su cerebro.

—Mira, te voy a contar algo —dijo la mujer, después de dejar pasar un par de minutos.

Se levantó, echó dos troncos más en el fuego y volvió a sentarse, juntando mucho las piernas y alisándose la falda. Parecía que le habían colocado un palo en la espalda de lo erguida que se mostró.

—Yo me equivoqué una vez, y me acabé convirtiendo en lo que soy ahora: una vieja amargada. No permitas que te pase lo mismo.

—¿Te equivocaste? —preguntó Rocío, que no esperaba una confidencia.

—Tienes tiempo para una historia, así que ponte cómoda.

Rocío se descalzó y subió los pies en el sillón. Tenía toda la vida por delante. No pensaba salir de la casa rural a menos que la sacasen a la fuerza. El calor del fuego empezaba a notarse, así que apartó la manta con la que se había estado tapando hasta que Luisa abrió la puerta.

—Hace muchos años, dos hombres me rondaban. Ya sé que viéndome ahora te puede parecer extraño, pero así era. Y fui muy tonta.

—¿Por qué? —No se había imaginado un pasado de Luisa. Siempre la había visto sola, sin amigos apenas, así que jamás había pensado que tuviera un pasado sentimental, aunque, pensándolo mejor, todo el mundo lo tiene de algún modo.

—Porque los perdí a los dos. Por idiota.

—¿Hubieras preferido no estar sola? —preguntó.

—Durante muchos años mi orgullo me dijo que estaba mejor así, pero ahora sé que al menos habría tenido con quién discutir en casa y, a lo mejor, hasta hijos. La soledad es mala compañera cuando te haces viejo. Arruga el carácter, te llena de manías, te vuelves tan insoportable para los demás como para ti mismo.

—¿Quiénes eran? —A Rocío solo se le ocurrían preguntas.

—Nada de nombres. Uno era un muchacho del pueblo, buena gente, amable conmigo, un buen partido se mirase por donde se mirase. Me dijo que quería ser mi novio y yo le dije que le daría una respuesta cuando volviera de las fiestas del pueblo de mi tía. No estaba muy segura de querer novio ya, solo tenía diecisiete años, pero sentía algo especial por este muchacho. Solo quería estar segura de que no me iba a equivocar. Y entonces apareció él.

—¿Quién?

—El hombre más perfecto que he visto jamás, del que me enamoré al instante. Supo cómo hacerme sentir especial, única, me encandiló con palabras, con gestos, con besos robados... Fue la mejor semana de mi vida. Cuando volví al pueblo le dije que no al primero.

—Claro, es lógico.

—Supongo. Pero con lo que no contaba es que cuando regresé al pueblo de mi tía, unos días después, él ya se paseaba del brazo de otra, a la que supongo que encandiló con lo mismo que a mí, pero que anduvo más lista que yo...

—Y te quedaste sola —concluyó Rocío.

—Peor que eso. Me quedé con la duda. No hice ni siquiera el gesto de preguntarle por qué. Se había pasado mi momento.

—¿Tampoco lo intentaste con el primero?

—Al principio estaba tan dolida con el otro que no hice nada. Pensé que el amor tenía que ser algo como lo que había sentido cuando conocí a este hombre, algo que te pone el corazón al galope y que te hace enloquecer de emoción. El otro era lo contrario, un paseo calmado, pero no supe ver que las cosas no suceden siempre de la misma manera. No me di ni la oportunidad de hablar con ninguno de los dos. El puñetero orgullo. No peleé por nadie, me quedé sentada en el sillón y ahí sigo. Viendo la serie de los lunes y cabreándome como si me fuera la vida en ello cuando algo me lo impide.

—¿Y qué tiene que ver eso con lo que me ha pasado a mí? Yo... —No quiso seguir. Su historia era completamente diferente.

—Probablemente nada, no sé qué es lo que te ha pasado, más allá de que te has librado del Merluzo. Pero como yo no le he contado esto a nadie en cuarenta años, creo que me debes una confidencia.

»Te hará bien soltarlo y no acabar convirtiéndote en una mala versión de mí, no te lo voy a consentir. Por si no lo sabes, decir la verdad alivia. Es la primera vez que alguien sabe esto y me siento más ligera. Como si hubiera adelgazado veinte kilos.

Rocío le devolvió a Luisa el abrazo que le había dado ella nada más entrar.

—¿Y la despedida de soltera? —le preguntó.

—¿Qué despedida?

—El otro día hablaste de una despedida de soltera —dijo Rocío.

—Ah, nada. La de mi prima. Una cosa es que nunca me casase y otra muy diferente que nunca..., ya sabes. Hubo una época en la que anduve ciertamente descontrolada.

—¿Tú?

—Increíble, ¿verdad?

—Sorprendente.

—¿Me lo cuentas, entonces? Yo prometo contarte lo del descontrol si dejas de llorar.

—Sí. Es verdad que necesito hablar.

—Está bien, pero antes —dijo levantándose—, voy a preparar algo de comer. No cocino bien, pero de momento no he envenenado a nadie. No tenía pensado comer aquí, pero si me aguantas...

—Claro que sí.

Mientras comían juntas, Rocío le relató su estancia en Madrid, lo que realmente había sucedido con las fotos, que difería bastante a lo dicho por la prensa, y sobre todo le habló de sus sentimientos, de cómo habían mutado en unos días sufriendo una metamorfosis espectacular, tanto que no se reconocía a sí misma.

—Es que en el fondo sabías que el pescadero era un merluzo.

—¿Por qué le tienes tanta manía?

—Me vendía las pescadillas poco frescas.

—¡Eso no es verdad, Luisa!

—No, no es cierto. Es que es un gañán que no te iba a cuidar nunca. ¿De verdad no lo veías?

—No.

—Este otro... No sé. Guapo es el mozo, mucho, pero a saber si es de fiar si desaparece. ¿Le has llamado por teléfono?

—Sí, pero no lo cogía.

—Vuelve a intentarlo.

—He borrado su número.

—Otra orgullosa. Debe ser que lo da la tierra. En fin. Me tengo que ir. Dale tiempo. A veces las cosas no son como parecen.

—Luisa, ¿algún día me contarás quién es él? Al que rechazaste.

—No. Pero si quieres te cuento lo que se cuece en el pueblo.

—¿Más rumores?

—Pues hay un poco de todo. Rumores..., sí. Dicen que una banda de rumanos se anda colando en las casas y robando lo que encuentran. Que los han visto con una furgoneta blanca, una grande, no me acuerdo de qué marca.

—¡Vaya!

—Y también hay algo que creo que debes saber. Sobre Óscar.

—Supongo que habrá estado echando pestes de mí.
—No, ni una palabra.
—Ah, ¿no?
—No.
—¿Entonces?
—Ha pasado el fin de semana alojado en el hotel. Con tu amiga Amelia. Se les oía desde recepción.

Rocío abrió los ojos como platos. No se esperaba algo así por parte de ninguno de los dos, pero enseguida pensó que ella misma acababa de concederse el abandonar a Óscar y todos los recuerdos de esa vida que habían planeado.

—No te preocupes —dijo Luisa—. La Tabla del Uno ha visto el hueco para quedarse con el pescadero. No pierdes nada, te lo digo yo.
—Ya, pero en el hotel...
—Lo que quería era que todo el mundo lo supiera.
—Supongo que esto me pone a mí las cosas más sencillas para regresar.
—No te quepa duda. Me voy, tengo que volver a trabajar. Me quedaría aquí, pero no puedo. Tienes comida suficiente, y creo que deberías buscar a ese chico. Seguro que alguien tendrá su teléfono. Ay, si es que somos más tontas...

Le dio un beso antes de salir por la puerta de la casa rural.

Casa de Lucía. Martes a mediodía.

Lucía salió de su habitación después del mediodía, vestida tan solo con unas braguitas y una camisa masculina que cubría su torso. Dirigió sus pasos hacia el salón, donde Carlos, semidesnudo, sentado en el sillón, zapeaba en una televisión sin volumen. Sonrió cuando la vio llegar, le regaló un guiño y ella se sentó a horcajadas sobre sus piernas, enfrentando sus miradas. Antes de pronunciar una sola palabra le dio un beso apasionado.

—¿Has dormido bien? —preguntó él cuando sus labios se separaron.

—Poco, la verdad, me han entretenido mucho —respondió mientras le mordisqueaba el lóbulo de la oreja.

—Veo que a pesar de ello te has despertado de buen humor —dijo él. Se dedicó mientras a llenar de besos suaves el rostro de Lucía.

—Sí, de muy buen humor. Carlos, ¿yo te gusto? —preguntó, separando su cara para perderse en los ojos verdes del chico de la tienda.

—Veamos, con estos pelos de loca con los que te has levantado y este *look* tan informal…

Lucía se tocó la coleta que se había colocado apresuradamente y miró la camisa de él sobre su cuerpo, preocupándose de pronto por el aspecto que presentaba. No estaba acostumbrada a las críticas, porque siempre se las arreglaba para estar perfecta.

—Voy a cambiarme —dijo, haciendo amago de abandonar el placentero asiento que ocupaba para retocarse.

—¿Dónde vas, tonta? ¡No puedes estar más preciosa! —dijo él, aprisionándola con sus brazos.

—Pero si ni siquiera me he maquillado. ¡Estoy horrible, seguro!

—No te hace ninguna falta. Ni el maquillaje ni peinarte, y mucho menos vestirte.

Comenzó a desabrocharle los botones de la camisa mientras los besos se convertían en los protagonistas del guion que tocaba interpretar esa mañana. Las manos de Carlos buscaron acomodo bajo la prenda rozando la piel con suavidad, despertándola, y su dedo índice recorrió de arriba abajo la columna de Lucía, en un paseo lento que provocó un gemido en ella. La tela de los bóxer de Carlos, bajo el pubis de la actriz, no fue capaz de ocultar que él también estaba completamente despierto.

—Me temo que voy a tener que llevarte de nuevo a la cama —le dijo con voz ronca.
—¿Tú crees?
—Definitivamente.
—Espera.

Lucía se deshizo de sus brazos y cogió el teléfono móvil mientras él la miraba sin entender. Abrió la aplicación de mensajes y se puso a teclear frenéticamente ante la mirada atónita del joven, que lo que menos esperaba en ese momento era que se pusiera a enviar mensajes.

—Tengo que hacer una cosa que hago siempre cuando me despierto. Creo que hace años que no me sucedía el que no fuera mi primer pensamiento —le explicó—. Es muy extraño, debes de haberme lanzado un conjuro mágico o algo para que se me haya olvidado.

El teléfono de Carlos silbó, indicando que había recibido una notificación. Lo cogió para leerlo:

Lucía: *Buenos días. ¿Has dormido bien?*
Carlos sonrió y contestó rápidamente:
Carlos: *No he dormido mucho, la verdad, pero ha sido la mejor noche de mi vida.*
Lucía: *¿Ah, sí? Eso suena a cita.*
Carlos: *Tal vez. Es posible que tengamos que dejar de mandarnos mensajes por las mañanas. No sé si ella entenderá esto que tenemos entre los dos.*
Lucía: *¿Se lo has dicho?*
Carlos: *¿El qué?*
Lucía: *Que lo primero que hago al despertar cada día es buscarte.*
Carlos: *¿Eso haces?*
Lucía: *¿No lo sabías? Eres mi primer pensamiento.*
Carlos: *¿Desde cuándo?*
Lucía: *No lo sé, tres años más o menos.*

Carlos le quitó el teléfono de las manos, rodeó su cuerpo con los brazos y la levantó, conduciéndola de nuevo a su habitación. Dejaron los teléfonos en el sofá. No era momento de conversaciones vía chat.

Se habían conocido por casualidad. Lucía era fan de la Fórmula 1. Le encantaban las carreras de coches desde pequeña y un día, tres años atrás, decidió jugar en internet, en un juego llamado Comunio. En él, varios jugadores competían simultáneamente en el campeonato real, realizando fichajes y apuestas, cuyo vencedor era el que tuviera en sus manos el piloto y la escudería ganadora de cada fin de semana. El grupo en el que entró apenas tenía cuatro jugadores, tres chicos y ella, pero sus conocimientos y su habilidad le hicieron llevarse el campeonato a final de temporada casi sin pestañear. Dos de los jugadores eran muy malos, apenas se enteraban de nada. El único que le hacía un poco de sombra era un tal Carlos, que empezó a llamar su atención. No sabía cómo ponerse en contacto con él para hablar de coches, así que rastreó todos los foros que encontró de Fórmula 1, se registró en ellos con su nombre de batalla —Luchi— y, finalmente, en uno dio con él. Más bien fue al contrario: Carlos se dio cuenta de que ella era la chica con la que competía en el Comunio. Empezaron a hablar, confirmaron la coincidencia —que no era tal, sino algo buscado por Lucía— y, poco a poco, buscaron la manera de que sus conversaciones fueran más privadas. De ahí pasaron al teléfono, aunque sellaron un pacto: no hablar. Simplemente se mantuvieron en contacto a través de mensajes.

Al principio fueron tímidos, alguno de vez en cuando sin importancia, cadenas tontas que solo servían para confirmarles que estaban ahí, pero un día Lucía le envió uno personal. Con su nombre, Lucía, dejando de lado el seudónimo. Estuvo tentada de contarle quién era, pero tenía miedo de asustarle, así que inventó una vida normal en la que ella era una estudiante de Económicas loca por los coches. Los mensajes de buenos días los había empezado también ella y habían llegado a un punto en el que no podía entender un día sin saludar a su amigo virtual.

Carlos no se ocultó, no tenía por qué. Le fue contando cómo era su vida en Grimiel y, cuando surgió el tema de la promoción de la película, los días previos de descanso, Lucía pensó que era la oportunidad para poder conocer finalmente a su amigo. Insistió a su representante en que el hotel de ese pequeño pueblo fuera el elegido para su escapada, y ni siquiera a Carlos le dijo que estaría allí. Solo la noche antes de su primer encuentro en la recepción, cuando se percató de que la inoportuna presencia de Cristian Perales le impediría buscar la tienda de Carlos sin acabar fotografiada, se atrevió a decirle que estaba ahí alojada, que buscase una excusa para que se conocieran.

Él, desconcertado por la sorpresa de su visita, y nervioso porque finalmente sabría qué aspecto tenía ella, convenció a Ángel para tomar un café después del trabajo de la mañana. No había podido dormir y las horas en la tienda se le habían hecho eternas. Por fin iba a saber cómo era Lucía, la chica de la que estaba enamorado, aunque jamás hubieran intercambiado ni una sola foto. Porque, a pesar de lo absurdo, a pesar de la distancia, a pesar de la virtualidad, él sentía por ella algo que no podía ser otra cosa sino amor. Cuando en la recepción descubrió que era Lucía Vega, el corazón estuvo a punto de fallarle y las piernas empezaron a olvidarse de sostenerlo, aunque un guiño de la actriz le devolvió el aplomo. Al fin y al cabo, fuera quien fuera en realidad, era la misma persona con la que conversaba a diario, con quien los días se acababan fundiendo con las madrugadas, y la culpable de que arrastrase unas ojeras tremendas porque apenas le daba tiempo a dormir.

Los días en Grimiel confirmaron sus sentimientos. Hablaron de cosas triviales en presencia de los demás, mientras que sus teléfonos móviles multiplicaban los mensajes cuando cada uno se metía en su cama. El encuentro había superado las expectativas de los dos. Habían sentido ese miedo que tienes cuando conoces a alguien de manera virtual, pero no sabes si en la realidad se parecerá a tus sueños. Sin embargo, pasado el primer impacto, superada la explicación de Lucía de por qué le había mentido con respecto a su vida, lo demás vino solo.

Para llegar a donde estaban ahora solo les había hecho falta un mensaje, una canción y una botella de vino blanco. Lucía le propuso que pasasen un par de días juntos, y Carlos consiguió que Ángel le diera vacaciones. La actriz se arriesgaba a que la prensa descubriera a Carlos, pero no temía las consecuencias, porque estaba segura de que, ahora que se habían conocido, no se quería volver a separar de él. Le daban igual los rumores, los programas de televisión e, incluso, perjudicar la promoción, porque estaba segura, por primera vez en su vida, de que lo que sentía era real.

—¿Todas las mañanas van a ser así? —preguntó Carlos mientras, en la cama, recuperaba el ritmo normal de su respiración, con Lucía acurrucada entre sus brazos.

—¿Querrías que fueran de este modo? —le preguntó ella, incorporándose para mirarlo.

—No es un mal plan.

—Carlos... —Se quedó callada un momento, sopesando las palabras—. ¿Tú querrías...?

Se le atascó la frase, se sentó encima de una duda y la interrogación le hizo daño con el punto en la piel.

—¿Qué te pasa? —preguntó él preocupado.

—Quiero preguntarte algo, pero no sé cómo hacerlo.

—Vamos, Lucía, soy yo —dijo Carlos.

—Ya, pero no es fácil.

—Inténtalo —la animó mientras acariciaba con el dorso de la mano la piel de su brazo.

—Espera.

Se levantó y recorrió desnuda los metros que separaban su habitación del salón. Volvió al instante, con los móviles de ambos. Se acurrucó bajo el edredón con el suyo entre las manos y comenzó a teclear.

—No mires —le pidió a Carlos cuando descubrió que estaba tratando de espiar lo que escribía.

—Vale, no miro. —Pero la curiosidad le pudo e intentó volver a echar un vistazo.

—Si miras no lo escribo —amenazó ella un poco más seria.

—De acuerdo, no miraré más —rio él divertido.

Lucía ya había escrito la frase, pero no le había dado a enviar. Se lo siguió pensando unos momentos, mientras le miraba temblorosa. Carlos se empezó a preocupar, pero ella no dejó que preguntase. Pulsó enviar mientras inspiraba con fuerza y cerraba los ojos.

—Ya está.

La aplicación de Carlos silbó y él fingió estar pensando en si abrirla o no. El semblante serio de Lucía le indicó que no estaba bromeando, que lo que fuera que había escrito era importante para ella. Finalmente pulsó. No quería ser el responsable de que ella sufriera un ataque de ansiedad. Y leyó:

Lucía: *¿Quieres casarte conmigo?*

Carlos abrió mucho los ojos, sin poder creer lo que estaba leyendo.

—¿Lo dices en serio?

—Nunca he hablado más en serio en toda mi vida.

—Lucía, hace unos días que nos conocemos. —Ahora era él el que estaba a punto del colapso respiratorio.

—No es verdad, hace años, Carlos. Nunca nos habíamos visto, pero ahora que estás conmigo... no quiero que te vayas nunca más.

—Yo tampoco quiero irme, pero me acabas de proponer una locura...

—No te preocupes, no vas a tener que cambiar tu vida, yo quiero irme contigo a Grimiel —le confesó, acurrucándose cómodamente entre sus brazos.

—Pero..., ¿y tu carrera? ¿Tus películas? —Carlos miraba al techo mientras su nariz se perdía en el aroma suave del pelo de Lucía.

—Puedo ir y venir, no te preocupes por eso, pero quiero pasar el tiempo libre que tengo contigo. Es más del que te imaginas, no estoy rodando películas ni de promoción todos los días.

—¿Tú sabes lo que es vivir en Grimiel? —le preguntó preocupado. La vida en el pueblo podía llegar a ser demasiado tranquila, sobre todo en el invierno, para alguien acostumbrado al ritmo frenético de las ciudades.

—No, pero sé lo que es estar a tu lado, y eso no me lo quiero perder. ¿Vas a contestar a mi pregunta?

—¿Te vale un sí?

—Me vale.

Apretaron el abrazo y se olvidaron de que el mundo seguía girando fuera de la habitación.

TOMA 21

Casa de Lucía. Martes por la tarde.

El teléfono de Lucía interrumpió la enésima sesión de besos del día, con la que trataban de poner al corriente el saldo de la cuenta de tres años de deseo. La actriz miró de reojo para ver si la llamada merecía de su atención o si quizá podría ignorarla y seguir disfrutando de la suavidad de los labios de Carlos. El nombre de Rocío en pantalla dio un frenazo a la pasión.
—¡Ups! —dijo separándose de él—. ¡Es Rocío!
—Cógelo, quizá sea importante —la apremió él mientras repartía el último cargamento de caricias por su cuello, inundándolo de placenteras cosquillas.
—¿Diga?
—Lucía, perdona que te moleste. Soy Rocío... —Se oyó una voz titubeante al otro lado de la línea.
—Lo sé, lo he visto, ¿qué pasa?
—Es que... no sé dónde está Alberto —dijo casi sin fuelle. A su tono de voz se le había enganchado la preocupación, que parpadeaba en cada sílaba como el neón de un cartel.
—¿No está contigo? —preguntó Lucía, poniéndose seria.
—Me he ido a duchar y cuando he salido del baño no estaban ni él ni el coche. Le llamé unas cuantas veces y tiene apagado el teléfono.

—¿Has seguido insistiendo? ¿Le has vuelto a llamar?
—No..., es que... me enfadé con él y... he borrado su número —confesó la camarera.
—¡No me digas que habéis vuelto a discutir!
—No, de hecho, creo que era el primer día que empezábamos bien desde que le conozco. Muy bien. Nosotros..., ayer... —No fue capaz de terminar la frase, pero Lucía entendió a la perfección lo que trataba de decirle. Había que estar ciego para no ver que entre los dos había algo muy intenso y que solo era cuestión de que se quedasen solos para que se dejasen llevar. De sus medias palabras deducía que eso era exactamente lo que había pasado.
—¡No sabes cuánto me alegro! —dijo la actriz sin poder contenerse—. Bueno, me alegro de que por fin, ya sabes —rio con ganas—, no de que se haya marchado.
—No entiendo por qué me ha dejado aquí sola. Como no contestaba... he borrado su móvil. Ahora no lo puedo llamar aunque quiera.
—Te lo doy ahora, no te preocupes.
—No, no es eso lo que quiero. ¿Me puedes hacer un favor? —suplicó Rocío.
—Dime.
—Llama tú. Puede que no quiera hablar conmigo.
—Seguro que no se trata de eso, Rocío, no te pongas nerviosa. Espera, lo intento yo y te llamo. Vamos, no es su estilo desaparecer. ¿No has pensado que podría estar preparándote una sorpresa? Le gustas mucho. Conozco a Alberto desde hace mucho tiempo y jamás le había visto tan interesado en alguien como en ti.
—Pues si es una sorpresa, se le ha ido de las manos, porque lo único que ha logrado ha sido asustarme.
—Le busco y te llamo ahora. Tranquila.
Colgó, preocupada más por el tono ansioso de Rocío que por la desaparición de Alberto. Ellos eran bastante amigos y sabía que Alberto no se marchaba sin despedirse.

—¿Qué ha pasado? —preguntó Carlos.
—Alberto se ha ido de la casa rural sin avisar a Rocío. Voy a llamar, a ver qué ha pasado.

Lucía lo intentó, pero todas las veces el teléfono sonó hasta agotar los tonos. Lo buscó también en su casa, pero el fijo solo repetía el mensaje grabado en el contestador, señal de que no había nadie allí. Víctor lo hubiera descolgado *ipso facto* al ver que se trataba de ella.

—Sí que es raro.
—¿No puedes llamar a su agente, a ver si sabe algo? —propuso Carlos.
—Es una idea.

Pero Gustavo tampoco sabía dónde se podía haber metido Alberto Enríquez. Las instrucciones eran claras: no abandonar el escondite hasta que le comunicasen que podían volver y Alberto quería proteger a Rocío de la prensa. No tenía ningún sentido que se marchase sin avisar, sin razón aparente. Igual que Lucía, trató de localizarle, pero como no lo consiguió volvió a marcar el móvil de la actriz.

—Si sabes algo, llámame —le dijo Lucía a Gus cuando la llamó de vuelta.
—No te preocupes, voy a hacer unas cuantas llamadas más. En alguna parte tiene que estar.

Las Dos Esquinas. Martes por la tarde.

Rocío se ahogaba en Las Dos Esquinas. Sola en la casa rural, el único entretenimiento que encontró fue la televisión que, como de costumbre, no ofrecía nada digno de ser el protagonista de su tiempo. Intentó leer uno de los libros de la estantería, pero a las tres líneas sus pensamientos se perdieron y fue incapaz de concentrarse en la historia. Subió a la planta de arriba. Bajó las escaleras de nuevo. Se le ocurrió que podría fingir que estaba trabajando, buscó en la cocina el material de limpieza y limpió la casa de arriba abajo. Sin embargo, nada lograba calmar su ansiedad ni mitigar la sensación de abandono que sentía. Lucía había llamado para contarle que no sabía nada de Alberto y la preocupación por lo que podría haberle ocurrido empezaba a ganar terreno al enfado por su repentina partida.

Una llamada entrante hizo vibrar la mesa donde reposaba el móvil. Lo cogió antes incluso de mirar quién estaba al otro lado.

—¿Diga?
—Hola, Rocío. —Fue la voz de Óscar la que escuchó. La última persona en el mundo con quien esperaba coincidir en esos momentos era su ex.
—Hola.
—Va a ser solo un momento. Quería decirte que he hablado con tu padre y hemos llegado a un acuerdo con la casa. Me la voy a quedar yo, ya hemos fijado las condiciones, dice que seguro que tú estarás de acuerdo. Tu madre se pasará a por tus cosas esta tarde, ya las he metido en una caja.
—Ah —dijo ella, incapaz de articular una respuesta más completa, a pesar de que por su mente circulaban pensamientos a la velocidad de un avión supersónico.

Durante los días que habían transcurrido desde su ruptura, había esperado que Óscar se pusiera en contacto con ella, que quisiera hablar sobre sus sentimientos, sobre lo que les había ocurrido. Imaginó que estaba dolido por estar en boca de todos: al fin y al cabo, frente a los demás ella había sido la que había fallado estrepitosamente. Soñó incluso que se sentaban juntos para mantener una conversación en la que le permitiera explicarse sobre lo que había pasado con las dichosas fotos.

En cambio, Óscar no había hecho nada. Salvo el primer momento de enfado, después pareció aceptar que su relación había puesto el punto final. Se encontraba con una persona que llamaba para comunicarle que ya tenía pensado qué hacer con lo que les quedaba en común.

—¿De anular lo de la boda te ocupas tú?

—Eh..., sí, claro. Óscar, no hemos hablado... —dijo, tratando de darse al menos la oportunidad de un ligero entendimiento.

—No necesito que hablemos nada. Creo que este fin de semana te lo he dejado bastante claro sin necesidad de palabras.

Colgó.

Luisa le había contado que Óscar había pasado dos días en el hotel con Amelia y todo el mundo lo había visto y oído, pero él no podía saber que ella ya se había enterado de esa historia. La última frase rebotó en su cerebro: «Sin necesidad de palabras».

Se quedó mirando el móvil. Había silenciado las notificaciones del programa de mensajes porque la estaban volviendo loca. Todo el mundo la buscaba y ella no tenía ganas de hablar, así que había obligado al aparato a fingir que era mudo. Tocó la pantalla y esta se llenó de iconos. Efectivamente, el que anunciaba mensajes estaba ahí, en la parte superior. La adrenalina empezó a fluir por su organismo, la respiración se alteró y las manos empezaron a sudarle. Se las limpió en el pantalón mientras cogía aire y valor. Seguía recordando la frase: «Sin necesidad de palabras».

Chequeó las conversaciones pendientes. Doce. De su madre, de dos de sus primas, de sus amigas, de Dani... y de Óscar. Tembló. Pensó volver a cerrar el teléfono o borrar para siempre lo que contuvieran aquellos mensajes, pero algo en su interior le hizo encontrar el valor para enfrentarse a ellos. No podía seguir escondiéndose. Las cosas importantes no se pueden aplazar, porque te persiguen siempre aunque quieras evitarlo. En esos días había descubierto que había postergado el pararse a pensar en lo que sentía por su novio. En si esa relación era tan sólida como había querido creer alguna vez. Se había empeñado en echarle la culpa a Alberto de todo lo que le había pasado y, en realidad, ella era la responsable.

Pulsó.

Frente a su mirada empezaron a desfilar una secuencia interminable de fotografías. En ellas, Óscar y Amelia eran los protagonistas. En todas era bastante obvio que entre ellos había algo más que una simple amistad, sobre todo en las últimas en las que estaban completamente desnudos y besándose apasionadamente. El reportaje, realizado con la cámara del móvil, terminaba con un vídeo que no dejaba lugar a dudas.

Volvió a repasar las fotos y lo que descubrió hizo que su nivel de ansiedad subiera hasta provocarle un intenso dolor en el pecho. Las dos primeras habían sido tomadas en verano, en la playa, por lo que no eran recientes. En ellas Amelia llevaba el pelo mucho más corto, por lo que dedujo que debían de tener dos o tres años al menos. Óscar tenía el rostro hundido en el cuello de la chica y una mano se deslizaba bajo la parte superior del bikini mientras ella exhibía una enorme sonrisa. En las tres siguientes, Amelia sujetaba el móvil con el que se había hecho la instantánea y se veían sus rostros deformados por la proximidad. Rastros del carmín de Amelia decoraban la mejilla de Óscar y, como telón de fondo, se veía el escenario de un concierto.

Empezó a atar cabos de pronto, completando con pensamientos lo que no decían aquellas fotos por sí solas. Se acordó de unas vacaciones en las que ella se tuvo que quedar porque había muchos clientes en el hotel, el concierto al que Óscar fue con su amiga Amelia porque Rocío tampoco pudo permitirse un día libre. Y así, una tras otra, le fueron mostrando que sus ausencias se habían resuelto con la presencia constante de Amelia. El fin de semana, el vídeo que ponía fin a todo, era la guinda del pastel.

De pronto, un pensamiento la inundó. Acababa de advertir que aquello que ahora se mostraba tan claro ante sus ojos, como una novedad, no lo era en absoluto, salvo para ella misma. Si, como sugerían las fotos, Amelia y Óscar mantenían una relación paralela a la suya, era más que obvio que mucha gente en su entorno la conocería. Quizá hasta sus padres lo sabían. Quizá sus compañeros de trabajo. Todas las insinuaciones, aquello de llamarlo merluzo, no eran solo que Óscar no fuera demasiado popular, sino su manera de obligarla a prestar atención a lo que sucedía delante de sus ojos sin que lo viera. Una forma de decirle la verdad sin ser del todo francos. Rocío, absurdamente, se había instalado en el pensamiento tranquilizador de que si no te sales del camino nadie tiene por qué situarte en el centro de esa diana imaginaria de rumores. Dos veces le había ocurrido: una con Óscar y otra cuando la prensa decidió porque sí asignarle un número en la cuenta de romances de Alberto Enríquez. No sabía cuál dolía más.

Estaba a punto de lanzar el aparato a la chimenea cuando unos golpes en la puerta de la casa sobresaltaron aún más su corazón. Se quedó clavada en el sofá, sin moverse. A los golpes se sumó una llamada entrante de Lucía.

—Rocío, ¿piensas abrir la puerta o no?
—¿Eres tú?
—Sí, y me estoy pelando de frío. Abre de una vez.

Rocío corrió hacia la puerta y al otro lado aparecieron Lucía y Carlos. Ambos entraron rápidamente y se desembarazaron de los abrigos. Saludaron con unos besos apresurados a la sorprendida camarera.

—No encuentro a Alberto —dijo Lucía—, y esto empieza a ser más que extraño.
—Su teléfono está desconectado —informó Rocío.
—Lo sé. Por eso hemos venido. No me explico por qué se ha ido, él es muy responsable.
—Seguro que lo averiguaremos —dijo Carlos, intentando tranquilizarlas.

Era ya pasada la hora de cenar, así que se puso a preparar a las chicas algo con lo que calmar sus estómagos, aunque Rocío se empeñaba en que no tenía apetito.

Casa de Alberto. Martes por la tarde.

Alberto, en el sofá de su casa, esperaba a que Víctor dejase los libros en su habitación y se explicase, aunque de lo que tenía ganas era de estrangularle. Mientras el adolescente perdía más tiempo del necesario, intentando retrasar la conversación pendiente, su hermano recordaba la mañana de locos que había protagonizado.

El navegador del Megane de alquiler se puso en marcha pocos minutos después de que saliera disparado de Grimiel, dándole un buen susto, porque no lo esperaba: «Combustible en nivel de reserva. Autonomía limitada».
La voz mecánica interrumpió sus pensamientos y le obligó a volver a la realidad. Tendría que parar en la gasolinera más cercana si no quería quedarse tirado en medio de la autovía. Había salido corriendo de Las Dos Esquinas tras recibir una llamada del director del instituto, alertándole de la última trastada de Víctor. En el baño del centro, uno de sus compañeros había empezado a hacer comentarios despectivos sobre Alberto, y Víctor, visceral como era, no había tenido ningún problema en soltarle un puñetazo. Debido al encontronazo, la nariz de su rival empezó a sangrar, pero esa no fue la mayor consecuencia. En su caída, el primer chico se llevó por delante a otro muchacho que pasaba por allí, empujándole contra el lavabo y dejándole con un diente menos. El revuelo convocó en el aseo de chicos a los profesores de guardia, al director, al conserje y, en menos de diez minutos, Al-

berto tenía al otro lado de la línea al jefe de estudios pidiéndole que se presentase inmediatamente. No dejarían salir a Víctor de allí hasta que no fuera a por él, como tutor que era de su hermano pequeño.

Alberto subió de dos en dos las escaleras y golpeó repetidas veces la puerta del baño. Trató de abrirla, pero Rocío había puesto el pestillo y, entre el ruido del agua y una alegre canción que sonaba en la radio de la ducha ultramoderna de la casa rural, no le oyó. Apurado por la situación, bajó de nuevo y buscó un lugar dónde dejarle un mensaje. El único papel disponible era la nota que Carlos había dejado con la cesta del desayuno. Buscó en los cajones un bolígrafo y, cuando lo encontró, garabateó unas palabras en el reverso, dejándola bien visible en la encimera de la cocina. Le contaba a grandes rasgos el contratiempo a Rocío y le pedía que no saliera de la casa, que volvería en cuanto pudiera.

No contó con que su teléfono se quedase mudo, después del segundo tono de una llamada entrante que no logró ver de quién procedía. De pronto recordó que el cargador, con las prisas, se había quedado en su casa, y ese coche no era suyo. Tampoco, obviamente, llevaba uno el coche de alquiler. Perfecto. Salir de viaje incomunicado era lo que menos gracia le hacía. Rogó en silencio para que Víctor no liase ninguna más mientras llegaba a Madrid.

Calculó que le quedarían unos cinco litros de combustible, centrándose en el más urgente de sus problemas, y se tranquilizó al pensar que todavía tenía algunos kilómetros de margen pero, no obstante, agudizó la atención para no saltarse la siguiente estación de servicio. No le vendría mal parar, había salido tan deprisa de la casa que ni siquiera había desayunado, y empezaba a tener hambre. Diez kilómetros después vio la señal que indicaba la proximidad de un área de descanso y se preparó para desviarse.

El área de servicio contaba con varios surtidores. Alberto se situó en el primero que vio despejado y se dirigió a la manguera. Como suponía, un cartel indicaba que tenía que dejar su tarjeta y su DNI antes de iniciar la maniobra de repostaje. Se dirigió entonces a la tienda que hacía también las veces de cafetería, dejó los documentos y volvió al coche. Cuando terminó de llenar el depósito, aparcó el coche para dejar libre el surtidor y volvió a la tienda a pagar y, de paso, comprarse algún dulce con el que acallar el apetito. En un rincón, al lado de la vitrina de refrescos, oyó la voz de Cristian Perales, que estaba enfrascado en una conversación de teléfono.

—Las tengo. Y esta vez no queda duda de que entre los dos hay algo más que una amistad —le escuchó decir—. Cojo unas cosas, pago el combustible y salgo para allá, creo que en un par de horas puedo estar en la redacción. La mierda de wifi que tienen aquí no me deja enviarte ni siquiera la que hice con el móvil para que juzgues. Espera que lo intento de nuevo.

—Cincuenta y dos euros, firme aquí. —El empleado asustó a Alberto, que se había distraído escuchando al fotógrafo.

—Sí, disculpe —le contestó sin subir demasiado la voz. No quería que Cristian se percatase de su presencia.

Firmó con rapidez, recuperó la tarjeta y el documento, y salió de la tienda. Una vez fuera hizo una inspección rápida por el aparcamiento. Entre los vehículos de los surtidores descubrió uno que llamó su atención: era el mismo que había ido delante de él cuando llegaron a Grimiel. El maldito fotógrafo les había seguido y no estaba ya en el pueblo porque había conseguido lo que siempre andaba buscando: fotos. Pero esta vez no iba a poder publicarlas tan fácilmente, no si él podía impedirlo.

Alberto volvió la cabeza hacia la tienda y vio que Cristian seguía manipulando el teléfono. Se acercó a su coche y probó suerte, comprobando si estaba abierto. El fotógrafo, famoso por no separarse jamás de su cámara, parecía mucho menos cuidadoso con el coche, porque la puerta trasera se abrió sin dificultad.

Fue un pensamiento fugaz, una idea loca que se pasó por su mente, pero podía intentarlo. Entró y se acurrucó entre los asientos, rezando porque no mirase hacia atrás enseguida cuando volviera al coche. Al cerrar tras de sí la puerta, Cristian todavía no había colgado, así que tuvo que esperar un poco.

Desde su posición no podía ver absolutamente nada, por lo que el tiempo, con esa manía que tiene de ralentizarse cuando esperamos, comenzó a fluir lentamente, lo mismo que la sangre por sus piernas, que empezaban a entumecerse. El ruido de la puerta abriéndose tensó sus músculos y fue seguido por un golpe en la cabeza, que recibió cuando el fotógrafo lanzó al asiento de detrás la bolsa con la cámara. Contuvo un gemido de dolor y, cuando la música de la radio empezó a sonar a un volumen muy alto, aprovechó para abrir los cierres de la bolsa. Extrajo con cuidado la cámara y la encendió. Enseguida descubrió la secuencia de fotos que Cristian les había hecho en la puerta del patio. Por la calidad, no debía andar muy lejos cuando disparó, pero ni él ni Rocío habían tenido tiempo de prestar atención. Buscó entre las funciones de la cámara la de formateo de la tarjeta y la borró, aunque con algo de pena, porque le hubiera gustado conservar un recuerdo de ese momento con Rocío en el jardín, que para él había sido único. No había tiempo para sentimentalismos ni para recuerdos. Si quería que aquello que había surgido con ella prosperase, era vital que aquellas fotos no vieran la luz nunca. Tenía que parar el acoso de la prensa y que no siguieran poniendo zancadillas. Cuando la barrita de la pantalla llegó al cien por cien extrajo la tarjeta de memoria y se la guardó en el bolsillo del pantalón, no fuera a ser que el fotógrafo supiera algún truco para recuperar las imágenes.

En el tiempo que le tomó toda la operación habían salido a la autovía y distaban ya varios kilómetros de la gasolinera. Decidió que era el momento perfecto para abordar la segunda parte de su plan.

—Buenas, Cristian —dijo, sentándose al fin en el asiento, recuperando una postura cómoda.

—¡Joder! —gritó este, dando un volantazo por el susto—. ¡Qué coño haces tú ahí!

—Lo mismo que tú en Grimiel, tocar los cojones.

—¿Qué quieres?

—Ah, ¿no lo sabes? —preguntó Alberto sarcástico.

El fotógrafo guardó silencio.

—No sé de qué me hablas.

—Ya, y yo no te conozco de nada —dijo Alberto—. Sé que tienes una foto que quiero, en el móvil. Por las de la cámara no me preocupo, porque ya no existen.

Cristian, enfurecido, se dio la vuelta para mirar de frente al actor. La trayectoria del vehículo se volvió errática y Alberto le advirtió de ello.

—Deberías mirar hacia adelante si no quieres matarte con el coche. Y a mí de paso, claro. Aunque, bien pensado, eso generaría unos titulares muy jugosos, de los que a ti te gustan. Lástima que muerto no puedas cobrar por ellos.

—¿Qué has hecho con las fotos?

—Nada del otro mundo, borrarlas —respondió Alberto sin inmutarse.

—No tengo ninguna foto más.

—Sí la tienes, en el móvil, y estoy seguro de que me la vas a dar ahora mismo.

—No te va a servir de nada, ya la he enviado a la redacción.

—¿Sabes qué? No me creo nada que venga de ti. Puede que el wifi de la gasolinera no fuera demasiado bien y aún no la hayas enviado. Por si acaso, la quiero. Y me la vas a dar voluntariamente, ¿verdad?

—¿Y por qué estás tan seguro?
Alberto tenía la cámara en la mano. Era una Canon, la EOS 5D, una de las más potentes del mercado. Para guardarla en su funda, Cristian le había quitado el objetivo, un tele de 800 mm bastante aparatoso, pero Alberto lo había sacado de la bolsa y se lo estaba colocando. Con parsimonia y una sonrisa terminó de anclarlo en el cuerpo de la cámara. El clic que hizo al encajarse erizó el vello de la nuca de Cristian. Le recordó al sonido de un arma al cargarse.
—Hace bastante calor en este coche, te estás poniendo rojo —le dijo Alberto mientras abría una de las ventanillas traseras. Cuando menos lo esperaba sacó la mano con la cámara—. Me vas a dar tu móvil, ¿verdad?
—¡Qué haces, hijo de puta, esa cámara cuesta más que tú!
—Mira que lo dudo… Yo valgo mucho, tanto que te has tomado la molestia de seguirme para hacer unas fotos que, estoy seguro, te darían para comprarte otra. Lo que no sé es si la que tienes en el móvil será tan buena como para que puedas reponer un equipo como este.
—¡Ni se te ocurra soltarla! —gritó desde el asiento del conductor, echando un vistazo de vez en cuando a la ventanilla abierta por la que se asomaba su herramienta de trabajo.
—Yo hago lo que quieras —dijo Alberto—, si me das el móvil, la cámara se salvará de convertirse en un montón de chatarra. Si no…
—¡Vale, vale! Te lo doy, pero mete la mano.
—Para —le ordenó.
—¿Aquí?
—Sí, no es un mal lugar.
—Pero no hay sitio nada más que en el arcén…
—Tú para.
Cristian puso el intermitente y detuvo el coche. Había empezado a sudar y el volante se le resbalaba de las ma-

nos. Sin la cámara no era nadie y comprar otro equipo como ese le iba a suponer un enorme trastorno. Necesitaba el dinero que pudiera conseguir por las fotos urgentemente para cubrir todas sus deudas, pero incluso peor que perder las instantáneas sería quedarse sin su cámara.

—Toma.

—Una vez que el coche se hubo detenido, el fotógrafo sacó de su bolsillo el teléfono y se lo ofreció al actor.

—No. Me lo estoy pensando mejor y me lo vas a dar fuera. ¡Sal!

Obedeció. La frialdad de la mirada de Alberto le estaba asustando. No estaba acostumbrado a verlo tan serio: siempre que se plantaba detrás de su objetivo llevaba la mejor sonrisa puesta. Definitivamente, con ese rostro tan grave no saldría favorecido en ninguna foto. Alberto salió detrás de él con la cámara en la mano. Enseguida tuvo el teléfono en sus manos.

—Dame la cámara, ya te he dado el móvil.

—Pero... es que quiero algo más.

Cristian se puso pálido cuando Alberto soltó de pronto la cámara. Tenía agarrada la correa con la que se colgaba del cuello y nunca estuvo en peligro, pero verla tan cerca del desastre provocó que, de pronto, se olvidase de algo que había aprendido con apenas dos años: controlar esfínter. El actor volvió a recogerla y la empuñó como si de un arma se tratase, apuntando a la entrepierna de Perales.

—No mola nada estar a ese lado cuando te encuentras en una situación embarazosa, ¿verdad? —afirmó.

—¡Qué más quieres, joder!

—Un minúsculo detalle. —Se metió la mano en el bolsillo y sacó la tarjeta. Se la mostró.

—¿Qué?

—¡Trágatela!

—¡Estás loco! ¿Cómo me voy a tragar eso?

—Es verdad, es demasiado grande. Espera. —La tarjeta acabó bajo el zapato de Alberto y solo necesitó un pisotón para deshacerse en varios pedazos. Los recogió del suelo—. ¿Así mejor? Tú lo has querido, ahora tienes que tragarte además un poco de tierra.

—¡No pienso hacerlo! —chilló Cristian en un tono demasiado agudo.

—Bueno. —Alberto se descolgó la cámara y volvió a amenazar con tirarla al suelo.

—Trae, pero después me la das.

Perales se tragó los fragmentos de la tarjeta de memoria sin agua ni nada. Con muchas dificultades logró que atravesaran su esófago mientras Alberto no perdía detalle de lo colorado que se estaba poniendo. Cuando estuvo seguro de que se la había tragado por completo siguió poniendo condiciones.

—Bien, vas muy bien. Estás mucho más cerca de tener la cámara contigo.

—¿Pero no me la vas a dar?

—No. Aún no. Si la quieres tendrás que andar un poco.

—¿Andar?

—Sí. Retrocede unos pasos.

Perales se alejó caminando hacia atrás unos cuantos metros. Paró para comprobar si era suficiente, aunque un gesto negativo de la cabeza del actor le indicó que tenía que seguir andando. Tres veces más repitieron el juego.

—¡Perfecto! —gritó Alberto para que lo oyese desde la lejanía—. Has sido un chico bueno.

Dejó la cámara en el suelo, se acercó a la puerta del conductor y arrancó el coche, dejando al fotógrafo en medio de la autovía, sin más equipaje que su preciosa cámara y a varios kilómetros de la estación de servicio.

Pensó en seguir hasta Madrid en el coche del fotógrafo, pero después cambió de idea. En el primer sitio que pudo hacer un cambio de sentido dio la vuelta y regresó a la gasolinera, donde recuperó el Megane. El de Cristian lo dejó cerrado y se llevó las llaves, asegurándose de que le resultara difícil moverse. Tenía su móvil, sus llaves y su cartera, que se había quedado en la guantera del coche.

Cristian Perales llevaba ropa, pero de alguna manera lo había dejado completamente desnudo.

De regreso a Madrid vio a un hombre caminando por el arcén de la autovía en dirección contraria. No se contuvo. Pitó y lo saludó con un gesto, al que el hombre contestó levantando el dedo corazón de la mano derecha.

Después de la reunión en el instituto se llevó a Víctor a casa. Lo último que necesitaba ahora era otro escándalo más para alimentar programas basura, y tener que volver a su piso con el adolescente iba a suponer esquivar a la prensa parapetada en la puerta. Lo hizo sin pararse un segundo, conteniendo las ganas de hacer que alguno se tragase sus preguntas aderezadas con la espuma del micrófono.

—¿Ya has terminado? —preguntó a Víctor cuando entró en el salón.

—Sí —contestó con la cabeza agachada.

—¿Cuál es tu justificación para esto?

—Ya te lo he dicho delante de medio instituto: se metieron contigo. Tenía que defenderte.

—¿Defenderme? ¡Pero eres imbécil! Se meten conmigo todo el tiempo, en la televisión, en la radio, en internet... y no pasa nada en absoluto. Son palabras que se lleva el viento, pero esto es diferente. ¿Te parece normal romperle la nariz a alguien y saltarle a otro los dientes?

—¡Eh, que no he roto ninguna nariz, solo ha sido un diente y tiene más! —Se defendió.

—Por los pelos no se la has roto y el diente va a necesitar una reconstrucción. ¿Sabes lo que me ha costado que no nos denuncien los padres del chico?

—Una visita al dentista que pagarás tú.

—Mira, Víctor, ya está bien. No sé cómo ocuparme de ti, no estoy preparado para que a cada rato estés liando alguna y yo sea el que te saque de ella. Voy a hablar con papá y mamá y te vas con ellos.
—¡No, por favor!
—Es lo que te has ganado.
—Te prometo…
—¿Cuántas veces me has prometido que sería la última? ¡Miles! Y sigues. Cuando no son las notas, te pegas con alguien. Te pasas la vida haciendo el imbécil y siendo un inmaduro.
—Tengo quince años.
—Yo los tuve también y nuestros padres no fueron a buscarme al instituto por pegar a nadie, ni me quedaron cinco, ni…
—Perdón.
Alberto miró a su hermano. No era más que un niño alto, el pequeño que había irrumpido en casa cuando no esperaban ser padres otra vez y al que habían consentido de más. De eso también eran responsables su hermana y él, para quienes su llegada había sido como recibir un juguete. Víctor era divertido, un niño caradura al que era imposible no reír las gracias y que jamás había tenido los límites que sí les impusieron sus padres a su hermana y a él.
—Nos vamos —dijo muy serio Alberto.
—¿Dónde? —Víctor, asustado por la posibilidad de que lo devolviera a casa de sus padres, se puso blanco.
—Tengo cosas que hacer y tú te vienes conmigo. Pero como te pases un milímetro más te irás a Francia. No te lo voy a repetir más veces. Cámbiate de ropa y mete algo más en una mochila.

TOMA 22

Las Dos Esquinas. Martes por la noche.

Carlos volvió a su casa, dejando a Rocío a solas con Lucía. Había acordado con Luisa que fuera ella la que les llevase comida durante el encierro, pero, ya que estaban allí, pensó ir él mismo a recoger las viandas y a saludar a sus padres. Se despidió de Lucía con un beso apasionado y salió de la casa rural ajustándose el abrigo, prometiendo volver enseguida.

Rocío seguía cada vez más desconcertada. El dependiente de la tienda de ultramarinos era un muchacho tan normal que no encajaba en el perfil de alguien que tuviera un romance con la glamurosa Lucía Vega y, sin embargo, a ella parecía salirle felicidad por cada poro de su piel.

—¡Me encanta este hombre! —dijo ella, abrazando por sorpresa a Rocío, aumentando su desconcierto.

—Ni en un millón de años me lo hubiera imaginado. ¿Carlos y tú?

—¿Por qué?

—Pues porque Carlos es...

—No te esfuerces, dilo, muy normal. Muy diferente a los chicos que siempre me han acompañado, ¿verdad?

—Sí, algo así. Me alegro de que vinierais a Grimiel y le conocieras.

Lucía sonrió y empezó a contarle que no había sido una casualidad la elección. A medida que avanzaba su relato, Rocío se emocionaba, perdiéndose entre sus pensamientos. Era una bonita historia, le descubría a la Lucía de verdad, no a la que retrataba la prensa. Se abría paso su yo verdadero, ese que intuyó una mañana en la que habían compartido un café en el hotel. De alguna manera desdibujaba el mito que se había creado sobre su persona, pero la hacía más grande ante sus ojos.

—... y le mandé un mensaje para pedirle que se case conmigo.

Rocío, que divagaba, recuperó de pronto el hilo del discurso abriendo mucho los ojos.

—¿Le has pedido a Carlos que se case contigo? ¿Con un mensaje? Pero si acabáis de conoceros...

—Eso mismo me ha dicho él, pero no es cierto, nos conocemos desde hace años. Estoy más segura que nunca de que él es lo que quiero.

—¿Carlos encajará en tu mundo?

—No sé, no pienso pedirle que lo haga. Quiero encajar yo en el suyo. Aquí.

—Y estás completamente segura —afirmó, mirándola a los ojos y observando su brillo.

—Sí. Y si no fuera porque me quedan unos días intensos de promoción todavía y no me dará tiempo, me pondría a preparar una boda exprés. Ya es hora de empezar a vivir una vida real. Lo único que me preocupa es que mañana conoceré a sus padres, no sé qué tal les voy a caer.

—Son como él, su padre incluso mejor. Es tan buena persona como Carlos, aunque le vais a dar un susto de muerte cuando le anunciéis que os casaréis en breve. Creo que se había hecho a la idea de que su hijo se quedaría con ellos para siempre.

—No quiero una boda espectacular, pero quiero que sea ya. Antes de que la prensa empiece a especular y lo estropeen todo. Tú sabes de qué te hablo, ¿verdad? —Lucía recordó que los preparativos de su propia boda ocupaban a Rocío cuando la había conocido—. Perdona, yo hablando de bodas, qué poco tacto...

—No pasa nada, aún tengo que anular el vestido, las fotos, el restaurante..., menos mal que aún no había encargado todas las cosas que se necesitan. Le dije a mi madre que lo parase todo, aunque la conozco, sé que no habrá sabido ni por dónde empezar.

—¿Cuándo era la boda?

—En menos de cuatro semanas. Tengo una foto del restaurante en el móvil y también el vestido. Creo que debería empezar a borrarlas.

—¿Me las enseñas antes?

—Si quieres... —Le mostró las fotos sintiendo que ya formaban parte de su pasado.

—¿Te importa ayudarme a preparar mi boda? El vestido, el restaurante... Ya has hecho el rodaje, yo no sé por dónde empezar.

—Si quieres lo que tengo, considéralo mi regalo. Total, iba a tirarlo a la basura. Pero supongo que querrás elegir tu vestido.

—Es un vestido, no es importante. Además, ¡es precioso! ¿De verdad no te importa que me lo quede?

—Todo tuyo.

Le dio un abrazo con el que constató que Rocío estaba temblando.

—¿Qué te pasa, Ro? —le preguntó.

—Nada, ha sido mucho tiempo pensando en ese día y ahora...

—Ahora tienes otro principio donde está Alberto, piensa en eso.

—No sé qué ha pasado con él. Ayer parecía todo tan perfecto, esta mañana incluso... y de pronto se ha esfumado. Me he sentido como cuando Óscar entró en mi casa para gritarme después de lo de las fotos, como si de pronto hubiera vuelto a perder el control sobre todo lo que pasa a mi alrededor.

—Serénate. A veces las cosas tienen una explicación.
—¿Tú crees?
—Seguro que aparece. Voy a volver a llamar a Gustavo, si así te quedas más tranquila. Al menos puedes estar segura de que no se ha ido por ti. Ninguno podemos encontrarlo.
—Pues no sé si eso me tranquiliza mucho más, la verdad.

Mientras Lucía localizaba al representante de Alberto, Rocío no podía dejar de pensar en la decisión que había tomado la actriz. Quería cambiar su glamuroso mundo por vivir en un pueblo perdido, donde hacía frío hasta en verano, y todo porque se había enamorado. Veía un centelleo en su mirada mientras hablaba de la boda que jamás pudo encontrar en sus ojos cuando preparaba la suya. Tenía mucho estrés porque buscaba, básicamente, que todo saliera perfecto, pero sabía que ella no actuaba por un impulso de su corazón, sino por pura inercia, y mucho más preocupada porque los demás lo pasaran bien en la fiesta que por construir un día perfecto para ella misma. Los latidos de Lucía en ese momento eran casi audibles mientras que los suyos, si es que alguna vez los había habido, se aproximaban más a un tamborileo lento, demasiado pausado para ser el inicio de una etapa feliz. En realidad, su corazón solo se había alborotado del mismo modo que el de Lucía con la presencia de Alberto Enríquez.

Recordar su huida le hizo un nudo en el pecho. Escuchaba la charla de la actriz sin prestarle atención, mirando las llamas crepitar en la chimenea, sintiendo que el fuego le robaba parte del oxígeno necesario para seguir respirando. El timbre de la casa rural sonó insistente y Rocío fue a abrir la puerta. Ahí, al otro lado, parado con su hermano Víctor, estaba Alberto. Se quedó clavada bajo el umbral, sin reaccionar.

—¿Pasamos o qué? —preguntó el adolescente, mirando con desconfianza hacia la calle, donde acababa de aparcar un coche.

Rocío se hizo a un lado y ambos entraron en la casa, pero en ningún momento ella y Alberto dejaron de mirarse fijamente.

—Desde luego, para que digan de los adolescentes —dijo Víctor, observando que ninguno de los dos parecía reaccionar—. ¡Eh, vosotros! —agitó los brazos delante de la cara de su hermano—. ¡Nada! Y luego soy yo el que se pone tontito.

—¡Eres imbécil! —empezó a gritar de pronto Rocío—. ¿Sabes el día que me has hecho pasar?

—Rocío, yo...

—¿No podrías haberme dicho dónde ibas? ¿No podrías haberme dejado una nota al menos?

—Es que...

—¿Por qué has apagado el móvil? ¿Por qué no has contestado a nadie? ¡Ha estado a punto de darme algo, idiota! —comenzó a golpearlo con los puños, enfurecida.

—Rocío, ¡para! Me quedé sin batería —dijo cogiéndola por los hombros.

—¡Vaya susto nos has dado! —dijo Lucía acercándose desde el fondo del salón. Su voz, frenó la incipiente disputa.

—¡Hombre, Luchi! —dijo el niño.

—¡Víctor! ¿Se puede saber qué has hecho esta vez? Porque me imagino que el que estés aquí con él tiene algo que ver con su desaparición...

—Nada, que el director del instituto es un exagerado, nada más.

—¿Exagerado? —bramó Alberto—. Hay dos compañeros suyos heridos por una pelea que ha tenido en el instituto. Lo siento, de verdad, siento haberme marchado y haberte preocupado.

—Nos has preocupado a todos —dijo Lucía.

—Y eso que no sabéis la que hay liada en la puerta —añadió Víctor.
—¿Qué pasa en la puerta? —preguntó Alberto.
—¿De verdad que no te has dado cuenta de que nos seguían un montón de coches? ¡Hijo, qué tonto eres!

Lucía se asomó con precaución desde una esquina de la minúscula ventana del baño y pudo ver la calle abarrotada de coches que iban descargando a una considerable cantidad de periodistas. Las Dos Esquinas estaba sitiada por la prensa. En ese momento, frente a sus ojos, la figura de Carlos apareció con una cesta de víveres, completamente relajado, sin reparar en el revuelo de vehículos, que no era en absoluto habitual. Buscó el móvil para advertirle de que se diera la vuelta, pero se lo había dejado en la mesa frente a la chimenea, así que no pudo más que observar aterrorizada como Carlos se acercaba hasta la puerta de la casa, atrayendo la atención de los paparazis. Empezarían a hacerle fotos en cuanto pulsase el timbre, colocándole en una situación parecida a la que había vivido Rocío.

Tomó una decisión rápida. Le hubiera gustado que las cosas fueran de otro modo: conocer primero a los padres de Carlos, una tranquila tarde en compañía de la familia de su chico para que supieran de su existencia... Pero, en el fondo, daba lo mismo, porque estaba segura de que nada iba a conseguir que cambiase de idea con respecto a sus sentimientos por el dependiente de la tienda de ultramarinos de Grimiel. Corrió hacia la puerta de la casa y, antes de que él pulsara el timbre, la abrió y le recibió con un apasionado beso.

La cesta estuvo a punto de irse al suelo, momento que puntualmente habría sido recogido en cientos de imágenes gráficas porque, de pronto, como si se hubieran trasladado a un photocall, los flashes iluminaron la calle.

—Buenas noches, chicos —dijo Lucía con la mejor sonrisa cuando separó sus labios de los de Carlos—. Hace mucho frío para que estéis horas y horas aquí, ¿no creéis? Hasta mañana nadie va a salir de la casa rural, así que os sugiero que os paséis por el hotel que está ahí mismo. Luisa prepara unas infusiones calentitas deliciosas, hay una chimenea preciosa y las habitaciones son espectaculares.

Carlos, desconcertado, entró en Las Dos Esquinas, cerrando tras de sí. Ni se había fijado en la prensa, él solo pensaba en regresar a la casa cuanto antes para volver con Lucía.

—Ya les puedes hablar a tus padres de mí, aunque sea por teléfono, si no quieres que se enteren por la televisión —dijo con cara de estar pidiéndole perdón.

—Se lo he dicho ahora —contestó él con una sonrisa.

—Ah, ¿y qué les ha parecido?

—Que tengo un gusto excelente.

Volvieron a besarse apasionadamente.

—¡Hala! ¡Otros! ¿Se puede saber qué pinto yo aquí entre tantas babas? —preguntó Víctor.

—Si no le hubieras roto los dientes a nadie no tendríamos que aguantarte. ¿Qué es lo que les has dicho a tus padres? —preguntó Alberto a Carlos, sabiendo de antemano que no manejaba toda la información en aquella conversación.

—Que Lucía y yo nos vamos a casar.

—¡Toma ya! —dijo Víctor—. ¿Así? ¿De pronto? ¿No te lo querrás pensar un poco, Lucía?

—No, estoy completamente segura.

—Pues vaya. Tenía la esperanza de que me esperases.

—Víctor, creo que eres un poco joven para mí —le dijo ella sonriente.

—Eso se arregla con unos años, ¿no?

—Anda, ve a llevar las mochilas arriba y déjate de tonterías —ordenó Alberto muy serio.

—Tú misma. Voy a ser incluso más guapo que mi hermano, mi madre me lo dice siempre.

Los cuatro se rieron de la ocurrencia del adolescente que desapareció escaleras arriba, cargado con las mochilas y la desilusión que le supuso saber de la boda de Lucía.

—Podías haber avisado, Alberto, nos has dado un buen susto a todos, y encima te has traído a la prensa. Ya saben que ella está aquí, ahora complicarán más su vida aún.

—No te preocupes por eso, Lucía —dijo Ro—, asumo que nada será como antes. Es más, luego os enseñaré algo que he descubierto mientras estaba sola. Pero en algo tiene razón. Alberto, me has dado un buen susto.

—Lo siento. Como no podía abrir la puerta del baño y no me oías te dejé una nota. Luego el teléfono…

—¿Una nota? ¿Dónde? Yo no he visto nada.

—Pues la puse por aquí —dijo, señalando la encimera de la cocina. Se habrá caído al suelo. Escribí en el papel que dejó Carlos, es lo único que encontré a mano.

Rocío empezó a recordar y el corazón se le aceleró. ¡Claro que había visto la nota! Ella misma la había lanzado al fuego sin fijarse en que no contenía un mensaje, sino dos. Volvió su mirada a la chimenea y allí estaba el papel, resguardado de la destrucción en un rincón. Al lanzarlo no había advertido donde había caído, pero ahora veía que permanecía arrugado en una esquina y que tenía escritas unas palabras en azul que no recordaba haber visto cuando la aplastó con su mano. La nota que les había dejado Carlos, lo recordaba perfectamente, estaba escrita en tinta negra. Agarró las pinzas y la sacó, sacudiéndola sin cuidado. Los restos de ceniza cayeron sobre la alfombra.

Víctor ha liado una de las suyas. Tengo que marcharme, pero volveré en cuanto pueda. No se te ocurra salir de la casa, princesa.

El corazón de Rocío despertó de pronto, buscando un ritmo de latidos diferente, más vivo, más intenso. Les mostró la escueta nota mientras le temblaban las manos. Lucía leyó rápidamente y sonrió. Siempre había estado segura de que Alberto no se había marchado sin una buena razón.

—¡Te lo dije! —gritó Lucía.

—La tiré al fuego, es que… creía que era la de Carlos, no se me ocurrió darle la vuelta.

El sonido de un corcho saltando por los aires captó su atención.

—Bueno, y ahora que está todo claro, ¿celebramos algo? —dijo Carlos.

—¡Claro que sí! Busquemos unas copas —añadió Lucía.

Enseguida Alberto sacó cuatro copas y Carlos empezó a servir la bebida, mientras Lucía ponía un canal de música en la televisión y Rocío seguía mirando la nota, sintiéndose muy tonta. Víctor, que bajaba por la escalera, protestó al ver que había una fiesta en la que no parecían contar con él:

—¿Qué pasa? ¿Para mí no hay copa?

—No, tú bebe un refresco, ya tendrás tiempo de ser mayor.

—¡Aguafiestas!

—¿Por qué brindamos? —dijo Alberto, ignorando a su hermano.

—Porque dentro de veinticinco días, exactamente, Carlos y yo nos casaremos.

No había empezado a beber, pero Carlos se atragantó con la afirmación de Lucía.

—¿Pero ya lo has organizado? —preguntó perplejo.

—Digamos que hay una boda a medio preparar que no se iba a celebrar y yo tengo muchas, muchas ganas de venirme a vivir a Grimiel contigo. Pero si no te parece bien…

—Me parece perfecto —dijo Carlos.

—Estáis muy mal, pero que muy mal —aseguró Víctor—. Anda, Alberto, dame vino porque esta tontería es imposible asimilarla con Fanta de naranja.

—¡He dicho que no!

TOMA 23

Tiempo después, en Grimiel.

A pesar de los paparazis apostados en la puerta, consiguieron pasar un par de días inolvidables en el pueblo antes de que Alberto y Lucía tuvieran que volver a sus vidas y continuar con la promoción de la película. Sin embargo, a partir de entonces, cada vez que sus compromisos se lo permitían, regresaban a Grimiel, donde se sentían cómodos y donde fueron integrándose como si siempre hubieran pertenecido al pueblo que extendía sus dominios en la falda de la montaña.

Los padres de Rocío conocieron al actor y, aunque al principio no se libró de una buena bronca por parte de Cosme por haber metido a su niña en semejante embolado, enseguida congeniaron. Incluso un día el padre de Rocío se llevó a Alberto a pescar, otro a buscar fósiles y uno más lo dedicó a enseñarle unos pinos que durante generaciones habían pertenecido a la familia y que le pareció conveniente que supiera dónde estaban, porque, en algún momento, heredaría su propiedad si finalmente se casaba con su hija. Alberto no quiso llevarle la contraria acerca del tema: estaba perfectamente de acuerdo en que un novio siempre tiene que saber dónde están los pinos de su futura esposa. Lo que no había hecho él, de momento, era preguntarle a Rocío si querría algún día dar ese paso con él. Quería dar tiempo a que se olvidara de su anterior relación y del fracaso de sus planes de boda, que estuviera completamente segura de si ese era un camino que estaba dispuesta a recorrer de su mano.

—Acuérdate bien —le dijo Cosme cuando se bajaron del coche en medio del bosque—. A partir de este pino, a la derecha hasta el cortado. Esos son los de la familia. Hacia el fondo el límite lo marca un camino, no tiene pérdida.

—¿No hay planos o registros? —preguntó él.

—Los hay, nos cobran todos los años desde el catastro, así que algo habrá, pero no hay quien se aclare en un mapa. Lo mejor es venir y sobre el terreno hacerse a la idea de cuáles son los tuyos.

—No me acuerdo muy bien del camino que hemos tomado —se disculpó el actor, que se había perdido en las bifurcaciones que tomaron por senderos de tierra llenos de baches. Encontrar por su cuenta el camino de vuelta le parecía imposible, así que todavía más si algún día tuviera que volver solo a aquel paraje.

—Eso no es problema, te traeré las veces que haga falta, te lo aprenderás. En otoño, en la época de setas, vengo casi todos los días. ¿Has ido alguna vez a buscar níscalos?

—No, no sé ni qué aspecto tienen...

—Aprenderás. Se te ve espabilado.

No pudo evitar una sonrisa al comprender que con esa visita al pinar le estaba dando la bienvenida a la familia de la manera más curiosa que jamás se hubiera podido imaginar.

Fue tal el cariño que Cosme le tomó a Alberto que a Rocío le costaba encontrar momentos de intimidad con él, debido a que su padre siempre había planeado alguna actividad para el actor cada vez que ponía un pie en Grimiel.

Celia, la madre de Ro, supo desde el principio que ese chico le gustaba infinitamente más que el pescadero, y se dedicó a prepararle todos los postres que formaban parte de su repertorio culinario. No se conformó con expresarle su felicidad por tenerlo en casa una vez, sino que, a cada oportunidad que se presentaba, Celia llenaba la mesa de dulces típicos y de otros de invención propia. Alberto se temía que, o se controlaba un poco, o tendría que despedirse de quitarse la camiseta en la siguiente película.

Los padres de Carlos, por su parte, recibieron a Lucía con una mezcla de recelo y admiración. A la madre no se le habían pasado por alto las horas que su hijo pasaba frente al ordenador o con el móvil en la mano y, aunque sospechaba que detrás de tanto interés lo más seguro era que hubiese alguien, jamás se imaginó que fuera la actriz a la que, como casi todo el mundo, había visto crecer en televisión. Sin embargo, la espontaneidad con la que se presentó Lucía, tan lejos de la diva que salía en la tele, se los acabó ganando. Ambos, tras el impacto de saber que en apenas unos días su hijo se casaría, se apresuraron a sugerirles Las Dos Esquinas para que se alojaran allí mientras se decidían a construirse una casa propia.

Luisa, por su parte, ayudó a Rocío y a Lucía con los preparativos de la boda, mostrándose más amable de lo que jamás nadie la recordaba. Todo surgió una tarde en la que estaban reunidas Rocío y la actriz en el comedor vacío del hotel. La ayudante de cocina terminaba su faena cuando Lucía le llamó la atención.

—Luisa —dijo—, ¿rosas blancas o calas? ¿Qué te parece más elegante?

—¿Qué son calas? —preguntó con un gruñido.

—Unas flores.

—Ah. No sé cómo son, pondría rosas, esas seguro que las conoce todo el mundo.

—Oye, ¿quieres sentarte con nosotras? —La invitación incluyó un gesto de Lucía señalando una silla vacía a su lado.

—Bueno. —Luisa se sentó un poco confundida y también, por qué no, porque le dolían bastante los pies. A su edad, tanto tiempo de pie pasaba factura.

—Mira, estos son los dos centros que me han enseñado para las mesas del restaurante. ¿A ti cuál te gusta más? Estamos en un empate, ¿verdad, Rocío?
—Sí, a cada una nos gusta uno.
—Entonces, ¿decido yo? —preguntó la mujer.
—Sí, Luisa, decides tú.
—Pero, ¿por qué?
—¿Por qué no? —Lucía no veía ningún problema en delegar la decisión en Luisa. En realidad le gustaban los dos centros y lo único que estaba resultando complicado era elegir uno.
—Porque no sé nada de centros, ni de flores, ni de bodas...

La actriz, espontánea como era, la rodeó con un brazo y le plantó un sonoro beso en la mejilla. El desconcierto pareció accionar algún resorte interno en Luisa porque se irguió como un palo.

—Seguro que eliges lo mejor. Eres la mejor haciendo infusiones. Las sirves ardiendo y pones lo que te da la gana y no lo que te piden, pero siempre están buenísimas.
—Eso es cosa de las hierbas, no mía.
—Que va, a nadie le salen como a ti.
—¿De verdad?
—De la buena —dijo Lucía con una amplia sonrisa.

Rocío observaba la conversación entre las dos y recordaba que Luisa siempre llevaba puesto un disfraz que no se quitaba ni en los días de fiesta, ese que se dejó aquella mañana en la puerta de Las Dos Esquinas cuando se quedó con ella. Lucía se lo estaba robando delante de sus ojos y, sin él, la mujer más gruñona de Grimiel se empezaba a sentir desnuda. O le ponía enseguida una manta para que se tapase o poco faltaría para que soltase incluso una lagrimilla.

—Luisa, ayúdanos y no le contaremos a nadie, si tú no quieres, que lo has hecho —sugirió Rocío.
—No, Rocío, si yo quiero. Lo que no sé es por qué queréis vosotras.

—Ay, Luisa. ¡Porque eres adorable! —Lucía volvió a aferrarse de su cuello.
—¡Y tú una zalamera!
—Ya, pero, ¿a que te gusto?
—Un montón, las dos me gustáis un montón. Pero eso sí que no se lo digáis a nadie si queréis seguir saboreando la comida.

Veinticinco días después. Sábado.

El día de la boda el sol decidió sumarse a la fiesta. Aún hacía frío, aunque no el suficiente como para renunciar a estar lo más guapas posible, y las invitadas improvisaron un desfile de escotes sugerentes y hombros desnudos. En las mesas del restaurante, Lucía quiso mezclar las dos partes del que sería su mundo en adelante: el glamuroso mundo del *show business* con sus futuros vecinos de Grimiel. Así, Clemente, el panadero, se sentó junto a un productor de cine, la vecina de Rocío, su marido y la actriz Eva Molina.
—¿Y ustedes de dónde sacan esas ideas para las películas? —preguntó Clemente al productor entre el primer plato y el segundo.
—Algunas veces el equipo de guionistas se reúne y piensa algo que esté de actualidad para trasladarlo a un guion, pero, en la mayoría de las ocasiones, yo trabajo a partir de novelas de autores poco conocidos —contestó él, encantado de situarse en el centro de la conversación.
—Ah, ¿es verdad eso que dice la gente de que el libro siempre es mejor que la película? —dijo Clemente mientras se llevaba la copa de vino a los labios.
—Bueno, yo no estoy de acuerdo... —apuntó el hombre, un poco turbado porque no esperaba lo directo del comentario.

—¿Y por qué autores poco conocidos? —siguió preguntando Clemente.

—Manías personales, sé de quienes hacen justo lo contrario para reventar las taquillas, pero el cine, además de un espectáculo, es arte. Hay mucho talento suelto. ¿Ha oído hablar de los escritores que se autoeditan en internet? Reconozco que hay que saber separar la paja del grano. De vez en cuando, entre tantos, aparece alguien con un toque especial. Y el cine los necesita. Como sabe, pasamos por una profunda crisis y nos vemos obligados casi a arrastrar a los espectadores a las salas. Necesitamos buenas historias.

—Ya, por eso se inventan romances... —dijo bajito la vecina de Rocío.

—¿Cuántas veces ha ido al cine en el último año? —preguntó el productor, como si la mujer no hubiera hablado.

—No, si yo no voy al cine —contestó Clemente tan tranquilo.

—¿Cómo que no va al cine? ¿Nunca? —preguntó Eva preocupada—. ¡Eso no puede ser! Sin espectadores no tendría sentido nuestro trabajo.

—Mire, es que está... lejísimos de Grimiel. Y, total, al final lo van a poner en la tele y llevo tantos años de retraso que a mí todo me parece nuevo. Y, además, que no le encuentro el aire..., que pasan cosas muy raras en las películas y a mí se me escapan. No salen panaderos, por ejemplo.

Las conversaciones en el resto de las mesas giraban en torno a temas dispares, y Carlos y Lucía, pletóricos por haber dado el «sí quiero», se paseaban entre ellas aún sin haber terminado de comer. Ese no era día de sentarse en la mesa sino de disfrutar de la compañía de las personas a las que apreciaban.

El momento del baile llegó y los novios se prepararon para el vals. Frente a frente, cogidos de las manos, sus sonrisas hablaban por sí solas del bienestar que sentían. Los invitados se habían levantado de las mesas y, desde una cierta distancia, habían formado un enorme corro para que ellos tuvieran espacio para esa danza que inauguraba la nueva etapa vital.

Las notas de *Counting stars*, de OneRepublic, desconcertaron a la pareja, que esperaba que el sonido que inundase el salón fuera una melodía clásica. No fue así. Alberto había tenido una idea para sorprenderlos. Sabía que esa era la canción que sonaba en los teléfonos de los dos cuando se ponían en contacto y supuso que era bastante mejor elección, sobre todo si llevaba colgada una sorpresa. Y así la preparó. Entre los invitados había muchos actores que se ganaban la vida sobre un escenario, interpretando musicales. Mientras las notas de la canción empezaban a inundar el ambiente, muchos de ellos empezaron a tomar posiciones. Los novios se encontraron de pronto en el centro de una coreografía preparada para ellos, con un montón de gente danzando a su alrededor y la voz de un amigo cantante, que se había ofrecido para interpretar la canción en directo. Ambos se mantuvieron expectantes durante los primeros instantes, observando con atención, pero para cuando llegaron los aplausos de los asistentes estaban fundidos en un apasionado beso. Desde un rincón de la sala, Alberto, con la mano posada en la cintura de Rocío, observaba en silencio la escena.

—¿En qué piensas? —le preguntó ella.

—Se ve que son muy felices. Yo sabía que Lucía escondía algo, estaba todo el día pegada al móvil, pero en la vida se me hubiera pasado por la cabeza su historia.

—Supongo que Carlos es tan distinto a cualquiera que hayas visto a su lado que eso te desconcierta.

—No es eso. Es Lucía. Siempre ha sido... Siempre sobreactuaba, más en la vida real que en el cine, y mírala. Es otra.

—Es ella, la otra era un disfraz.

—Creo que todos nos disfrazamos un poco —dijo acariciándole con el dedo la punta de la nariz.

—Mira Luisa —respondió Rocío—. Vive disfrazada.

Señaló a la mujer. Los dos desviaron la mirada hacia el rincón donde permanecía sentada sola. La música continuó y la canción de apertura dio paso a otra. Desconcertados, vieron como Ángel le ofrecía su mano a Luisa para que bailase con él. Mucho más perplejos observaron que ella aceptaba.

—¿Y eso? —preguntó Alberto.

—¡Claro! —dijo Rocío de pronto—. El chico era Ángel. Me lo tendría que haber imaginado antes. Por eso era más borde con él que con nadie.

—¿Qué chico? —Alberto no veía ningún chico en el dueño de la tienda, era más bien un anciano.

—Tuvo que ser él. Su novio. Ya te lo contaré. Espero que no sea tarde para que se den una oportunidad. Nunca es tarde para volver a enamorarse.

—Ni demasiado pronto.

Las dudas de Rocío sobre la conveniencia de comenzar tan pronto otra relación seguían presentes, instalándose en la primera fila de sus inquietudes a la mínima oportunidad. Alberto estaba decidido a que descubriera que no debería tener miedo.

—¿Dónde está Víctor? —El actor echó de menos a su hermano.

—Creo que está pasándoselo en grande con las primas de Carlos. ¡Olvídate de él! Seguro que no la va a liar hoy.

—¿Que no? Esta mañana he visto que Luisa le ha echado un rapapolvo por un comentario... bueno, de los suyos, que le ha hecho al traje de la hija de la peluquera. ¡Y mi hermano se lo ha premiado con un beso! Te digo yo que no es de fiar.

—¿Vas a mandarlo con tus padres?

—No, de momento. En realidad entiendo que solo está creciendo, que es la adolescencia, pero ¡qué ganas tengo de que se le pase!

La prensa había sido invitada a la boda. La condición

era que las fotos las hicieran en la calle, pero finalmente se les dio acceso en el momento del baile para que tomaran unas instantáneas con las que ilustrar sus reportajes. Cristian Perales, acuciado por sus deudas, no había podido rechazar la oportunidad de sacarse algunos euros extra.

—¡Hombre, Perales! —dijo Alberto con un poco de sorna—. ¿Quieres hacernos una foto a Rocío y a mí? No tenemos ningún problema en posar. Incluso puedes acabar la tarjeta de memoria con nosotros, estaremos encantados. Si te apetece, nos besaremos. ¿Qué ángulo crees que quedaría mejor?

El fotógrafo no contestó. Disparó un par de veces de mala gana y se largó por donde había venido. Antes de que lo perdieran de vista, sin ni siquiera volverse, levantó el dedo corazón, en un saludo para Alberto que amenazaba con convertirse en recurrente.

—¿Y a este qué le pasa? —preguntó Rocío.

—Es que no te lo he contado del todo. El día que me fui...

—Cristian te siguió, lo sé. Le convenciste para que no publicase las fotos.

—Lo que no te conté fue mi método.

—¿Método?

—Las tarjetas de memoria pasan fatal sin un traguito de agua.

Rocío se echó a reír, atrayendo con su carcajada la atención de Lucía y Carlos, que se acercaron de la mano.

—¡Ha sido perfecto! —dijo Lucía entusiasmada.

—Estás guapísima. Te queda mucho mejor que a mí —señaló Rocío, refiriéndose al vestido.

—Yo creo que este no era tu traje de novia, sino el mío. Desde el principio. Ahora te toca elegir uno que realmente sea para ti.

—¿A mí? No, déjalo...

—¿Cómo que déjalo? —preguntó Alberto—. Ahora

que me había decidido a hacerte la pregunta, ¿me vas a decir que no?

Rocío lo miró como si hubiera perdido la cabeza. Aunque se sentía muy bien a su lado, apenas hacía un mes que se conocían, le parecía demasiado precipitado.

—Mejor lo dejaremos en un «tal vez», si me convences lo suficiente, pero dentro de mucho, mucho tiempo.

—¿Hablas en serio? —preguntó el actor sin poderse creer que Rocío aún tuviera dudas.

—Completamente. Esta vez, si no te importa, no quiero ni oír hablar de boda.

—Yo que tú —dijo Lucía, hablándole al oído a Alberto—, le mandaba un mensaje.

La fiesta se prolongó toda la madrugada, y la televisión y las revistas, siguiendo el guion, se nutrieron de ella durante los siguientes días. Sin embargo, como advirtió Alberto, la prensa pronto encontró otra víctima, carnaza fresca, alguien recubierto de la pátina dorada de la novedad y se olvidaron de ellos, de la chica de las fotos de Grimiel y de Alberto Enríquez y Lucía Vega. Se estrenó otra película que acaparó los focos y, además, la confirmación de la relación de Rocío con Alberto Enríquez restó interés a una historia cuyos ecos se apagaron pronto. Si los interesados deciden no contar su intimidad, pero se dejan ver juntos a todas horas, las especulaciones sobran, se vuelven inútiles y aburridas, y las mediciones de audiencia caen en picado, así que es mejor buscar en otro lado. Otra basura que remover y, si no hay basura, ya se encargará alguien de poner algo encima de la mesa que simule serlo. Volverá a empezar el juego sin pararse a pensar en los inocentes a los que alcance su mezquindad porque para ellos no serán más que... daños colaterales.

ÚLTIMOS TÍTULOS PUBLICADOS EN HQN

Encadenado a ti de Delilah Marvelle

Una mujer a la que amar de Brenda Novak

La distancia entre nosotros de Megan Hart

Cuando nos conocimos de Susan Mallery

Sin ataduras de Susan Andersen

Sígueme de Victoria Dahl

Siete noches juntos de Anna Campbell

La caricia del viento de Sherryl Woods

Di que sí de Olga Salar

Vuelve a quererme de Brenda Novak

Juego secreto de Julia London

Una chica de asfalto de Carla Crespo

Antes de besarnos de Susan Mallery

Magia en la nieve de Sarah Morgan

El susurro de las olas de Sherryl Woods

La doncella de las flores de Arlette Geneve

www.ingramcontent.com/pod-product-compliance
Lightning Source LLC
LaVergne TN
LVHW030337070526
838199LV00067B/6323